오월의 숲

한지선 소설

문예원

한
지
선 韓智船 Han, Jeesun

전북 정읍에서 태어나, 전주교육대학을 졸업하고 대학도서관 사서로 일했다.
첫 장편소설 『그녀는 강을 따라갔다』를 펴낸 후, 장편소설 『여름비 지나간 후』와 소설집 『그 때 깊은 밤에』 및 『여섯 달의, 붉은』을 출간했으며, 아홉 명의 작가와 함께 지은 공동집필 테마소설집 『두 번 결혼할 법』과 『마지막 식사』가 있다.
'제1회 전북소설문학상'과 제2회 '작가의 눈 작품상'을 수상하였다.

작가의 글

오월을 서성인다.

 어느 날 강의실 창으로 산이 보였다. 산은 늘 그 자리에 있었겠지만 나는 그날에야 그 언덕 같은 산을 본 것이다. 그 후 나는 늘 산을 보기 위해 창 쪽에 앉았다.
 그로부터 그때의 그 나지막한 언덕 같은 산은 내 머릿속에만 존재하게 되었다.
 나는 늘 그 산을 휘적휘적 올라 산 너머에 있는 하얀 집을 향해 내달리는 스무 살의 여자를 그린다. 그녀의 스무 살은 빛이 비껴가는 것처럼 회색이고, 어둡고, 외롭고, 막막하다. 그녀는 그 회색빛 너울 속을 홀로 걸으며 비를 맞고, 거리를 배회하고 어두운 방에 쓰러진다.
 그러나 그 회색의 커튼 사이로 문득 햇살이 비추기도 했을 터. 그 속에 순옥이 있고, 낯선 남자가 있었다. 그녀는 오월의 그 숲을 유영한다.

  삶은 예측할 수 없다. 회색빛 스무 살에 한줄기 햇살처럼 스몄던 그날의 이름들은 사라졌거나 어디에 있는지 만날 수 없는 시공간 저 너머로 가버렸지만, 그녀의 가슴속엔 그대로 남아있다. 회색빛 너울 속에서 한줄기 햇살처럼 스며들었던 추억이야말로 그녀를 살게 하는 것이므로.

  네 편의 소설 중 두 편이 오월의 바람에 흩날리는 나뭇잎 같은 그녀의 그리움에 관한 이야기가 되었다. 오래전 만들어진 이야기를 이제야 풀어놓는다. 그녀의 그리움을.

2025년 시월
한지선

차례

작가의 글 · 3

오월의 숲   9

로얄다방을 아세요?   102

겨울로 가는 길   177

일곱 날의 새벽   257

믿음 | 문예
소설 010

오월의 숲

오월의 숲

 로드 스튜어트의 세일링을 들으면서 나는 그 타는 듯한 갈망과 찢기는 아픔의 음색 사이로 빠져 들어갔다. 그때 그 황량한 그곳으로.

 그날 나는 뜨거운 여름 햇빛이 쏟아지는 운동장에서 특별 수강신청을 받으려는 학생들 사이에 끼어서 숨을 헐떡이며 간신히 서 있었다. 서 있었다기보다 이리 밀리고 저리 밀리면서 성냥갑 속의 성냥처럼 그저 무력하게 흔들거리고 있었을 것이다. 하늘이 하얗게 터져버리는 것 같은 싸아한 현기증을 버팅겨 준 것은 다름 아닌 그 성냥들인 셈이었으므로 나는 쓰러질 것 같은 몸을 내버려두고 눈을 감아버렸다.
 내가 눈을 뜬 것은 벤치 위에서였다. 싸늘한 한기에 소름이 돋아서 눈을 뜨자마자 투명한 초록 비단이 좌악 퍼져 한들거리는 것이 보였다. 나는 무슨 꿈을 꾸는 중이라고 생각했다. 자세히 보니 그것은 청록의 나뭇잎들이었고, 그 아래 나는 누워 있었다.

"깼니?"

어떤 여자애가 얼굴에 닿을 듯이 나를 들여다보았다. 나는 깜짝 놀라서 눈을 동그랗게 떴다.

"얘, 일어나. 어디가 아픈 거니?"

긴 생머리에 나비 핀을 꽂은, 눈꼬리가 올라간 여자애가 말했다. 나는 그 애의 손을 잡고 일어나 앉았다. 팽그르르 시야가 돌았다.

"몰라. 그냥 어지러웠어. 수강신청은 끝나버렸니?"

"걱정 마. 니 꺼까지 내가 친구에게 부탁해 놨으니까. 넌 그곳에서 내게 쓰러졌어. 내 어깨에 기대고 눈을 감고 있길래 깜짝 놀랐지. 처음엔 짓궂은 남학생이 일부러 그런 줄 알고 사납게 고개를 돌렸더니 글쎄…. 너 빈혈이니?"

"아니."

나는 고개를 내저었다. 나도 몰라.

"고맙다. 미안하기도 하고. 볼 일이 있을 텐데 말이야. 이제 나 혼자 가도 돼."

"아니야. 집에 가는 길이니까 내가 에스코트 할게. 자 일어나. 너무 창백해."

혼자 가도 되는데. 나는 들릴 듯 말 듯 중얼거렸다.
 "내 이름은 순옥이야. 박순옥. 흔한 이름이지."
 묻지도 않았는데 내 팔을 부축하고 걷던 길쭉한 눈의 그 애가 말했다. 나보다 키가 한 뼘은 크고 길쭉한 눈 때문에 더욱 길어 보이는 특이한 얼굴이었다.
 "나는 하영주야. 오늘 정말 고마워."
 우리들은 따가워지기 시작한 정오의 햇빛을 피해, 그늘을 찾아 처마 밑으로 이리저리 옮겨가며 천천히 집까지 걸었다. 집이라고 하기엔 좀 모양새가 그랬지만 나는 내 작은 자취방을 집이라고 부른다.
 집 앞 슈퍼마켓에서 오렌지주스 한 병을 사서 순옥에게 한 컵 따라준 뒤 나머지를 걸신들린 듯 마셔버리자, 순옥이 등을 두드려 주면서 말했다.
 "너 갈증이 심했구나?"
 "그래. 나 좀 누울게. 너도 누울래?"
 나는 얼음같이 찬 방바닥에 요를 깔고 쓰러져 버렸다.
 "아무래도 너 많이 아픈가 본데 병원 가야지 않겠니?"
 순옥은 내 얼굴을 걱정스레 들여다보았다. 마음이 따뜻한 애구나. 좀 별나고. 생김새와는 다른 마음 씀이 내 가슴을 살짝 적시고 지나간다.
 "고맙다. 걱정해줘서."
 나는 그렇게 중얼거리고 사르르 눈을 감아버렸다. 순옥

이 언제 갔는지 모르겠다. 곧 잠이 들어버렸으니까. 왜 그렇듯 잠이 오는지도 모르고 나는 이튿날 새벽까지 잠에 빠져 있었다.

개학이 열흘 정도 남아있었다.

작열하는 팔월의 태양 아래서 왔던 현기증이 의아해 어두운 방에서 꼼짝 않고 있던 나는 곧 문제에 부딪혔다는 것을 깨달았다. 밥을 먹기는커녕 부엌에 들어갈 수조차 없었고, 간신히 끓여놓은 라면은 퉁퉁 부은 채 쓰레기통으로 들어갔다.

그 며칠간 내가 먹을 수 있었던 것은 오렌지주스와 야쿠르트 몇 병이 고작이었다. 나는 좁은 자취방에서, 상처받고 다친 한 마리 다람쥐처럼 작게 웅크린 채 날마다 잠에 빠졌다.

여름은 아직도 끝이 보이지 않았다.

어느 날 젖가슴에 염증이 생긴 것을 알았다. 젖꼭지에서 뽀얀 물이 흘러나왔고, 나는 끊임없이 그것을 닦아내야 했다. 그러다 보니 젖가슴에서 농이 터져 나오고 있었다. 나는 절망에 빠져서 숨이 멎는 것만 같았다. 햇살이 비껴 지나가는 어두운 방에서 나는 젖가슴을 쥐어짰다.

언니에게 연락해야 한다는 것을, 그것이 유일한 해결책이라는 것을 알면서도 자꾸 전화 거는 일을 유보시켰다.

약국에서 소염제를 사다 먹으니 신기하게도 염증은 사

라졌다. 나는 안도의 한숨을 길게 내쉬었다. 그렇게 며칠을 방구석에 엎드려 지내는데 순옥이 왔다.

내 몰골을 본 그 애는 한참 말이 없더니, 방을 치우기 시작했다. 그리고 부엌으로 나갔다 되돌아왔는데 상에 밥과 콩나물국, 김치와 멸치조림, 김을 놓아 들고 왔다. 찬이라곤 안집 할머니가 주신 김치밖에 없던 부엌에서 여러 가지 반찬을 놓아 들고 들어오니 어이가 없어서 나는 허허허허 웃어버렸다.

"부엌에 가 보니 아무것도 없어서 콩나물 사다가 국 끓였어. 멸치조림은 내가 집에서 좀 가져오고."

나는 순옥의 마음 씀이 고마워서 한동안 멍하니 그 애를 바라보았다. 우연이라도 한번쯤 만나본 적이 있을 법한데 전엔 그 애를 몰랐었다는 사실이 신기하기만 했다. 좀 별나게 생긴 얼굴이었지만, 국을 끓여오고 나를 다독거리는 양이 마치 언니처럼 다정해서, 내 잦아들 것 같은 속을 탁 털어놔버리고 싶은 충동을 느끼게 하는 것이었다. 하지만 이제 겨우 알게 된 친구에게 나 몸이 이상해, 라고 말할 자신이 없다. 아니 누구에게도, 나 자신에게조차 그런 말을 뇌일 수가 없다.

나는 왜 그날 그곳에 갔을까.

* * *

 항상 나를 매혹시키는 것은 물에 비친 나무그림자라든가, 보드라운 풀밭 그리고 낮은 능선과 숲 같은 것들이었다. 헌데 그곳에 그것들이 있었다. 고향의 산언덕을 연상시키는 그 작은 숲에 매료당해서 한동안 나는 숨을 죽였다. 그곳은 학교 뒤쪽에 있는 작은 산이었고, 그 산은 큰 산줄기의 작은 여러 언덕들 중의 하나에 불과한, 산이라기보다는 동화에 나오는 것 같은 그저 아담한 동산이었다.

 어느 날 철학 강의를 받다가 그 숲을 본 순간, 나는 그곳에 가보지 않고는 배길 수가 없었다. 허술한 철조망을 빠져나가 잡목이 우거진 언덕을 걸어 올라가며, 발자국들이 만들어낸 어설픈 길의 흔적을 보았다. 얼기설기한 철조망이 사유지임을 나타내고 있을 뿐 다른 표식은 눈에 띄지 않았다.

 나는 채 300미터도 안될 것 같은 낮은 구릉을 타고 휘적휘적 올라가서 아래를 내려다보았다. 순간 그곳을 보았다.

 가슴이 소리 없이 환호하는 소리를 들으며, 나는 길게 심호흡을 하고 마음을 가라앉혔다. 마치 도둑고양이처럼 올라가 본 그곳에 무엇이 있었던가. 둥근 잡목 숲 아래로 꽤 넓은 초원이, 그리고 미루나무가 쭉쭉 뻗어 있는 사이로 작고 예쁜 하얀 집이 한 채 서 있었다.

그림인가, 사람 그림자는 없다. 내려가 볼 것인가, 그대로 되돌아 갈 것인가 망설이고 있는 사이, 그곳은 초록의 풀들만 너울거릴 뿐이었다. 너무 고즈넉해서 내 가슴 뛰는 소리만 쿵쿵쿵 들렸다. 작은 볼품없는 야산 너머에 하얀 집이라니.

나는 언덕 아래로 구르듯 빠르게 뛰어 내려갔다.

초원이라고 생각했던 그곳은 싱싱한 풀 잔디가 바람에 나부끼고 있었다. 하얀, 예쁜 집은 위에서 내려다 본 것보다는 훨씬 낡은 목조건물이었지만 삐그덕 낡은 문을 열고 백설공주가 뛰어나올 것 같은 느낌이 들었다.

문은 닫혀 있다. 창문엔 하얀 커튼이 내려져 있어서 안은 보이지 않았고, 마당이라고 해야 할 잔디 위에는 나무 등걸로 만든 오래된 둥그스름한 테이블과 닳은 나무의자 두 개가 놓여 있었으며, 잔디 가장자리에 심어진 미루나무 아래로 키 작은 장미나무 옆에 비상하는 독수리의 조각이 커다랗게 서 있었다. 푸른 청동조각이었다.

미루나무 잎들이 바람에 나부끼는데 무언가 타는 냄새가 났다. 늦은 봄날 누가 무얼 태우는 걸까. 나는 고개를 흔들고 햇살이 삐죽이 긴 그림자를 드리우는 집 뒤쪽으로 돌아가 보았다. 아까는 보지 못한 여러 가지 물건들, 항아리와 빈 화병, 대나무 바구니 같은 것들이 있었지만, 사람이 사는 것 같은 흔적은 보이지 않았다. 어디선가 개라도 불쑥 튀어나올 것만 같았다.

나는 미루나무들을 지나 좀 더 앞쪽으로 나가 보았다.

그러니까 마당 끝에 바깥 길이 있고 그 아래 개울보다는 크고 계곡이라고 하기엔 좀 뭐한 물줄기가 흐르고 있다. 차 한 대가 지나갈 수 있을 정도의 길이 계곡을 따라서 나 있다. 이 길을 따라 내려가면 학교 옆이 되지 않을까. 계곡 건너편과 사방은 낮은 산언덕들이 후방에 턱 버티고 둘러앉은 높은 산으로 이어져 있다.

인가는 보이지 않는다. 마치 딴 세상에 온 것 같았다. 산등성이 하나만 넘으면 찻집이며 카페며 옷가게며, 학교 주위에 온통 도시냄샌데, 학교가 변두리에 자리 잡긴 했지만 없는 것이 없었다. 모텔에 여인숙까지. 헌데 이곳은 전혀 딴 세상이네.

나는 계곡물에 세수를 해보고 바람에 말리며 잔디 위로 되돌아왔다.

아무도 없는 빈집에 한번 들어가 보고 싶은 생각이 났다. 잔디 가장자리에 낡은 슬리퍼 한 짝이 보였다. 원래는 예쁜 분홍빛이었을 투명하게 바랜 플라스틱 신발, 비바람에 닳은 듯한 물건 하나.

집 주위를 서성이다가 나는 또 한 가지 삶의 흔적을 발견했다. 처마 밑에 매달린 짚으로 엮은 바구니와 풀숲 사이에 삐죽이 나온 수도꼭지. 그것들은 사람이 쓰던 물건이라기보다 마당의 풀이나 흙처럼 자연의 한 부분으로 보였다.

 어딘가에 대야나 바가지 같은 것도 숨어 있을지 모른다. 혹 사람도 숨어서 나를 보고 있는 것은 아닐지. 나는 한동안 낡은 나무의자를 손으로 쓸어보고 앉아 있었다.

 이런 곳에는 누가 사는지 몹시 궁금했다. 바람에 섞인 뭔가 타는 냄새, 풀냄새, 그리고 어디선가 찔레향기 같은 것도 약하게 코로 흘러들어왔다. 물소리에 섞인 새소리는 누군가 노래하는 것 같고 시간은 빠르게 오후로 달아났다.

 대문도 없고 담장도 없으며 개집도 없다….

 문은 닫혀 있지만 자물쇠는 안 보인다. 가만히 문을 밀어보았다. 삐그덕 문이 열렸다. 하지만 유리로 된 안쪽 문에 커다란 자물쇠가 달려있다. 그러면 그렇지, 나는 오히려 안도감을 느끼며 문을 덜컹 흔들어보고 잔디밭으로 나왔다.

 고즈넉함. 오후의 해가 길게 미루나무 아래 눕기 시작한다. 텅 빈 집과 주변의 고요한 풍경이 주는 어떤 섬칫함.

 문득 무섬증이 엄습해서 나는 아까 내려온 언덕을 빠르게 되넘어갔다. 잡목들의 여린 잎을 만져보며 산을 내려가, 텅 비어버린 강의실에 홀로 놓인 가방을 어깨에 메고 나는 몽상에 빠져들었다.

 …그곳에 누가 산다. 시내에 갔거나 여행을 갔거나 아니면 무슨 이유론가 그는 여기에 없다 ….

*　　*　　*

 그곳에 대한 생각 때문에 내 가슴은 흡사 가슴앓이를 하는 것 같았다.

 어릴 때 배를 쥐어 잡고 온 방을 떼굴떼굴 구르던 어머니가 생각났다. 가슴앓이 때문에, 장작불에 달구어 버선 속에 집어넣은 돌을 끌어안고서야 잠잠해지던 어머니. 속절없이 방바닥만 구르다가 어떻게 겨우겨우 진정이 되면 창백한 얼굴로 돌이 든 버선짝을 내게 밀어내던 어머니.

 무엇인가 나를 사무치는 그리움 속으로 밀어 넣는다.

 …하얀 작은집과 미루나무와 풀잔디와 그리고 이 가슴앓이를 일으키는 어떤 것…. 철학 강의를 받으러 그 강의실을 갈 때면 일부러 안쪽으로 앉아 창문 안으로 훤히 들어와 앉은 산을 외면하기 위해 고개를 돌렸지만 젊은 교수의 목소리는 그저 귀 밖을 흘러 지나가 버렸다. 그곳에 불던 바람과 작은 장미 송이들, 커다란 모란꽃, 청동독수리가 불현듯 눈앞에 떠오르곤 하는 것이다.

 오월이 지나가고 있었다. 흥미를 갖지 못하는 강의와 가까이 지낼 친구도 얻지 못한 일 학기의 시간들은 불안하고 힘겹고 어설펐다. 나뭇잎들이 초록으로 피어나고 바람이 기분 좋게 스쳐가는 것조차 외로움을 부추길 뿐, 아무런 위안이 되어주지 못했다.

나는 어느새 그곳으로 가고 있었다.

산과 접한 작은 규모의 뒤편 강의동을 지나 허술한 철조망을 넘어 옷깃에 걸리는 잡목들의 잎사귀를 헤치고 낮고 무성한 숲 등성이를 올랐다. 넘나드는 사람도 없는 이 옹색한 길은 누가 만들어 냈을까. 신선한 의문부호들이 내 머릿속에 가득 차오른다.

여전히 그곳엔 사람은 없고 바람과 오월의 양광 그리고 나뭇잎들의 속삭임으로 가득 차 있다. 독수리의 날갯짓 소리와. 그것을, 그 호젓함을 은근히 그리고 있었다는 것을 깨닫고 방만하게 나는 웃었다. 아무도 없을 때 저절로 나오는 그 소리를.

나는 햇살 위에 살포시 내려앉는 공기처럼 잔디 위에 가만히 누워본다. 바람이 흩날리는 키 작은 풀잔디 위에 누워서 하늘을 보니 호젓함이 주는 두려움 같은 것은 편안한, 쾌적한 공기 사이로 어느새 사라져 버리고 마치 전원의 한 무리인 양 달콤한 잠에 빠져들었다.

갑자기 뭔가 쉬익 지나가는 소리를 듣고 나는 소스라치게 놀라 깨어났다. 섬찟해서 주위를 둘러보았지만 뱀 같은 것은 보이지 않고 바람만이 지나갈 뿐이었다.

나는 온갖 상상을 동원해서 이 집에 사는 남자를 그려보았다. 이 외딴 집에 여자가 살고 있으리라는 생각은 들지 않았다. 그런 낌새를 주는 물건이 눈에 띄지 않아서인가.

나는 이 집에는 남자가 살 거라고 단정해 버렸다. 하지만 남자라는 개념에 한계가 와서 어떤 형상도 떠오르지 않았다. 난 사실 남자를 생각해 본 적이 없었으니까. 기껏해야 소설 속에서 나오는 인물을 떠올릴 수 있을 뿐이다.

해가 설핏해졌다. 나는 언덕을 오르기 시작했다.

이제 산을 넘는 것은 습관이 되어버렸다.

나는 수업이 끝나면 책이 든 가방과 약간의 먹을 것을 챙기고 그곳으로 간다. 새우깡이나 우유 정도가 고작이었지만 그곳에서 먹는 맛은 달랐다고 하면 과장일까. 날마다 그곳에 가지 않으면 발걸음이 돌려지질 않았다.

혼자, 나는 혼자 그곳을 간다. 가서 뭘 하는 것은 없다. 그저 하늘을 올려다보고 책을 꺼내 읽고 잔디에 누워 있다가 돌아오는 것뿐이지만, 그곳에 있는 동안의 내 마음은 물에 비친 나무그림자 같다고나 할까, 이루 말할 수 없이 평화로웠다.

어느 날 오후 비상하는 독수리상 옆에 후두둑 꽃들의 목이 떨어져 흩어진 것을 발견했다. 풀잔디 위엔 꿀물 같은 윤기 나는 물들이 쫘악 퍼져 있었다. 꽃송이들은 목이 잘린 채 아직도 싱싱하고 풀잔디 위의 마르지 않은 물은 햇빛과 바람에 알알이 부서지고 있다.

무슨 일이 일어났다. 아니 누군가 이곳에 와 있거나 왔다가 간 것이다.

　나는 깜짝 놀라서 사방을 두리번거려 보았다. 어디에도 사람의 흔적은 없다. 풀잔디 위에 뻐죽이 올라온 수도꼭지에서 물이 새고 있을 뿐이었다. 나는 수도꼭지를 잠그고 하얀집을 바라보았다. 여전히 고즈넉하다. 나는 넘어진 나무의자들을 세워 놓고 앉아 몽상에 잠겼다.

　…이곳에 누가 왔다. 어떤 남자가.

　/ 그는 흰색 미니 밴을 거칠게 몰고 와서 마당 앞에 뻬이익 선다. 그리고 휘파람을 불면 영화에서 본 것 같은 잘생기고 커다란 개 한 마리가 휙 뛰어내려 잔디 위를 달려온다.

　/ 남자는 다리를 절고 있다.

　/ 눈부신 흰 바지에 청 남방을 걷어 올린 터프한 옷차림, 어딘지 어두운 얼굴 모습, 그리고 날카로운 눈빛이 섬칫함마저 느끼게 한다.

　/ 그는 마당에 내려서서 햇살이 쫘악 퍼져 나무의 깊은 골까지 비추고 있는 (아마도 비바람에) 낡고 닳은 테이블을 한 번 가만히 쓸어본다.

　/ 그리고 마당가에 미루나무 아래로 화사하게 피어 있는 장미와 모란 같은 꽃들을 보고 깜짝 놀라 주춤한다.

　/ 그는 비상하는 독수리를 향해 싱긋 웃어보고 (뒤틀린 웃음이 되어버렸지만) 하얀 집을 향해 걸어간다.

/ 그 동안 잘 생긴 개는 이리저리 마당의 잔디 위를 뛰어다니며 컹컹 짖기도 하고, 나비를 보고 꼬리를 흔들어보기도 한다.

/ 흰 나무문은 틈서리마다 먼지가 끼어 있다. 가까이 가 보면 낡아서 페인트가 벗겨진 모서리가 균열된 곳도 있다.

/ 그는 얼굴을 잔뜩 찡그린 채 호주머니에서 커다란 열쇠를 꺼내 자물쇠를 딴다. 가운데 유리문까지 열고 안으로 들어서니, 그 동안 갇혀 있던 후덥지근한 공기가 획 몰려와서 캑캑거리며 허둥댄다.

/ 개가 얼른 따라 들어와 멍하니 남자 얼굴을 올려다본다. 마치 명령을 기다리는 비서처럼.

/ 그는 작은 소파가 놓여있고, 탁자와 카펫이 깔린 거실을 지나, 싱크대가 놓여 있는 부엌으로 가서 물을 틀어본다. 물은 잘 나온다. 가스 밸브를 열고 꼭지를 눌러본다. 가스도 잘 나온다.

/ 거실과 부엌은 기역자 형태로 뚫려 있고 그래선지 현관에서는 부엌이 보이지 않는다. 대신 문 하나가 빼죽 열린 채 있는데, 그는 그곳으로 들어가 변기의 물을 내려본다. 제법 잘 갖춰진 욕실이 그곳에 있다.

/ 그가 마지막으로 간 곳은 욕실 옆에 길게 붙어 있는, 집 왼쪽에 세로로 누워 있는 방인데 그곳은 텅 비어 있다.

/ 커다란 독수리 그림이 한 점 걸려 있을 뿐이다. 그는 그

림을 뚫어지게 쏘아본다.

/ 이제 보니 그는 삼십 대 후반은 되어 보인다.

/ 여태 보이지 않던 문 하나가 그의 손에 의해 열린다. 다락이다. 그곳엔 수도 없이 많은 독수리들이 쓰러져 있거나 앉아 있다. 모두 청동조각이다.

/ 그리고 접혀진 매트리스 한 개, 공구함, 커다란 마분지 상자 세 개가 차곡차곡 쌓여 있다.

/ 그는 다락문을 탕 닫고 거칠게 휘적휘적 빠르게 집 밖으로 나와 버린다.

/ 그의 걸음새에 놀란 먼지들이 뿌옇게 일어섰다가 가라앉는다.

/ 그는 창문의 커튼이 마음에 걸린다. 하얗게 페인팅 된 집의 겉면도 마음에 들지 않는다.

/ 온통 하얀 색이 그를 질리게 만든다.

/ 먼지 낀 하얀집.

/ 참, 그는 잊었다는 듯 다시 집 안으로 들어가 거실에 놓인 오디오세트를 찾는다.

/ 오디오세트와 티브이세트 그리고 오래된 라이선스 디스크가 들어 있는 원목장들은 집의 뒷벽 쪽에 나란히 놓여 있다.

/ 그는 오디오의 전원을 넣고 레코드 한 장을 올려 놓는다.

/ 그는 알고 있다. 자신이 선택한 레코드에 무엇이 실려

있는지.

／그는 문을 열고 나온다.

／개가 주인 옆에 와서 꼬리를 흔들며 예쁘고 영리한 아이처럼 주인 눈을 올려다 본다.

／그는 풀잔디 위에 엎드려 얼굴을 팔에 묻는다.

／그 위로 바람이 싸아 지나가고 들릴 듯 말 듯 라벨의 볼레로가 흘러나온다. 그의 어깨가 조금씩 흔들린다.

／볼레로의 음이 높아지고 빨라질 때마다 그의 어깨는 조금씩 더 격하게 흔들린다.

／이윽고 볼레로의 음이 절정에 달해 마당에 가득 울려 퍼질 때, 그는 짐승처럼 소리 내어 운다.

／놀란 개가 잔디를 가로질러와 주인의 어깨에 몸을 부비고, 하얀 나비 몇 마리가 아롱거린다.

／그는 몸을 뒤집어 개를 부여안고 운다. 마치 짐승처럼.

／개는 마치 사람처럼 그의 품에서 바둥거리지도 않고 가만히 몸을 맡기고 있다. 마치 그의 여자처럼, 그의 몸부림을 처연히 바라보며.

／볼레로는 다시 잦아들고.

／그는 놀랍게도 볼레로가 끝나자마자 울음을 그치고 벌떡 일어나서 마당가의 꽃들을 노려본다.

／어디에선가 찾아낸 굵은 나뭇가지로 꽃들을 후려친다.

／뎅강뎅강 목이 잘려버린 꽃나무들.

/ 그는 수도꼭지를 틀어놓고 의자들을 발로 차 버린다.
/ 그리고는 휘익 휘파람을 불고 쏜살같이 달려오는 개와 함께 흰색 미니밴에 올라 시동을 건다.
/ 거칠게 액셀을 밟다가 깜짝 놀란 듯 핸드브레이크를 당기고 집으로 절뚝이며 다시 들어가서 전축을 끈다.
/ 그리고 집안을 한번 둘러본 후 유리문은 잠그고 덧문은 닫기만한 채 나와 차에 오른다.

그리고…. 그는 사라졌다….

그는 수도꼭지 잠그는 걸 잊어버렸다.

왜 꽃들을 저리 처참하게 잘라버렸는지 이유를 모르겠다. 그저 피어나 있는 생명을 가지고. 나는 쓸쓸히 땅에 떨어져 있는 꽃들을 주워 테이블 위에 늘어 놓았다. 마치 테이블클로스를 뜨듯이. 그는 다시 올 생각으로 덧문을 잠그지 않았을까. 집안 청소도 해야 하고, 가구도 들어와야 하고.

그는 무얼 하는 사람일까. 목이 잘린 꽃들 때문에 화려해진 낡은 나무테이블을 바라보며, 꽃들을 잘라버린 행위에 대한 섬칫함과 미지의 사람에 대한 궁금함이 파문처럼 인다.

나는 버릇처럼 잔디에 누워 잠에 빠졌다. 그러다가 잠에서 깼을 때 누군가 스쳐 지나간 듯한 느낌을 받았다. 아니, 확실히 어떤 남자의 뒷모습이 계곡을 따라 이어지는, 아마도 마을 쪽으로 이어진 그 길을 걸어내려 간 것이다. 그러나 마치 꿈을 꾼 것처럼 그곳엔 아무도 보이지 않았다. 죽 그림처럼 줄지어 선 미루나무들만 바람에 흔들릴 뿐.

나는 벌떡 일어나서 부리나케 길 쪽으로 달려가 보았다. 벌써 저만치 작아진 작업복 차림의 남자 하나가 휙 하니 걸어가고 있었다. 이곳에 온 뒤로 처음 보는 마을 사람이 신기한 동물처럼 보여서 후후 웃음이 나왔다.

저 길 모퉁이를 돌아가면 집들이 있고 아이들이 재잘거리고, 저녁이면 이곳까지 흩어져오는 저녁연기가 피어오를지도 모른다. 나는 남자가 내려간 산기슭과 작은 내 사이로 이어진 하얀 길로 쭉 걸어 내려가 보고 싶었다. 하지만 이곳에 있는 동안 아무에게도 들켜서는 안 된다는 생각이 나를 막았다.

나는 꺾인 꽃들이 아무래도 마음에 걸려서 햇살이 쫘악 퍼져 있는 집 주위를 둘러본 뒤 꺼림칙한 마음으로 산을 넘었다. 저 아래 동네의 개구쟁이들? 혹은 산을 넘어 온 어떤 남학생들? 이곳에 오는 동안 아무도 만난 적이 없었으므로 무리한 상상이었지만 나는 그런 상상을 해 본다.

분명한 것은 누군가 다녀갔다는 것이었다.

* * *

시험을 보느라 며칠간 그곳에 갈 수 없었다.

중간고사를 수업이나 다름없이 별 흥미 없이 치르면서도 나는 진이 다 빠졌다. 내겐 열정이 없었다. 지니고 있는 젊음에 대해서까지도. 감각이란 것이 내 가슴 속에서 잠을 자고 있는지 아무것에도 흥미를 느낄 수 없었다. 시험을 그렇게 우습게 치렀다는 생각이 나를 한없이 움츠러들게 했다.

시험이 끝나는 주말, 오월의 보름쯤에 항상 한 달에 한 번 정도 안부를 묻는 언니의 전화를 받았다. 광주에서 저소득층 환자들을 대상으로 하는 성 요셉 의료원의 수간호사로 일하고 있는 언니는 가톨릭계 수녀였다. 대학 입학 때 본 뒤로 만난 적이 없었으므로 꽤 오래 못 만난 셈이었다.

바쁜 교역자 생활을 해야 하는 언니 탓인지는 모르겠지만 자매간의 정을 나눌 만한 시간이 우리에게는 없었다. 그저 그렇게 언니 식으로 한 달에 한번 동생을 챙겨주는 것, 그리고 동생은 거기에 맞게 대답하는 것, 그것으로 우리의 만남은 지속되는 것이다.

무척 혈육이 그리울 때도 있었다. 그러나 밤차를 타고 광주로 달려갈 수는 없는 일이었다. 나는 그저 잠시 언니의 도움을 받고 있을 뿐이다. 그렇게 나는 나를 다독인다.

그렇다. 나는 언니의 도움으로 이곳, 자그마한 전문대학 교정에 그나마 발을 딛고 서 있는 것이다. 시 외곽의, 산등성이를 뒤로하고 야산을 깎아 닦은 강의동 몇 개가 들어서 있는 아담한 교정에서, 열의 없는 학생으로 축 처져 있는 것을 알 리 없는 언니에게 나 자신을 고백하기란 쉬운 일이 아니었다.

난 참아내야 하고 다른 비상구란 없다는 것을 안다. 언니는 수녀가 되기 전에 돌아가신 부모님들도 지금 하고 있는 일만큼이나 정성스럽게 돌보았었다. 부모님이니까 그 성질이 달랐겠지만 열심인 것은 똑 같았다.

하지만 부모가 돌아가신 두 여자에게 무엇이 남아 있었을까. 나는 대학을 포기했었다. 누군가의 계좌에 나를 위한 헌금이, 아니면 장학금이 계속 부어지고 있으리라. 대입준비를 하라던 언니가 넌지시 암시한 대로. 나는 묻지 않았다.

사실 나는 고아가 되어버린 사실조차 받아들이기 버거워서 벙어리처럼 살고 있었다. 그때 이미 내 오감은 죽어버린 것일까. 입학 초에 내 잠들어 있는 청춘을 흔들어 보기 위해 응모한 대학신문 기자시험에서 낙방되었을 때는 더욱 기가 죽어버렸다. 그것이 내 모습이다.

나는 언니의 전화를 받고 자취집을 나와 학교로 갔다.

시험도 끝난 주말이어서 교정은 텅 비어 있고, 둥근 원형의 밭을 이룬 장미들만 화려한 향을 발하며 유혹하는 듯했다. 언제부터 이루어진 것일까. 이 아담한 꽃밭의 유혹이……. 제법 굵직하게 자란 장미나무들이 커다란 꽃송이들을 달고 바람에 향을 흩뿌리며 흔들리고 있었다.

 나는 나무벤치에 앉아 잠시 쉬었다. 운동장에서 축구를 하는 남학생들의 거칠고 활기 찬 외침이 이따금 들려왔고, 테니스 코트에서 날아오는 통통 튀는 경쾌한 공소리, 음악실 쪽에서 실려 오는 피아노소리들이 섞여서 봄날의 생명력을 연주하는 듯 그 모든 것이 살아 날고 있었다.

 그 속에, 그것들이 섞이지 못하는 내가 웅크리고 앉아 있고.

 그렇게 장미 향기에 넋이 빠져 있었던 듯싶다. 나는 눈을 감고 벤치에 등을 기댄 채 무엇에 홀린 듯 오래 앉아 있었다. 잠이 들었었는지도 모른다.

 누군가 나를 부르는 소리에 눈을 떠 보니, 같은 과 여학생의 낯익은 얼굴이 눈앞에서 웃고 있었다. 그 애는 무어라 내게 말을 건 듯했다. 나는 알아듣지 못하고 무어? 하고 쉰 소리로 물었다.

"미팅! 미팅 안 할 거냐고 물었어."

"아~ 미팅…."

나는 고개를 끄덕이고 말했다.

"여기 잠시 앉아봐. 장미 향기가 너무 좋아서 졸았나봐."

"공부를 너무 한 거 아니니? 넌 말도 없고 공부만 하는 모양이던데."

 그 애는 덥석 내 옆에 앉았다. 사실과는 다른 이야기가 나를 웃게 만들었다. 공부만 하다니, 그렇게 보일 수도 있었겠구나 싶기도 했다. 이름이 애란이던가? 나는 과 첫 모임 때 소개받은 이름들과 얼굴을 제대로 연결시키지 못해 가끔 난처할 때가 있었는데, 지금이 그랬다.

"너 하영주지? 왜 과모임에 잘 안 나오니? 엠티도 빠지고."

나는 할 말이 없어서 그 애를 멍하니 바라보며 웃었다.

"그건 그렇고, 오늘 오후 여섯 시에 C의대생들하고 미팅을 하기로 했거든. 모두 여섯 쌍인데 내 친구 소영이가 갑자기 시골집에 가게 됐어. 엄마가 편찮으시대서 말이야. 그래서 지금 누구 없나 하고 스카우트하러 나온 거야. 사실은 급해서 말이지. 토요일이라 사람들이 없지 뭐니. 너 운 좋다. C의대생들 얼마나 멋진 줄 아니? 어때?"

나는 잠시 생각에 잠겼다. 우두망찰 나 자신과 대치한 채 풀 죽어 있는 것보다는 낫지 않겠는가. 대타면 어때. 나는 대답했다.

"좋아. 헌데 나 처음이야. 남학생들과 얘기해 본 적도 없고. 뭔가 얘기를 좀 해봐. 어떻게 하는 거니."

"좋았어. 너 화끈한 데가 있구나. 알고 보니 말이야. 미팅이란 게 별 거 아니야. 파트너를 정하면 그 파트너와 옆에 앉지. 잠시 모두 같이 시간을 보낸 다음 각자 좋을 대로 하는 거야. 둘이서 술을 마시든, 영화를 보든, 드라이브를 하든 맘대로야. 그리고 헤어지는 거지. 미팅에 성공해서 에프터 신청을 받으면 원더풀이고 그렇지 않으면 그저 끝나는 거지 뭐."

"그래 대강 알겠어. 그런데 무슨 이야기를 해야 하니?"

"오. 이런. 얘기 서두는 남자가 꺼내는 거야. 넌 그저 방실방실 웃기만 해. 그러다 보면 저절로 대화가 이어지는 거니까. 자 그럼 난 준비할 게 있어서 가봐야 해. 고마워. 이따 보자. 그리고 다음엔 너도 멤버에 끼워 놓을게."

그 애는 연두색 티켓을 내게 건네준 다음 자리를 떴다. 씩씩하게 한참 걸어가던 그 애가 뒤돌아서 "애, 참 내 이름은 애란이야. 김애란. 그리고 디멘트가 어딘지는 알지? 시내로 버스 타고 나와서 W호텔 옆에 보면 붉은 글씨가 보여. 알았지?"라며 손을 흔들었다. 나는 고개를 끄덕이고 손을 흔들어 주었다.

시내. 별로 익숙하지 않은 단어. 얼마만인지 모른다. 통 외출해 본 적이 없었으니까. 입학 초에 언니가 와서 같이 W백화점에 쇼핑하러 간 적이 있고, 그곳에서 내 옷가지들과 식료품, 그리고 이불 따위 잠자리에 필요한 것들을 샀었다. 스낵코너에 가서 칼국수를 사 먹었고 그밖에 백화점에서의 다른 기억은 없다.

백화점 말고 내가 혼자서 가 본 곳이라곤 읽을 책이 필요해서 찾아 간 대형 서점이 고작이었다. 언니가 보내주는 돈은 학교우체국에서 찾고 생필품이나 기타 필요한 것들은 대충 학교 앞 주변 상가에서 해결한다.

 시계를 보니 정오가 다 되어 있었다. 나는 그곳에 가는 걸 단념하고, 도서관에 들러서 뒤라스의 소설집과 두 권의 독일 단편소설집을 빌려, 다시 장미정원으로 나와 아까 앉았던 그 벤치에 앉아 있었다.

 정오의 교정은 마치 음 소거시킨 텔레비전 화면처럼 조용했다. 모두 점심을 먹으러 갔거나 휴식을 취하거나 하는 시간이었다. 점점 강해지는 빛 때문에 눈이 따가워서 나는 책을 덮고 자취집으로 돌아왔다.

 아침에 남긴 밥을 하이라이스 소스에 비벼먹고 커피를 마시며, 자취집 마루에 앉아 햇살이 나무 위를 스치며 오후로 넘어가는 것을 바라보고 있자니, 낯익은 외로움이 찾아들었다. 이 고즈넉함. 허허로움.

 나는 잠든 듯 그렇게 마루에 다리를 쭉 뻗고 기대앉아 있었다.

 미팅이라니, 새삼 입고 갈 옷이 걱정이 되어 일어난 시간이 오후 세 시. 지루한 주말이었다. 매번 나는 이런 식이다. 지루하고 우중충한, 마치 햇빛이 없는 듯한 느낌. 오랜 장마거나, 가뭄이거나, 그 속에 꼼짝도 못하고 갇혀 있는 듯한 느낌. Gloomy-day-day-day….

 나는 그 속에서 헤어나려는 듯 벌떡 일어났다. 적어도

어떤 가느다란 빛줄기 하나가 그 지루한 감정 속으로 스며들어온 듯한 느낌에 벌떡 일어서게 되었다. 몸이 아닌 심연의 어떤 것이.

나는 비키니 옷장을 열어보았다. 마땅한 옷을 찾을 리 만무했지만, 몇 개의 티셔츠와 청바지와 체크남방 사이로 레이스가 달린 흰 블라우스가 보였다. 지난 번 W쇼핑 할 때 언니가 억지로 사 준 것인 모양인데 까맣게 잊고 있었다.

꽤 예뻐 보였지만 맞는 스커트가 없었다. 나는 잘 입지 않는 네이비블루 통바지를 받쳐 입어보았다. 그래, 괜찮아. 허리에 흰색 넓은 벨트를 매고 나는 미팅을 하러, 저녁 여섯 시에 시내버스를 타고 W호텔 옆의 디멘트로 갔다.

"왔니?"

어두운 조명 아래서 나를 발견한 애란이 가만히 속삭였다. 나는 모르는 애들 투성이인 친구들 사이에 앉으라는 대로 어설프게 끼어 앉았다. 미팅은 처음엔 어리벙벙했고 별 재미를 못 느꼈지만 차츰 분위기에 익숙해지자 나아졌다. 어두운 조명에 익숙해지듯이. 할 말도 없고 상대방을 쳐다보고 얘기하는 일도 서툴고 대답하는 일도 서툴러서 그저 끄덕거리기만 했고 조금씩 웃었다.

처음으로 남학생들과 가까이에서 인사를 나누고 몇 마디씩 던지는 농담에 웃고, 음악을 건성으로 듣고 서로 힐끔거리며 잔뜩 호기심 어린 눈길로 주위를 둘러보는 것들조차 내겐 전혀 새로운 세계였다.

 아직 지적인 성숙한 분위기도 어른스러움도 없는 애송이 풋냄새가 공부만 했다고 너스레떠는 남자애들에게서 한껏 풍겨 나왔고, 여자들 또한 그랬을 것이므로 온통 이른 복숭아밭을 헤매고 있는 느낌이었다.

 모두 같이 저녁을 먹고 쌍쌍이 헤어져 둘이 남게 되었을 때, 파트너가 재즈를 좋아하느냐고 물었다. 젊은 애가 재즈에 대해 언급하니 이상하기도 했고, 재즈를 잘 몰랐지만, 건성으로 비교적 즐겨 듣는 편이라고 대답해 주었다. 모른다고 하기가 뭐했던 것이다.

 파트너는 좋은 곳을 알고 있다면서 '재즈라인'으로 나를 데려갔다. 노란 조명들이 인상적인 그 카페에서 나는 처음으로 가슴을 뒤흔드는 것 같은 재즈음악을 들었다. 이런 음악도 있었구나 하고 감탄하면서.

 그 다음은 시계를 들여다봐야 할 시간이 되어 있었다. 마지막으로 파트너인 유은식과 생맥주를 한 컵씩 마시고 천천히 시내를 걷다가 늦은 시내버스에 몸을 실었을 때, 나는 조금 흥분해 있다는 것을 깨달았다.

 강렬한 재즈 음과 생맥주의 알싸한 술기운이 내 혈관에 흘러들어 와 있었다. 유는 프로이드와 융을 들먹이며 은근히 정신분석에 대한 지식을 자랑하고 싶어 하는 눈치였지만, 내 미온적인 반응에 입을 다물어버렸다. 버스가 오자

유는 내게 손을 흔들고 떠나갔다.

 텅 빈 밤차에 올라 차창을 열었을 때, 나는 다시 느꼈다. 첫 미팅의 흥분이 내게 와 있었다는 것을. 나는 고개를 숙이고 생맥주 거품 한 조각이 떨어져 얼룩진 내 네이비블루 통바지를 쓰다듬었다.

*　　*　　*

 이삼 일 동안 그 기분으로 살았다. 남자와 데이트를 해보았다는 여자스런 그 기분 말이다. 정식 데이트는 아니었지만, 남자와 밤거리를 거닐고 맥주를 마시기까지 했으니 약간의 햇빛을 쬔 기분이 나는 것이다.

 가슴을 뒤흔들던 테너 색소폰의 연주와 허스키하고 뭉클한 노래들이 귓속을 맴돌았다. 나는 재즈음악을 다시 듣고 싶었다. 그러자면 플레이어를 먼저 구입해야 되겠구나. 뭔가 사야 한다는 것은 내게는 귀찮은 일이었다. 그렇다면 '재즈라인'을 가면 되겠구나. 그것도 또한 혼자서는 어려운 일이었다.

 나는 다시 어둠 속으로 빠져들어 버렸다.

 애란의 어때, 재미있었니? 하고 묻는 말로부터 시간이 조금씩 지나가기까지, 그런 일 같은 것은 다른 아이들에겐 일상과 같은 것이고 별다른 의미도, 기대할 만한 것도 아니라는 것을 감지한 까닭에, 내 약간의 들뜸이 오히려 바보스럽게 느껴진 까닭에.

  내 가슴 속에서 이름 모를 바람이 출렁거렸다.
  나는 그곳에 가는 것을 유보시키고 있었다. 뎅강 잘려버린 꽃송이들이 자꾸 눈에 밟혔다. 누군가 그곳에 와 있으리라는 상상이 겹쳐서 묘한 두려움까지 생겨났다. 허나 버릇처럼 나는 어느새 그곳으로 가고 있었다. 망설임과, 출렁이는 바람을 가슴에 가득 안고 긴 바짓가랑이를 펄럭이며 잡목들을 헤치고 산언덕을 넘었다.
  오후 세 시쯤이나 되었을까.
  하얀 집은 고즈넉하니 서 있다. 놀랍게도 잔디 위가 깨끗하고 말끔하게 치워져 있고 탁자도 깨끗해져 있었다. 창문의 커튼도 젖혀져 있다.
  나는 부리나케 키 낮은 창문으로 달려가 안을 들여다보았다. 아무도 없다. 하얀 소파와 장식장 같은 것이 보이고, 작은 테이블 위에 황금빛 양주병과 유리잔이 번쩍 하고 빛난다.
  나는 옆쪽으로 가서 덧문을 열어보았다. 조용히 문이 열렸다. 그러나 역시 안쪽의 유리문은 닫혀 있다. 이제 누가 온 것이 확실해졌다. 나는 실망스럽고 반갑고 두려웠다. 이제 이곳에 올 수 없게 될지도 모른다.

나는 잔디밭을 휘 둘러보고 미루나무 아래 누웠다.

가져온 책, 아직 다 읽지 못한 뒤라스의 「복도에 앉은 남자」를 펼쳐들고 읽다가 버릇처럼 잠이 들었다. 잠이라기보다 아마도 바람이 이끌었을 어떤 불확실한 세계로 마치 공기처럼 살며시 스며들었다고 해야 옳다.

나는 마치 '하이얀 고깔은 고이 접어서 나빌레라'라는 시구처럼 그 살풋하고 우아하며 가벼운 날음에 몸을 맡겨버렸다. 나는 그 얕은 잠 속에서 꿈을 꾸었고 내가 상상한 이 집 남자를 보았다.

그는 다리를 절룩이며 청동독수리 조각들을 다락에서 들어내 마당가에 내던지고 있었다. 크고 잘 생긴 개가 컹컹컹 짖어댔다. 마당가에 가득 독수리들이 쌓였다. 그들은 마치 날개를 퍼덕이며 날아오르려 울부짖는 것처럼 보인다. 그 울부짖음 위에 계속 독수리들을 던지고 있는 남자.

갑자기 끼익 하는 소리에 꿈이 깨졌으나 나는 잠에서 깨어나지 못했다. 잠 속에서도 누군가 나를 해칠지도 모른다는 두려움이 일어서 깨어나려고 애를 썼지만 번번이 나락으로 떨어졌다. 그 사이로 무슨 소리들이 자꾸 끼어들었다.

어느 순간 나는 왈칵 잠에서 깨었는데 눈을 뜨다가 소스라치게 놀라 다시 눈을 감아버렸다. 커다란 개 한 마리가 내 옆에 앉아서 나를 내려다보고 있었다. 공격적인 기미는 보이지 않았으나, 개를 무서워하는 편이어서 눈을 게슴츠

레 뜨고 꼼짝달싹 못한 채 그대로 누워 있었다. 개는 한참이나 내 옆에 앉아서 갈 생각을 하지 않았다.

오후의 해가 미루나무 그림자를 길게 늘여놓기 시작했다. 숨이 막히는 순간이었다. 누군가 기침하는 소리에 나는 또 한번 움찔했다. 분명 남자의 기침소리였다. 나를 보았을까. 아니면 이 개만 나를 발견한 것일까. 한참을 나를 들여다보던 개가 슬그머니 일어나 마당으로 나갔다.

나는 벌떡 일어나 책을 가방에 집어넣고 조심스레 마당을 바라보았다. 낡은 나무 의자 위에 머리가 긴 남자가 앉아서 술잔을 기울이고 있었다. 내 가슴이 벌렁벌렁 뛰었다. 개가 나를 내려다보고 있을 때보다 더 막막했다. 대책 없이 집 뒤쪽으로 살금살금 걸어가는데 남자의 굵은 음성이 내 발을 묶어버렸다.

"일어났어요? 이리 오세요. 남의 집 마당가에서 잠을 잤으니 세를 놓고 가셔야지."

나는 멈칫하고 돌아서서 그 남자를 바라보았다. 그는 내 쪽은 보지도 않고 말을 던져놓고는 잔뜩 고개를 숙이고 있었다. 탁자 위에 놓인 작은 술병이 나를 불안하게 만들었다. 나는 뛰어가야 한다고 생각했다. 달아나야 한다고.

그때 그 남자가 고개를 들고 나를 바라보았다. 언뜻 보기에 삼십대의 선이 좀 굵은 남자였다. 나이가 좀 들어 보이는 것은 얼굴에 잔뜩 깔린 고뇌와 어두운 눈빛 때문일까. 실은 사십에 가깝지 않을까. 이마에 긴 머리를 흐트러뜨린 채 카키색 남방에 같은 색의 바지를 입고 얼굴은 온통 찡그린 남자.

솔직히 나는 술을 마시고 있는 오월 오후의 남자가 두려워서 제자리에서 움직일 수가 없었는데, 느닷없이 그 커다란 개가 와서 내 바지를 잡아끌어 또 한번 깜짝 놀랐다. 나는 끌려갈 수밖에 없었다.

"당신은 누구요?"

내가 다가가 의자에 앉자 그가 고개를 다시 숙이며 물었다. 긴 머리가 남자의 목을 덮어 버렸다.

"난, 저… 그러니까, 이곳에 그냥 잠깐 들렀을 뿐이에요. 저 위에서 보니까 집이 있길래. 잔디도 보이고 나무도 있고……"

"저 산을 넘어왔어요?"

그가 고개를 들고 물었다. 음울한 눈빛.

"네."

"오늘 처음 왔소?"

나는 망설였다. 무어라 대답해야 할지 말문이 막혀버렸다. 어느 날 문득 강의실에서 보니 숲이 보이고, 그곳에 올라보니, 하늘거리는 초원에 하얀집이 있어서 내달려 왔노라고 할까.

"처음은 아니에요. 몇 번."

나는 내친 김에 말을 이었다.

"아니 얼마 동안 이 집은 제 소풍장소였어요. 아시죠? 빈 집이었어요. 이 조용한 풀밭과 미루나무들과 햇빛 속에서."

그 남자가 나를 뚫어지게 바라보았다. 그러다가 칼칼칼 하는 소리를 내며 웃었다.

"이 집이 탐이 났나 보군. 며칠 전부터 내가 와서 청소를 했는데 오지 않았었소?"

"며칠 오지 못했어요. 일주일쯤. 헌데 꽃을 잘라버린 분이 아저씨였나요?"

나는 문득 생각이 나서 물었다.

"꽃? 며칠이 아니라 오래 전부터 왔었군?"

그는 대답을 살짝 피했다. 그리고 다시 술잔을 기울이는 자세로 되돌아갔다. 해가 기울기 시작한다. 나는 자리에서 일어났다.

"안녕히 계세요."

나는 조용히 고개를 숙인 후 뒤돌아섰다.

"술 한잔 하지 않겠소? 아직 해가 있는데."

나는 고개를 내젓다가 생각난 듯 말했다.

"저…. 또 와도 되나요? 저쪽 미루나무 밑에 와서 가만히 있다 갈게요."

남자가 다시 뚫어지게 나를 바라보았다. 공허한 눈빛.

"좋아요. 언제든지. 난 오전엔 여기 없어요. 시내에 갔다가 오후에 옵니다. 그건 그렇고 술 한잔 하고 가요."

그가 끈질기게 붙든다. 나는 그의 눈빛에 사로잡혀서 거절할 수가 없었다. 선 채로 술을 받아 마셨다. 그 남자는 다시 고개를 숙인 자세로 되돌아갔다. 마치 달팽이가 머리를 감추듯이. 개가 나를 보고 꼬리를 흔들었다. 친숙한 사람에게나 보내는 표시를, 놀라운 개였다.

나는 다시 한번 "안녕히 계세요."하고 모기소리 만하게 말하고는 산으로 뛰어갔다. 남자가 꼭 붙잡을 것 같았으므로.

숲길을 걷는 내내 내 가슴이 쿵쿵거렸다. 나는 간신히 그 남자와의 만남을 견뎌냈던 것이다. 어떻게 그렇게 꽃들을 버린 게 아저씨였냐고 물을 수 있었는지 믿기지 않았다.

* * *

오후의 햇빛 아래서 술잔을 기울이는 남자 모습이 아른거려서 그곳에 가기가 겁이 났다. 그래서 며칠간 꼼짝 않고 학교에서 돌아오면 방안에 틀어박혀 지냈다. 오월이 마지막 주를 남겨 놓고 있었다.

참기 어려운 고독과 우울이 나를 지배했다. 읽다 만 뒤라스는 지지부진해서 더욱 무력감만 들 뿐, 별 도움이 되어주지 못했고 다른 책들도 역시 마찬가지였다.

나는 슈퍼에 가서 값싼 포도주를 한 병 사왔다. 붉은 색의 말간 액체를 들여다보며 병을 만지작거리다가 퇴락한 담벼락을 바라보며, 쪽마루 위에 앉아 안주도 없이 홀짝거리기 시작했다. 컵에 따라 홀짝홀짝 하는 동안, 은연중에 나는 술을 마시고 있는 누군가의 모습을 그리고 있었다. 무엇인가가 자꾸 내 입안에 붉은 색의 향기 나는 액체를 조금씩 부었다.

비가 올 듯한 날씨였다. 습기를 잔뜩 머금은 바람이 스쳐 지나갔다. 나는 바람을 따라가고 싶은 충동을 느꼈다. 숲은 춤추고 있을 것이다. 나뭇잎들은 세차게 흔들리고 풀벌레들은 노래하고, 새들은 낮은 자세로 비상하리라.

나는 운동화를 꿰신고, 점퍼를 걸치고, 흐린 하늘을 힐끗 올려다 본 후 드세지기 시작하는 바람을 따라갔다. 사람들이 옷자락을 여미고 어슬렁거리는 좁은 골목들을 지나 학교 교정 안으로, 금요일 오후의 빈 강의동을 지나, 몇몇 아는 얼굴을 스쳐서 바람이 잡아끄는 숲으로 숨어들어 갔다.

나는 용감해져 있었다. 한 컵의 포도주 덕분에 습기 머금은 끈적거리는 바람이 그토록 상쾌할 수가 없었다. 원무를 추는 나무들 사이로 이윽고 흰 집에 다다랐을 때, 풀잔디는 넘실대고 바람은 파도치듯 휘돌고 있었다.

마당 끝의 길에 지프 한 대가 서 있다. 하지만 사위는 고요하다. 나는 활짝 열려 있는 문을 보았다. 열린 문이 바람에 흔들린다. 방은 통원룸 형태였고 한 켠 벽 코너에 작은 문 하나가 더 보인다. 다른 쪽 벽으로 싱크대가 놓여 있고, 싱크대 앞에 작은 식탁이 보인다. 커다란 소파 하나와 작은 테이블, 그 테이블 위에 몸체가 특이한 양주병 하나가 놓여 있다. 그리고 나는 방 한 켠 가장자리에 놓인 싱글 로커와 키 낮은 장식장 바닥에 떨어져 있는 여러 권의 책과 두루마리 휴지 따위를 홀긋 보았다.

그는 부재중인가. 개 짖는 소리도 없다. 저절로 안도의 한숨이 나왔다. 그는 혼자 이곳에서 무얼 할까. 무얼 하는 사람인가. 겁이 나서 얼른 마당으로 나왔다.

나는 미루나무 아래 기대앉았다. 습한 바람이 끊임없이 불어대고 하늘이 금방이라도 내려앉을 듯 무거웠다. 비가 올까 두려웠지만 곧 될 대로 되라지 하는 심정이 되었다. 나무에 몸을 기댄 채 눈을 감고 있으니 바람이 일렁이는 파도인 것처럼 느껴졌다.

바다에 가본 적 있니.

나는 나에게 묻는다. 물론. 하지만 수영을 해본 기억은 없다. 바닷물 속에 들어가 있으면 이런 기분일까. 떠 있는 듯도 하고, 가라앉아 있는 듯도 하고, 내 속에 내가 알지 못하는 무엇이 있는 것이 느껴졌다. 강한, 격렬한 어떤 것.

내가 알지-못한-어떤-것이-저-깊은-속에서-끓어올라-오는-것을.

 포도주 한잔 때문인가. 나는 하, 하, 하, 웃었다. 아무도 없으니까…. 더 크게 나는 웃었다. 몸 안에 있던 웅크린 외로움들이 몸을 떨며 밖으로 뛰쳐나왔다. 으악, 악 소리 지르며.

 그때 거친 숨소리를 내며 무엇이 내 옆에 와 멎었다. 헐떡거리는 숨소리에 나는 눈을 번쩍 떴다. 신통하게도 무서움증을 일시에 없애버렸던 그 잘생긴 개였다. 커다란 멋진 개가 기운 넘치는 인사를 하고 있었다.

 그리고 땀방울을 뚝뚝 떨어뜨리며 윗몸을 벗은 남자가 온통 젖은 채 천천히 걸어왔다. 긴 머리가 막 샤워를 끝낸 것처럼 젖어 있고, 얼굴은 온통 눈물범벅인 것처럼 보였다. 내 눈길이 그의 눈길과 부딪힌 순간, 그의 얼굴에서 흘러내리는 것들은 샤워물이 아니라, 어쩔 수 없이 끝없이 터져나오는 주체할 수 없는 눈물일 거라는 생각이 들었다.

 놀랄 사이도 없이 그들은 내 앞에 그렇게 나타났다.

 "안녕하세요."

 모기소리만큼 작은 인사말이 내 입에서 흘러나오자, 그는 돌아서서 집안으로 들어가 버렸다. 개는 내 옆에 넙죽 엎드리고 돌아서 가는 자기 주인을 넌지시 바라보았다. 마치 손님을 그렇게 대하면 안 된다고 힐책하는 너그러운 어머니처럼.

나는 개를 쓰다듬으며 가만히 속삭였다. 이름이 뭐니…. 그때 돌아서 가던 그의 목소리가 들렸다.

"파트라슈요."

어떻게 알았을까. 내 귀에도 잘 안 들리는 내 목소리를. 나는 혼자 싱긋 웃었다. 당신은 네로인가 보군요.

"내가 샤워를 할 동안 그놈과 좀 놀아주시오. 안 갈 거죠?"

마치 혼잣말처럼 내뱉고 그는 집 안으로 들어갔다. 금세 비가 쏟아질 듯했다. 파트라슈는 하늘을 보고 컹컹컹 짖었다. 나를 보고 짖지 않는 게 이상해서 그의 말대로 개와 이야기를 나누었다.

'네로는 엄마 아빠가 없는 고아였는데, 그림을 참 잘 그려서 장래 화가가 되는 것이 꿈이었단다. 그런데 그만 죽고 말았어. 예쁜 여자 친구도 있었는데 너무 가난해서 말이야. 못 먹고 그리고 할아버지도 돌아가시고 외로워서. 왜 사람들은 그 불쌍한 아이를 돌봐주지 않았을까. 어리고 또 착한 아이였는데. 너는 아니? 내가 작가라면 그 아이가 불행한 환경을 딛고 씩씩하게 자라서 여자 친구하고도 결혼하고 훌륭한 화가가 되어 예쁜 아이도 낳고 잘 살게 했을 텐데. 그래서 불쌍한 네로를 모른 척했던 사람들을 부끄럽게 해 줄 텐데. 그런데 하늘나라로 간 파트라슈는 어떻게 되었을까. 지금 이렇게 여기 있다고?'

비누냄새를 풍기며 그가 내 옆으로 와서 앉았다. 나는, 나는 숨이 꽉 막혔다. 그는 손에 두 개의 목이 가는 와인 잔을 들고 있었다.

"한잔 합시다. 바람이 부니까 술맛이 좋군요. 내가 알던 어떤 사람이 좋아하던 술이죠. 마치 와인쿨러 같아서 술기운이 전혀 안 느껴지죠."

나는 머뭇거리다가 술잔을 받았다. 그의 말대로 샴페인 같은 향내 나는 술이었다. 하지만 내가 마신 국산 포도주보다는 독해서 와인쿨러 같지는 않았다. 나는 얼굴을 찡그리고 캑캑거렸다.

"아, 미안합니다. 천천히 한 모금씩 마시세요. 물은 아니니까."

그는 미안하다는 말을 섞었지만 퉁명스럽게 말했다. 무안해서 나도 모르게 그의 얼굴을 바라보았을 때 어둡고 음울한 눈과 부딪혔다. 씩씩거리고 일어서려던 부아가 그의 어두운 눈빛 앞에서 스러져 버렸다.

"낮에도 술을 드시나요?"

쓸데없는 질문인지도 몰랐다. 하지만 무슨 말인가 해야지 싶어서 꺼낸 것이 그런 멍청한 질문이었다.

"그래요. 언제부턴가 쭉 그렇게 됐어요. 그날 이후로 쭉. 벌써 반년이 지났지만, 아직도 난 맨 정신으로 견디기가 어렵소."

"…."

 이 남자에게 무슨 큰 일이 있었을까. 나는 조용히 귀를 기울였다. 하지만 더 이상 말이 없다.

 "내가 무섭소?"

 갑자기 그가 물었다. 나는 고개를 끄덕였다. 정말 꼼짝도 못하고 있었으니까.

 그래요. 무서워요. 당신뿐만이 아니라 세상사람 모두가. 나는 캑캑거리며 와인을 몇 잔 더 받아 마셨다. 무엇이 나를 꼼짝 못하게 한다. 그는 습관처럼 술잔을 내밀고 나는 고개를 숙인 채 술을 마셨다.

 빗방울이 후드득 듣기 시작했다. 그리고는 금세 촘촘하게 성긴 빗발이 내리치기 시작한다. 개가 천방지축 뛰었지만 나는 계속 그곳에 앉아 있었다. 그도 꼼짝하지 않았다. 금세 젖어버린 옷 때문에 몸이 오들오들 떨려왔다. 그가 내 손을 잡아끌었다.

 "들어갑시다. 당신도 상처받은 게 있소? 비를 맞으면 쾌감을 느끼오? 둘 다 아니면 이상한 여자던가…."

 나는 생쥐처럼 젖은 채 하하하 웃었다. 그의 말대로 내가 느끼는 것이 쾌감일까. 나는 순간이었지만 상쾌함 속에 들어가 있었다. 완벽한 촉촉함.

 빗방울은 굵어지고 바람이 더욱 드세지기 시작했다.

 "파트라슈는요?"

"집에 들어갔을 거요. 커다란 집을 지어줬거든. 자, 갑시다."

앞이 안 보일 정도로 비가 쏟아지기 시작하자 그가 내 손을 잡아끌고 집안으로 달려 들어갔다. 나는 현관에서 물을 뚝뚝 떨어뜨리며 멈칫거렸다. 그가 수건과 옷을 내밀었다.

"자, 올라와서 내 티셔츠와 운동복으로 갈아입고 옷을 말립시다."

나는 아득한 현기증을 느꼈다. 몸이 뜨거웠다. 한기가 돌고 있는데도 몸이 뜨거운 것이 수상했다. 정신을 겨우 차리고 고맙단 인사를 한 뒤, 그가 가리키는 문으로 들어가서 몸을 닦고 옷을 갈아입었다. 젖은 옷은 짜서 욕조 위에 펴 놓았다.

"나와요. 잠든 거 아닙니까? 감기 들어요. 와서 커피 마십시다."

그가 문을 두드리며 큰 소리로 말했다. 욕실 문을 나섰을 때 그가 불쑥 커피 잔을 내밀었다. 커다란 머그잔에 가득 뜨거운 커피. 작은 난로가 소파 옆에 켜져 있었다.

"미안합니다. 술을 잘 하는 줄 알았죠. 왜 거절하지 않았어요? 자, 이 숄을 걸쳐요."

나는 그가 무슨 말을 하는지 신경 쓰지 못했다. 춥고 온몸이 아파왔다. 커다란 숄을 어깨에 두르고 커피를 홀짝거리면서, 앙증맞은 전기난로 옆에서 내내 바들바들 떨었다.

"제가 취했나 봐요. 왜 이렇게 떨리죠."

그가 옆으로 와서 내 손에 든 커피 잔을 내려놓았다. 그리고 숄을 벗겨 내린 뒤 등과 어깨를 손바닥으로 부비기 시작했다.

"어때요. 조금 나아요?"

그의 어두운 눈이 내 충혈된 눈을 깊숙이 들여다보았다. 사려 깊은 얼굴이었으나, 무언가 허랑한 눈빛. 나는 눈을 감고 소파에 등을 기댔다.

"잠시 앉아 있다가 갈 생각이었어요. 항상 그랬듯이. 실은 집에서 포도주를 한잔 마셨거든요. 바람이 부르는 것 같더군요. 조금 쉬었다가 비가 그치면 갈게요."

나는 아주 작은 소리로 말했다. 무슨 말을 하는지도 의식하지 못하고서.

"걱정 말아요. 비가 개면 내가 데려다 주겠소. 소파에 그대로 누워 있어요. 뭐 좀 만들어 보겠소."

그는 싱크대 앞으로 갔다. 나는 눈을 감고 소파에 누워 버렸다. 몸이 점점 뜨거워지는 것을 느끼게 되었지만, 현기증인지 열인지 구분키가 어려웠다. 그가 뭘 뚝딱거리는 소리를 가물가물 듣다가, 이내 나는 잠 속으로 빠져들어 버렸다.

수업이 없는 주말이라는 생각을 하면서 눈을 떴을 때, 내가 어디 누워 있는 것인가를 깨닫고 몹시 당혹스러웠다.

일어나야겠다는 생각을 했지만 몸이 말을 듣지 않았다. 낯선 방에서 낯선 남자의 매트리스에 누워 있다는 사실이 부끄러워서 홀로 얼굴을 붉힐 수 있을 뿐이었다.

파트라슈의 낑낑대는 소리가 들려왔고, 치적치적 비가 땅을 적시는 소리. 나뭇잎이 이따금 후두둑 바람에 흔들리며 빗방울을 떨구는 소리가 들려왔다. 비가 계속 내리는 모양이었다.

집에 돌아가기 위해 일어나야 된다고 생각했지만, 더 다른 생각은 할 수 없을 정도로 깊은 피로가 나를 엄습했다. 한지에 물이 스미듯 나는 깊은 나락으로 스스륵 빠져들었다가 깨어나고 다시 빠져들었다.

어두컴컴한 숲 속과 황량한 황톳길, 아슬아슬한 바닷가 벼랑 위를 쉼 없이 지겹게 걷다가 누군가 흔들어서 나는 가까스로 깨어났다. 눈을 뜨니 그가 나를 들여다보고 있었다.

"자, 일어나요."

그나 나를 일으켜 안았다. 이런, 아직도 머리가 뜨겁군. 그가 중얼거리며 소파에 앉히고 작은 알약 하나를 내 입에 넣고 물 한 모금을 먹였다. 나는 낯선 남자가 나를 안고 있다는 것조차 의식하기 어려웠다. 나는 얼마나 여기 있었을까. 낮인가 밤인가.

"스프를 좀 먹읍시다."

그가 뜨거운 스프를 먹여 주었다. 나는 스프를 몇 순갈 받아먹고 소파에 누워버렸다. 내 얼굴이 다시 붉어졌으리라. 왠지 모를 눈물이 볼을 타고 흐른다. 나는 몹시 아팠던 것이다. 매우, 뜨겁게 아팠다. 나는 한동안 흐르는 눈물을 주체할 수 없었다.

"다 큰 여자가 아파서 우는 건 처음 보는군."

그가 중얼거리면서 내 눈물을 닦아주었다. 나는 싸아한 담배냄새를 맡으면서 다시 나락으로 떨어져 갔다.

일요일 오후 세 시, 내 방으로 돌아왔다.

그 사이 이틀이 지나버렸다. 나는 오랫동안 앓다 온 사람처럼 기진해서 죽은 듯이 몇 시간이고 누워 있었다. 비가 언제 그쳤는가. 햇빛은 싱싱하고 아직 오월은 끝나지 않았다. 오후 다섯 시, 가까스로 기운을 차리고 청소를 끝냈다.

사람이 없는 틈을 어찌 아는지 갖춰진 것도 없는 방과 부엌이 먼지로 가득 차 있었다. 이제 더워지기 시작하면 음식물들을 어찌해야 할지 나는 모른다. 뭘 만들어 먹지도 못하고 그저 조금씩 사다 먹고 살았으니 남는 것이 별로 없어 다행이라면 다행이었다. 정크 푸드.

너 밥은 제대로 지어먹고 사니? 내가 좀 가봐야 할 텐데. 바빠서 와 보지 못하고 안쓰러워하는 언니의 목소리가 들렸다. 가끔 안집 할머니가 부엌을 들여다보곤 혀를 끌끌 차며 김치 한 대접씩 주었고, 내가 해 먹는 건 주로 라면과 햄, 그리고 소스에 밥 비벼 먹는 정도가 고작이었다. 국이라면 콩나물국과 미역국을 끓여 보았을 뿐이다. 나는 콩나물과 두부를 사다가 국을 끓이고 두부를 데워 양념간장에 찍어 먹었다. 그리고 마루에 기대앉아 오래오래 커피를 마셨다.

난 그곳에서 자게 되었다 어쨌는지는 모르겠다. 두 밤이 어떻게 지나갔는지. 온통 뜨거운 열탕 속을 헤매다 온 느낌이니까. 나는 아팠었다. 밤새 얼마나 몸이 뜨거웠는지 기억도 안 난다.

간간이 땅에 세차게 내리치는 빗소리를 들었다. 그가 술잔을 기울이며 내 뜨거운 머리를 만져보고 등을 돌리고 자기 자리로 돌아가는 모습도 보았다. 그가 무어라 중얼거리는 소리도 들었다.

"젠장 할 비. 이봐요. 죽으면 안 돼. 이 밤중에 이젠 아스피린 한 알도 더 남은 게 없단 말이오. 내 참 그깟 비 좀 맞고 열병이 들다니, 새파랗게 젊은 여자가."

그런 소리였는가.

꽤 오랫동안 혼자 중얼중얼하더니 등을 돌리고 가 버렸다. 그 후에도 그가 중얼거리는 소리를 몇 번인가 더 들었다. 그의 버릇일까. 혼잣말을 누군가에게 건네는 듯 중얼거리는 것이.

"이봐. 웬 여자가 당신 집에서 자고 있어. 걱정 말아. 당신 물건은 하나도 없이 싹 치워버렸으니까. 많이 아픈데 지금은 약을 살 수도 없어. 당신도 알다시피 내가 약을 싫어하잖아. 이런 일이 생길 줄 알았으면 상비약을 준비해 뒀지. 폭우가 쏟아지는 밤에 나갈 수도 없고. 당신 사진이 안 보인다고? 장 속에 넣어뒀지. 레코드판하고…. 잠이 안 와. 이곳이 오히려 힘든 것 같군. 난 여전히 아무 일도 못 하고 있어. 바보라고? 그래 난 바보지. 당신을 보내고도 이렇게 살아남아 있으니 말이야. 꼭꼭 숨어든 줄 알았는데 저 여자가 왔어. 누굴까? 당신 혹시 알아?"

나는 환각상태에 빠져 있다고 생각했다. 끊임없는 빗소리. 낮은 중얼거림, 뭔가 홀짝이는 소리, 담배 냄새, 그런 것들이 잠(아마도 혼몽상태) 사이를 쉼 없이 넘나들었다. 그렇게 밤을 보내고 아침을 맞았을 때도 나는 일어나지 못했다. 그가 약을 가지러 갔다 오고, 스프를 쑤어 먹이고, 나를 안아 소파에 앉히고 그리고 다시 매트리스에 뉘이고… 그리고 계속 비가 내렸다.

나는 두 밤을 그곳에서 보냈다. 그의 매트리스를 차지하고 그가 주는 죽을 받아먹고, 일요일 오후 그의 지프에 올랐다. 나는 산을 오래 돌아 나오는 그 좁다란 길을 눈여겨 보지 못했다.

나는 내 방까지 오는 내내 몽롱하게 눈을 내리감고 있었다. 그는 한 마디 말도 없이 차를 몰았고, 간단하게, 매우 간단하게 집의 위치를 물었고 그리고 내가 내린 후에 부르릉 차를 몰고 달아나듯이 가 버렸다.

가슴 속으로 허허로운 바람이 차갑게 지나갔다. 휙 바람처럼 사라져버린 회색 지프를 보면서 순간적으로 그에게, 그의 땅에 불청객이었구나 싶은 생각으로 나는 초라하게 오그라들었다.

그는 나를 달가워하지 않는다. 예의상 쫓아내지 못했을 뿐이었는지…모른다. 그렇지만 나는 빚을 졌구나, 그렇게 생각한다. 그곳에 가는 것이 멋쩍게 되었지만 곰곰이 생각해 보니 이제야 갈 이유가 생긴 것이다. 그에게 빚을 졌으니(청소를 해준다든지, 빨래를 해 준다든지, 밥을 지어준다든지) 한번쯤 가보는 게 아니라 가주어야 한다.

나는 의도적으로 내가 그에게 필요한 사람이 될 수 있을 거라고 몇 번이고 다짐한다. 그 차가운 바람의 기척은 모른 척하기로, 그의 찬바람 도는 태도도 혹 의도적일지 모르지 않는가.

그, 가 줘야 한다는 생각의 변이가, 그의 냉랭한 태도에도 불구하고 나를 살아 있는 것처럼 느끼게 했다. 마치 전에는 모든 세포들이 죽어 있었던 것처럼. 문득 내 다리를 타고 가슴으로 올라오는 생동감을 느꼈다. 한번도 느껴보지 못한 은밀한 전율 같은 미세한 감정.

 그가 나에 대해 느낄 감정에 대해서는 생각해내지 못했다. 누군가가 나에 대해 무엇인가를 배려하리라는 생각은 해본 적이 없었으므로. 갑자기 내 앞에 나타난 것은 오히려 그였다. 나는 오월 내내 그곳에 갔었지 않은가. 그곳은 텅 비어 있었으며 누구의 장소도 아니었다. 이제 그곳이 그 남자의 소유라 해도 나를 어떻게 할 수는 없을 것이다.

 나는 그곳에 가고 싶다. 지금 내가 능동적으로 하고자 하는 일은 오직 그곳으로의 그 행보뿐이었다.

 나는 왠지 모를 힘에 밀려 일어난다. 집을 나와 거리를 서성대며 걸어 다녔다. 평소에 없던 나답지 않은 행동이었다. 아직 몸에 미열이 남아 둥둥 떠다닌다. 기운이 빠져 더 이상 걷기가 힘들어졌을 때 돌아와 콩나물국에 밥을 말아 먹었다.

 그가 나를 태우고 오는 길에 사준 아스피린을 한 개 먹었다. 그걸 먹고 잠에 들었다. 그리고 꿈을 꾸었다. 다리를 절룩이며 하얀집에서 나온 남자가 어디선가 흘러나오는 볼레로의 음에 따라 어깨를 들썩이며 울고 있다. 음이 점차로 커지면서 그의 흐느낌도 커진다. 어깨가 파도를 치는 듯하다.

 바람이 빠르게 휘돌아가고 개가 먼 발치에서부터 짖기 시작하더니 울고 있는 남자를 발견하고 달려와 바짓가랑이를 잡아당기며 돌기 시작한다. 남자는 빙글빙글 돌다가 어느 순간 픽, 하고 쓰러져 버렸다.

음악이 절정에 오르면서 잦아들고, 개는 움직임 없는 남자의 몸에 얼굴을 대고 가만히 붙어 앉아 있다. 그리고 가끔씩 얼굴을 비벼 대었다. 마치 그의 여자처럼.

나는 그 모든 것을 산정에서 내려다보고 있었다. 마치 눈앞에서 벌어진 일인 듯 볼레로의 음이 선명하게 귀에 맴돌고, 남자가 어깨를 더욱 크게 들썩일 때마다 내 가슴은 잦아들었다. 나는 펑펑 울었다.

몸은 금세 회복되었다.

문득 나를 궁금해 (아픈지, 슬픈지 혹은 치한에게 희롱당한다든지) 하는 누군가가 내 곁에 없다는 사실이 새삼 깊이 삶을 생각하게 만드는 것 같았다. 나는 내 인생에 대해서 지그시 눈을 감고 스케치하듯 그림을 그려보려 했다.

내 앞의 생의 마당은 아직 백지상태였다. 난 붓도 없고 물감도, 팔레트도 없으며 나이프도 없고 붓을 씻을 기름과… 무엇보다 그림의 주제를 떠올릴 수가 없구나, 나의 말은 무엇이 되어야 하는지 어떤 식으로 뱉어내야 하는지….

쓸데없는 짓이었다. 그런 생각들은 곧바로 절망감에 휘감겨 버린다. 나는 드러난다든가, 숨는다든가에 대한 확실한, 또는 선명한 어떤 것들에 대한 강렬한 동경을 느꼈다. 캔버스 위에 칠해진 찬연한 유화물감의 색채, 원색의 뚜렷한 질감. 그것과 같이 강한 개체를 지닌 것에 대한 향수….

내가 절망할 수밖에 없는 이유는 뻔했다. 위에 나열한 어떤 요소도 내게서 우러나올 만한 것은 없었으니까. 나는 마치 마른 처녀의 젖가슴처럼 밋밋했고, 비 내리는 날의 음울함과 텅 빈 골목길에 쏟아지는 숨 막히는 햇빛, 노란 현기증, 바람 없는 날의 숲을 떠도는 눅눅한 공기와 같았다.

나는 수업을 끝내자마자 집으로 돌아왔다. 햇빛이 찬란한 마당을 바라보며 나란 존재가 저 햇빛처럼 빛나지 못함을 탓하면서, 마루에 기대앉아 남은 포도주를 찔끔찔끔 마셨다. 나는 무채색이며 구름이고 젖은 바짓가랑이에 휘감기는 냉기, 기껏해야 눈에 띄지 않은 네이비블루 톤의 옅고 음울한 컬러일 뿐이며, 쉽게 드러나지 않는 작은 강줄기.

어느 순간 벌떡 일어나 나는 그곳으로 가고 있었다. 그에게 가야 한다. 그의 찬바람 도는 등을 생각하면 겁이 났지만 내 존재의 어둠이 나를 일으켜 세운다. 한발 한발 나는 힘을 낸다. 빚도 갚아야 하니까.

그곳은 텅 비어 있었다. 파트라슈마저도 보이지 않는다. 산들거리는 바람만이 내 무채색의 가슴을 훑고 지나간다.

나는 한정 없이 기우는 해를 바라보며 오후 내내 미루나무에 기대앉아 있었다. 문을 흔들어 본다거나 들여다 볼 생각도 않고. 차라리 잘 된 일이다. 아무도 없으니 마음이 가라앉는다. 빨리 돌아가야 하리라. 하지만 나는 꼼짝도 하지 않았다.

해가 졌다.

나는 느리게 일어나 문을 열어 보았다. 문은 잠겨 있지 않았다. 왠지 뒤돌아서지지가 않아 소파에 가서 누웠다. 피곤했다. 텅 빈 적요 속에서 나는 간밤 꿈에 나온 남자의 울음소리를 들으며 누워 있었다.

어둠이 산들로부터 골짜기를 타고 내려오고 바람소리가 잦아들 때까지도 그와 파트라슈는 돌아오지 않았다. 나는 소파에서 일어나 가야 한다고 생각했지만 꼼짝도 할 수 없었다. 해 있을 때 돌아갔어야 했다는 뉘우침도 소용이 없고 이제 무서워지기 시작했다. 어둠이 점점 짙어졌고 새소리마저 없다. 새들도 둥지에 들었을 것이다. 이름 모를 풀벌레들만 불길한 음색으로 울어댈 뿐이었다.

나는 마치 어둠의 한 부분처럼 잔뜩 웅크리고 소파 위에 엎드려 있었다. 갑작스런 허기가 나를 일어나게 했다. 나는 용기를 내어 더듬더듬 벽스위치를 찾아 켰다. 젖혀진 커튼을 닫고 자그마한 냉장고 문을 열어보았다. 식빵과 베이컨, 계란과 오렌지주스 그리고 김치가 담겨져 있을 것 같은 사각 통이 들어 있다.

　생수병도 있고 커다란 초콜릿 두 개와 오이 그리고 토마토가 몇 개. 나는 식빵을 꺼내 계란을 부쳐 샌드위치를 만들어 먹었다. 토마토 한 개를 먹고 오렌지주스를 마시고 재빠르게 접시를 씻고 치웠다. 웬 만큼 허기가 가셨다.

　나는 현관에 있는 미등을 발견하고 다른 불은 다 꺼 버렸다. 소파 옆에 내가 아파 누워 잤던 매트리스가 깔려 있고 그 위에 책 서너 권이 놓여 있다. 화집이었다. 자세히 보니 흑백의 사진집이었다.

　나는 희미한 조명 아래서 그 사진집을 들춰 보았다. 그것은 고우석이라는 사람의 작품집이었고, 떠들어 보니 현대무용을 하는 여자의 춤동작이 계속 이어져 있었다. 모두가 매우 강렬한 흑백사진이었고, 이목구비가 뚜렷한 모델의 미모가 매혹적이고 살아 움직이고 있는 것 같은 느낌을 주었다.

　나는 좀 더 잘 보기 위해 매트리스 위쪽에 있는 스탠드를 찾아 켰다. 작가의 프로필을 들춰보다가 깜짝 놀랐다. 그였다. 머리가 짧고 좀 더 젊긴 하지만 분명 그 남자의 얼굴이었다. 눈빛만이, 무언가 가득 차 있는, 강렬한 욕망조차 번뜩이는 눈만이 달랐다. 가슴이 뛰었다.

　그는 사진작가로구나. 방을 휘 둘러보았지만 사진에 관계되는 듯한 기구는 보이지 않는다. 오히려 방안에 가득 차 있는 것은 푸르스름한 슬픔 같은 거였다. 그러고 보니 모델의 눈에서 언뜻 슬픔의 그림자를 본 듯하다.

 나는 책을 이리저리 뒤적였다. 책 전체가 온통 한 여자의 춤추는 모습이다. 헌데도 지루한 느낌이 들지 않았고, 실제로 춤추고 있는 모습을 보고 있는 듯한 착각에 빠지게 하는 것은 무엇 때문일까. 나는 한숨을 푹 쉬고 스탠드 불을 껐다.

 벽을 둘러보았으나 시계 같은 건 아예 없다. 몇 시나 된 것일까. 엄습하는 여러 갈래의 불안감들이 나를 질식시킬 듯 눌러댄다. 무서웠다. 나는 다시 새우처럼 등을 웅크리고 정지해버린 기계처럼 미동도 하지 않았다.

 어느 순간 꿈결에선 듯 예의 그 삐이익 하는 자동차의 거친 정지음을 들었다. 그리고 개 짖는 소리와 동시에 후닥닥 달려 들어와 문을 긁어대는 동물의 호흡소리를.

 나는 벌떡 일어나 현관 앞에 섰다. 빈 집에 들어와 있었음에 대한 조바심과 그의 찬 기류에 대한 우려가 몸을 로봇처럼 뻣뻣하게 한다. 나는 고개를 잔뜩 숙이고 기다린다. 그가 걸어 들어와 문을 열었다.

 나는 모기소리 만하게 "안녕하세요."라고 말했다. 그는 놀라지도 않고 방을 휘 둘러본 후 안으로 들어와 손짓했다.

 "앉아요. 조금 놀라기는 했지. 분명히 새벽에 불을 끄고 나갔는데 불이 켜져 있으니, 전혀 뜻밖은 아니지만 이 밤에 웬 일이오? 자정이 다 되어 가는데."

그는 긴 머리를 손으로 쓸어 넘기며 나를 뚫어지게 바라보았다. 저 눈빛. 나는 가슴이 아려왔다. 무언가 깊이 아픈 듯한 허랑한 눈빛. 푸른 호수가 가득 출렁이는 것 같은….

"저 오후에 왔었어요. 고맙단 말씀을 드리려고…. 뭔가 보답을 하고 싶어서요. 뭔가 도와드릴 게 있지 않을까요?"

참 우습군, 하는 듯이 그가 입을 일그러뜨리며 웃었다. 내 말에 대한 대답은 없었다. 나는 쓸쓸했다. 아무 말이나 해야겠구나.

"저…, 사진집 봤어요. 선생님이시죠? 저기에 있는 작가…."

그의 눈이 번쩍 뜨였다. 다음 순간 그는 책을 들더니 거칠게 현관 쪽으로 내팽개쳐버렸다.

"난 죽었어요. 그녀가 죽을 때 나도 이미 죽었소. 난 이제 사진을 찍지 않아요. 아무 것도 못하고 있소. 그녀가 내 생명을 가져가 버렸는지도 모르지. 난 술이나 마시는 건달이 됐어요. 잘 알다시피."

"하지만…왜요?"

"알고 싶소?"

나는 고개를 끄덕였다. 숨을 죽이고 눈을 아래로 내리깔고 그의 음성을 기다린다. 오랫동안 아무 소리도 들리지 않았다. 싸아한 담배냄새가 났고, 그리고 긴 한숨이 여러 번 흘러 나왔다.

"그녀가 죽었소. 저 책 속의 여자가. 아름다운 여자였소."

"…."

"단번에 날 사로잡아버린 여자였지. 결혼한 지 두 달 만이었소. 끔찍한 이별이었어. 감히 상상조차 할 수 없는 고통을 주고 간 용서할 수 없는 여자요."

"…."

나는 고통이 뭉턱뭉턱 묻어나는 그의 낮은 목소리가 가슴으로 스며들어오는 것을 숨죽인 채 지켜보았다.

그때, 그가 내게 들려주었던 얘기들은 대략 다음과 같았다.

우석은 스튜디오를 연지 다섯 해 만에 작가의 대열에 끼었다. 산이나 들, 사찰, 강과 모래톱, 폐허가 된 빈집에 홀로 핀 들꽃 등을 찍는, 그림으로 말하면 구상작가였다. 그는 동생에게 스튜디오 일을 맡기고 자신은 작품사진 찍는 데 거의 모든 시간을 할애했다.

자연 속을 헤매는 일이 그에겐 훌륭한 작업이었고 휴식이었다. 오랫동안 다른 것에는, 일테면 무기물이라든가 정지해 있는 사물들에는 관심이 일지 않았다. 살아있는 것들에 대한 순수한 애정이 사진을 빛낼 것이라 믿고 그것들의 숨은 미를 찾는 데 집착했다. 하지만 머지않아 인간의, 추상의 미美가 자신을 유혹하리라 예견했다. 자연에서 사람에 대한 관심으로 기울어진 것도 그 이유 때문이었다.

  어린이와 할머니들을 적지 않게 찍었다. 일부러는 아니었지만 안 찍어본 것은 여자뿐이었다. 젊은 여자 모델을 구하기도 쉽지 않았고, 여자라는 느낌을 주는 인물사진은 아직까지는 그의 관심 밖이었다고나 할까.

  누드는 흔히 모든 장르에 걸쳐서 빈번하게 등장하는 것이었지만, 그로서는 아직 별 매력을 갖지 못했다. 단지 이제 막 인간으로서의 여성의 특성을 새로운 관점으로 투시하고 싶은 욕구가 생겨나기 시작했던 것이다.

  우석은 스튜디오에 머무는 시간이 많아졌다. 그 동안 찍은 사진들을 묶어 작품전을 한번 가졌고, 「들·강·모래」라는 작품집을 냈다. 그러는 동안에도 계속 여성성女性性에 대해 생각이 기울어졌고, 구체적인 작품구상을 위해 머리를 굴리고 있었다.

  헌데 어느 날 스튜디오에 한 여자가 나타났다. 정확히는 가을 구월의 어느 날, 동생이 한 여자를 데리고 스튜디오 안 우석의 작업실까지 들어왔던 것이다.

  우석은 느닷없는 여성의 출현에 의아했지만, 그녀의 미모에 더욱 놀랐다. 무어라 표현할 수 없는 기품이 어려 있는 얼굴. 젊고 성숙하며, 우아하고 완벽한 분위기가 들떠 있지 않고, 잘 부착되어 있는 접착시트의 그것처럼 깔끔했다. 그럼에도 커다란 여인의 눈에 출렁이는 생기는 생명력이 넘치는 인간의 열정을 말해주는 것이었다.

"이걸 봤어요."

그녀는 망설임 없이 대뜸 말했다. 그녀가 펴 보인 것은 「들·강·모래」라는 그의 작품집이었다.

"아, 헌데 무슨 문제라도?"

우석은 의아해서 물었다. 그의 작품집이 다른 사람의 손에 들려 있는 것을 처음 본 것은 아니었지만 상대방이 의외의 인물이었기 때문에 그는 좀 당황스러웠다.

"아니에요. 제 소개를 먼저 해야겠군요. 전 대학에서 현대무용을 가르치는 박인희라고 합니다. 이제 막 부임했어요. 작년에 외국유학에서 돌아왔고요. 설명을 하자면 제 춤을 찍어 줄 사람이 필요해요. 전 선생님의 작품을 본 적이 있어요. 호감이 가더군요. 그래서 책을 구입했고요, 이렇게 불쑥 찾아 온 겁니다. 갑자기 찾아와서 죄송합니다."

"난 여자를 찍어 본 적이 없는데요."

"여자를 찍자는 게 아니에요. 춤을 찍어주시라는 거지. 그래서 작품집을 만들고 싶거든요. 작품발표회를 곧 할 예정인데 선생님께 부탁드리고 싶었어요. 마지막 리허설 때 선생님과 둘이서 작품을 만들 수 있을까요?"

생각보다 좀 당돌하다 싶었지만 우석은 고개를 끄덕여 보였다. 자세히 말해보라는 뜻으로. 그녀는 자신의 작업에 대해서 좀 더 길게 설명하기 시작했다.

그녀의 이야기를 들으며, 우석은 마음이 시키는 대로 우선 오케이 했다. 거절할 만한 뚜렷한 이유가 있는 것도 아니어서이기도 했고, 춤이라는 것이 구미를 당기기도 했고, 솔직히 말하면 그녀의 매력 때문이었다고 해야 옳았겠지만, 우석은 우선 여자의 이름과 전화번호를 적고 -춤 작품집을 만들기 원함-이라고 써 놓은 후 여자에게 커피를 대접했다.

여자는 우석의 작품을 높이 평가했다. 그녀에게서 풍기는 묘한 매력 때문에 잠깐 동안 매우 유익한 것을 얻은 듯한 느낌을 주는 면담이었다. 우석은 자신이 별로 안 찍어본 소재라서 좀 터덕거릴 텐데 괜찮느냐고 물은 후, 이틀 후 대답해 주겠다고 말했다.

"고마워요. 그러실 줄 알았어요. 전화를 기다리겠습니다."

우석은 문을 열고 서서 고개를 끄덕여 주었다. 박인희라고 말한 아름다운 여자는 그렇게 말하고 돌아갔다.

그 여자가 왔다 간 후부터 즉시 우석에게 무언가가 왔다. 살짝 스치고 지나간 여인에게서 풍기는 향그런 화장수 냄새처럼 가슴 설레고 유혹적인, 그리고 안타까운, 여태 서른일곱 해를 사는 동안 한번도 오지 않았던 감정이었다.

그 이전에도 물론 여자들은 있었다. 하지만 모두 대학친구라든가 아마추어 사진작가라든가 사진애호가 정도의, 우호적인 관계 이상의 아무 연관도 없는 그런 보통사이들이었다. 섹스에 대한 욕망마저도 없어서 동생은 가끔 "형, 정상이우?" 하고 물었다. 동생은 일찍 결혼을 했었으므로 당연한 질문이었는지도 모른다.

우석은 자신도 내게 그런 동물적 감정을 가진 적이 있었던가 라는 의문이 들 때면 비정상적이라는 느낌도 있었지만, 그런 생각조차도 별 대수로운 건 아니라고 간과해버렸다. 헌데 이제는 아니었다.

그날 밤 벌써 우석은 여자, 인희 생각에 잠을 이루지 못했다. 닫혀 있던 온몸의 세포들이 이제야 열리기 시작해 그녀를 향해 마구 소리를 지르는 듯한 느낌이었다. 몇 번이고 찬물에 샤워를 해봐도 결과는 마찬가지여서 새벽 여섯 시에 여자가 적어준 전화번호를 누르지 않고는 견딜 수가 없었다.

여자는 전화를 받지 않았다. 그것은 대학 구내 전화번호였기 때문이다. 우석은 지쳐서 잠이 들었고, 정확하게 정오에 깨어나 스튜디오에 나가 전화를 걸었다.

"조건이 있소. 그 동안 연습장면을 내가 지켜봐야만 해요."

"좋아요. 제 스튜디오는 C대학 앞에 있어요. 오시면 제 스케줄을 드리겠어요."

우석은 곧바로 박인희 스튜디오에 들러서 그녀와 몇 가지 사무적인 계약을 했다. 화요일 오후 세 시, 목요일 다섯 시, 우석이 그녀에게 갈 수 있는 시간이었다. 사무적인 이야기 끝에 신변에 관한 가벼운 이야기들이 오고갔다.

인희, 그녀는 서른셋이었고 이제 막 외국유학에서 돌아왔으며, 집은 부자이고 등등. 그녀의 솔직하고 거리낌 없으며 화려한 외모가 풍기는 자신만만함까지 모두 우석 안에 숨어 있던 열정이라는 상자 속으로 연기처럼 숨어들어 버렸다.

짐작하겠지만 우석은 인희를 하루도 안 걸려 사랑하게 되어버렸다. 실은 그녀를 본 순간에 이미 사랑에 빠져버렸는지도 몰랐지만 감정이란 뒤늦게 수습이 되곤 했기 때문에 알아채지 못했을 뿐이었을 것이다.

그녀의 춤 연습 장면을 지켜보면서 우석은 가슴 속에 차츰 수위를 더해가는 사랑의 파고를 걱정스레 쓰다듬어야 했다. 걷잡을 수 없이 그녀에 대한 감정이 치솟게 된다면 작품이고 뭐고 만들어질 리가 없었다.

우석이 그녀에 대한 사랑을 잠재우며 몇 주를 보내는 동안 인희도 자신을 사랑한다는 것을 깨닫게 되었다. 인희도 얼마 지나지 않아 우석의 강렬함에 매료당했던 것이다. 우석이 그녀의 아름다움에 단번에 매료되어버렸던 것처럼. 우석은 서른셋이라는 나이가 그녀의 눈부심을 더욱 빛나게 해 주었다고 생각한다. 그녀가 좀 더 어렸거나 팔팔했다면 그 완숙한 미美를 발견하지 못했으리라고.

우석은 연습 장면을 삼 주 동안 지켜본 후, 거의 사 주에 걸쳐서 인회의 사진을 찍었고, 마침내 마지막 리허설 장면을 찍었다. 일주일 후 그녀의 작품 발표회가 있었고, 드디어 작품집도 나왔다. 힘든 작업이었다.

그 동안 둘은 끔찍이 가까워졌다. 긴 겨울을 같이 보내고 서른여덟의(그녀는 서른넷이었다.) 구월에, 만난 지 일 년이 되는 날에 결혼식을 올렸다.

우석으로 말하면 인회를 만난 그날부터 변해버렸다. 심연 깊숙이 잠들어 있던 감추어진 정열들이 그녀를 향해 터져 나오기 시작하자 사진에 대한 감각도 달라져서 이제 내면에 깃들어 있는 것들에 대한 포착에 더 관심을 기울이게 되었고, 특히 춤에 대한 감각은 인회 못지않았다. 솔직히 말하면 이제야 비로소 남자가 된 느낌이었고 모든 사물들에 대한 감각 또한 그렇다는 것을 깨달았다.

일 년여의 시간에 우석은 생애 최고의 시간들을 가졌다고 생각한다. 여인과 사랑과 삶에 있어서의 완벽함. 그리고 은밀함.

…이제 다시는 가질 수 없는 것들에 대한 참담함에 갇혀 버린 남자….

"…그녀가 곧 내 생명력이었소. 헌데 어느 날 가버렸소. 한마디 말도 없이. 어이없게도, 커다란 고양이 한 마리를 피하려다가 충돌해 버렸어요. 그리고는 모든 게 끝났소. 내 생명도 끝이 났소."

"…!"

　나는 차마 상상조차 하지 못한다. 한밤, 아름다운 여자 하나가 예쁜 차를 몰고 가다가 문득 뛰쳐나온 들고양이 한 마리를 보고 놀라서 핸들을 돌리다가 중앙선을 침범하고….

"이렇게 살아있지 않느냐고? 난 실제로 죽으려고 했었소. 두 번씩이나 죽음에 뛰어들었지만 맘대로 되지 않더군. 얼마 전까지만 해도 난 그 죽음의 끈을 잡기 위해 안간힘을 썼었지. 그러나 그것도 끝났소. 그것이 이곳에 돌아온 이유요."

"…."

"그녀가 내 삶도 가져가 버렸소. 내가 어떤지 느낄 수 있어요?"

　그는 묻고 있는 게 아니다. 나는 고개를 들었지만 차마 그의 얼굴을 볼 수 없었다. 그는 레코드 한 장을 장 속에서 꺼내 턴테이블 위에 올려놓았다. 여태 눈에 띄지 않았던 물건들이었다. 오래되고 귀한 느낌이 나는.

그의 손이 떨리고 있다는 내 생각이 옳았는지는 모른다. 그러나 나는 남자의 가느다란 손가락이 턴테이블 위에서 떨리는 것을 보았다. 그리고….

내가 얼마나 그의 이야기에 빠져 들어간 것일까. 짧고 강렬한 사랑이야기가 내 가슴을 찔러버렸다. 마치 취한 것 같은 몽롱한 의식 속으로 음악이 흘러 들어왔다.

아, 나는 그 음악을 알고 있다!

음악 속에서 울고 있는 남자.

나는 그가 두 손에 얼굴을 묻고 숨죽여 어깨를 들썩이며 오열하는 사이로 움찔 놀라며 볼레로를 듣는다. 아니 볼레로의 여자를 본다. 그를 위해 추어지는 여자의 춤을. 파트라슈의 크어엉 하는 소리도 듣는다. 슬픈 밤을 흔들고 지나갈 소리 없는 천상의 합창도 듣는다.

나는 그에게 묻혀버렸다.

나는 왜 그곳에 갔었을까 라는 질문은 우습다.

나는 이미 그곳 아니면 갈 데가 없었다. 그 슬픔의 밤, 나는 그를 위해 무언가 하기 위해 갔었다. 처음 상처 입은 짐승처럼 아픔을 뚝뚝 떨어뜨리던 그의 눈과 부닥뜨렸을 때 나는 벌써 알았어야 했다. 내가 무언가 해야 한다는 것을.

허나 그 순간은 자연스레 왔다. 나는 그를 위해 내 따뜻한 가슴을 열었다. 그리고 내 순결한 몸 안에서 그가 위로받기를 바랐다. 나는 상처 입은 아픈 남자의 얼굴을 쓰다듬으며, 내 품에 닭이 알을 품듯이 안고 오래오래 달랬다.

"그녀는 오랫동안 고통을 견디다가 갔소. 차마 나를 두고 갈 수 없었던 것인지 피를 흘리고 혼수에 빠져서도 신음을 했소. 그녀의 예쁜 눈은 더 이상 나를 보지 못해 눈물만 흘렸고 탐스런 머리카락은 베어졌소. 그녀의 심장이 멎을 때 나는 술에 파묻혀 있었소. 그녀의 고통을 차마 볼 수 없어 술을 들이키고 차 속에서 쓰러져 잠이 들었는데…그때, 무언가 나를 깨웠소. 나는 그녀에게 달려갔지만 이미…."

"…."

"오랫동안 나는 그녀를 보낼 수 없었소. 그녀의 마지막을 지키지 못했다는 죄책감에 쌓여서 나는 감히 그녀의 사진조차도 바라볼 수도 없었소. 지금도 나는, 나는….

이윽고 그가 내게 쓰러져 내렸다. 짧은 순간, 볼레로가 절정을 향해 올라갈 즈음 그가 나를 안았고, 눈물 젖은 눈을 감은 남자의 몸부림을 나는 뜨겁게 느꼈다. 술 기운 없는 남자의 뜨거운 몸부림….

* 　* 　*

　나는 그 밤을 어찌 보냈는지 모른다.

　그 밤은 나의 밤이 아니었다. 내가 그를 위해 내어 준 밤이었다. 나는 모든 것을 그에게 내주었기 때문에 빈 껍질처럼 기진해서 숨을 죽였다. 그는 화가 나서 얼굴을 붉히며 탕탕 현관문을 닫고 어둠 속으로 나가버렸다. 나는 바닥에 뒹굴고 있는 옷들을 주워 입고 창문에 붙어 서서 내내 어둠 속을 내다보았다. 알 수 없는 눈물이 볼을 타고 흘러내렸다.

　시간이 조금 지나자 조용한 오월의 한밤에 나는 그에게 무언가, 나 자신을 나누어 주었다고 생각했고, 육체에 대한 별다른 느낌은 없었다. 단지 그가 내 몸 안에서 잠시 울음을 멈추게 되었다는 것이 중요했을 뿐이다. 헌데 그는 불같이 우락부락해져서 옷을 벗은 채로 밖으로 뛰쳐나가버렸다.

　나는 며칠 전 아팠을 때 그랬던 것처럼 몹시 피로해져서 매트의 한 구석에 몸을 구부리고 누워 그를 기다렸다. 하지만 그는 내가 잠이 들 때까지 들어오는 기척이 없었다.

　나는 날이 새자마자 그곳을 빠져나왔다. 그는 언제 들어왔는지 타월로 몸을 감은 채 소파에 기대앉아 있었다. 토끼같이 빨간 눈을 하고. 나는 "안녕히 계세요."라고 작은 소리로 말했다. 그는 대답이 없었다. 나는 낡은 티셔츠처럼 풀죽은 모습으로 내 방으로 돌아갔다.

유월이 왔다.

애란이 미팅 이야기를 다시 꺼냈지만 거절해 버렸다. 차츰 우울의 도가 심해져서 거절한 것을 후회할 즈음, 바람에 날리는 풀씨처럼 정처 없이 시리기만 한 내게 전의 미팅 파트너인 유은식이 전갈을 보냈다.

나는 난생 처음 과 우편함에 꽂힌 남학생의 초대장을 보았다. 밝고 푸른 청색의 카드에는 「XX과 페스티벌에 당신을 초대합니다」라고 쓰여 있었다. 잠시 따뜻한 기류가 그 카드의 「당신을 초대합니다」라는 글귀에서 흘러나왔다. 막연했지만 깊은 우울의 숲에 한 가닥의 부드러운 바람이 살랑거리며 스며들어 온 느낌이었다.

나는 유은식의 부탁대로 오케이 사인을 넣어서 엽서를 부쳤다.

유월의 초여름 밤, 시원스런 바람이 술렁대는 C대학의 잔디밭에서 유은식을 만났다. 일찌감치 불을 밝힌 무대와 시끄러운 전자음악, 그리고 아직 사라지지 않은 붉은 저녁놀이 멀찌감치 서서 지켜보는 가운데 상기되어 있는 앳된 젊음들.

단 한번의 미팅 파트너였던 유은식과 같이 그 흥분된 분위기의 잔디 위에 서서 샴페인을 마시며, 다른 사람이 추는 춤을 바라보는 것만으로 잠시 가슴 속의 바람이 잦아드는 듯했다.

아름다운 유월의 밤하늘을 바라보며 잔디밭에 앉아 축제를 즐기는 모습들은 떠들썩하고 싱그러웠다. 밴드가 끊임없이 연주하는 음악에 맞춰 못 추는 춤을 따라 해보는 것도 신나고 즐거운 일이라는 것을 깨달았다.

나는 은식에게 고마움을 느꼈다. 하지만 그에게 고맙다는 말 같은 것은 하지 않았다. 그저 속으로만 그렇다고 생각했을 뿐이다.

은식은 아무래도 내 소극적이고 말없음에 대해 호감을 가질 뿐일 것이다. 그가 나를 얌전하다고 느꼈을지도 모르겠지만 나로서는 나 자신에 대한 매력을 전혀 찾아볼 수 없었으므로, 나를 초대한 것에 대해, 밤하늘에 떠 있는 별처럼 들떠 있는 교정을 떠나 집으로 오는 마지막 버스를 탈 때까지도 내내 의아심을 가졌다.

은식이 버스에 같이 오르겠다고 해서 집까지 같이 가게 되었다. 버스에서 내려 내 방까지 걸어가는 도중 갑자기 은식이 말했다.

"저, 어디서 잠시 쉬어갈까? 한잔 더 하고."

나는 난감해져서 고개를 저었다. 그러자 황급히 그가 따라오며 말했다.

"그럼 영주씨 방에 잠깐 들어갔다 갈게요. 커피 한 잔만 마시고."

나는 정말로 어찌 해야 할 바를 몰랐다. 고개를 숙이고 생각하다가 나는 손을 내저었다.

"여기서 그냥 돌아가세요. 오늘 정말 즐거웠어요. 고맙구요. 제 방이 좀 불편하거든요. 미안해요."

은식이 갑자기 다가와 나를 안았다. 나는 어둠 속에서 얼굴을 붉히며 은식의 팔을 떼어내었다. 한참동안 몸싸움이 벌어졌다. 나도 모르게 오열이 터져 나왔다.

"아, 미안해요. 영주씨. 사과할게요."

은식은 두 팔을 들었다 내리며 얼굴을 붉힌 채 곧장 돌아서서 가 버렸다. 나는 안도의 한숨을 내쉬고 방으로 돌아왔다.

축제 뒤의 공허감이 가득 나를 메웠다. 은식의 심정도 그러해서였을까. 나는 고개를 내저었다. 은식에게 약간의 미안한 느낌도 있었지만 그에게 안기고 싶은 맘은 없었다. 은식은 키스하려고 했다. 강제로 나를 끌어안고.

나는 입술을 가만히 만져보았다. 은식과 키스하고 싶지 않다고 까칠한 입술이 말하고 있었다. 허랑한 가슴 속으로 짐작도 안 가는 그리움이 잔뜩 밀려들었고, 알 수 없이 가슴이 아리고 아파왔다. 음악을 들을 수 있는 라디오 하나도 없는 방에서 나는 그 그리움을 덮어버릴 격렬한 재즈를 듣고 싶었다.

나는 잠을 못 이루고 밖으로 나와 바람난 여자처럼 집 주위를 서성거렸다. 근처에 작은 내를 가로지른 다리가 있는데, 그 곳에서 기타 치는 소리가 아련하게 들려왔다. 나는 불빛을 피해 하천 가까이 서서 무엇인지 모르는 기타연주를 들으며 눈물을 흘렸다. 그리고 늦은 밤의 슈퍼마켓과 문구점, 화장품 가게 등을 들여다보며 돌아왔다.

유월은 곧 지나갈 것이다.
머지않아 기말시험이 있고 여름방학에 들어간다.
나는 긴 휴가기간 동안 어떻게 지내야 할지도 정해놓아야만 했다. 언니는 "광주에 와서 나랑 같이 지내자. 병원에서 아르바이트 할 수 있어." 했지만 그다지 내키지 않는 제안이었다. 여기보다 더 숨이 막힐 거란 생각이 들어서였다.
나는 학교도서관 아르바이트를 하겠다고 신청서를 냈다.
축제가 있던, 외로움이 극성을 떨던 날 밤 이후 웬일인지 공부에 집중할 수 있는 힘이 생겼다. 나는 며칠 간 공부를 열심히 했고 기말시험을 그럭저럭 치렀다. 그리고 방학이 왔고, 책 서너 권을 들고 또 다시 산을 넘어가는 게 내 오후 스케줄이 되었다.
그가 있거나 없거나 나는 그곳에 갔다. 그는 오라 가라 말이 없었다. 해가 질 무렵이면 나는 다시 산을 되넘어왔고, 내 덥고 외로운 방으로 들어가 찬 방바닥에 누워 잤다. 그가 술잔을 가지고 종종 내게 오는 때가 있었다. 그럴 때마다 내 가슴은 뛰었고, 떨리는 가슴에 이름 모를 황색의 강렬한 액체를 한 모금씩 집어넣었다. 술을 마시면 그곳에 머무르고 싶은 충동에 사로잡혔다.

하지만 주말이 아니면 그곳에 머무르지 않았다 그는 빨래라든가 청소라든가 내가 해 줄 수 있는 모든 집안일들을 거절하는 대신, 주말에 내가 자신과 함께 보내주기만을 원했다.

나는 방학 내내 주말이 되면 그곳에서 그와 함께 지냈다. 그가 없는 날도 혼자 그곳에 남아 있었다. 그는 내가 기대어 앉아 있곤 하던 미루나무 기둥에 커다란 메모지를 붙여 놓곤 했다.

- 외출! 내일 오후에 옴. -

메모지는 커다랗지만 매번 간단하고 사무적인 글이었다. 그렇더라도 그런 짧은 메모나마 남겨준다는 게 그의 마음이 느껴져 나는 미소 짓곤 했다. 나는 그 메모된 커다란 색지들을 책갈피에 끼워 넣어 모아두었다.

그곳에서 난 일 따위는 하지 않았다. 음식은 그가 만들었고, 간혹 내가 설거지를 했을 뿐 다른 일들은 하지 않았다.

그는 거친 듯했지만 깔끔했고 거의 입을 닫고 살았지만 신사다웠다. 다만 상처 입은 자의 고통이 몸 밖으로 흘러 나올 때만 몹시 거칠고 힘겨워 보였을 뿐이다. 그럴 때마다 나는 그를 쓰다듬어 주기를 원했다. 내가 그를 위로할 수 있기를, 그가 빨리 치유되기를.

* * *

나는 팔월이 다 되도록 내 몸의 변화를 알아채지 못했다.

난 단지 그에게 도움이 되고자 했을 뿐이다. 스스로 그가 내 몸을 쓰다듬는 걸 원한 것은 아니었지만, 그가 내게서 위로받기를 바랐다. 그는 차츰 따뜻한 본래의 사람으로 되돌아가는 것처럼 보였다. 말이 없는 것은 예전이나 다름 없었지만, 나도 그것은 마찬가지였다.

그에게 무언가 묻는 것은 금기였다고 생각한다.

팔월 어느 날 울컥 치미는 심한 구토증을 느끼면서부터 나는 그곳에 갈 수 없었다. 갑자기 밀어닥친 불안감으로 숨이 탁 막혀버릴 듯 했으며, 노란 현기증 때문에 도서관 일도 그만두어 버렸다.

이미 칠월부터 시작되었을 증세들을 난 알아채지 못했고, 알아챘다 해도 무엇인지 감도 못 잡았으리라. 나는 두려웠고 그 두려움 때문에 감히 문 밖을 나서는 것도 힘이 들었다. 야쿠르트와 물, 오렌지주스를 마시며 방안에서 죽은 듯이 지냈다.

 이제 어떻게 해야 하나. 순옥에게 상의를 해야 하나… 언니에게?

 때가 왔다. 망설임과 숨죽인 불안, 해결할 수 없는 무능에 대한 절망, 그런 것들이 일시에 나를 눌러 죽일 듯했다. 방학은 이제 다 끝나가고 있다. 난 어떻게든 결정을 해야 한다. 순옥이 왔다 간 날 저녁 나는 결심을 굳혔다. 이대로 죽을 순 없어. 나는 힘겹게 순옥을 불렀다. 그녀가 어떤 타입의 여자인지, 진실한지, 괜찮은 사람인지 나는 모른다. 하지만 육감을 믿었다. 순옥에게 말해야 한다고 내 마음속에서 무엇인가가 채근하고 있었다.

 "순옥아. 날 도와줄 수 있겠니?"

 난 밑도 끝도 없이 불쑥 그렇게 말을 꺼냈다.

 "무슨 일 있어? 무언데, 말을 해봐. 너 아무래도 건강에 문제가 있나본데, 내게 말해봐."

 "묻지 않겠다고 약속해 줘. 나한테 매우 중요한 일이야."

 "걱정 마. 궁금해 죽겠어도 묻지 않을게. 이렇게 죽게 생긴 스무 살은 처음 본다. 내가 도와줄게. 자, 말해."

 "…날 병원에 데려다 줘. 거기 여자들만 가는 병원 말이야….

 나는 차마 산부인과라는 말을 입에 담지 못했다. 나는

순옥이 말대로 겨우 스무살이었던 것이다.

"너, 산부인과 말하는 거니? 어떻게 된…. 참 묻지 않기로 했지. 큰일 났다. 병원이 어디 있는지도 모르는데. 가만 있어봐. 내가 먼저 시내 가서 적당한 병원을 찾아보고 조금 후에 너랑 만나자. 돈은 있어?"

나는 고개를 끄덕였다. 난 언니가 보내주는 용돈을 거의 쓰지 않는다. 순옥이 나를 병원으로 데려갔다. 나는 고개를 들 수가 없었다. 마음이 아팠다. 몸의 변화를 눈치 채지 못한 내가 부끄럽고 초라했다.

병원을 갔다 나온 후 순옥이 몸보신을 해야 한다며 우족탕을 사 주었다. 그녀는 내 옆에서 이틀을 잤고, 나를 잘 돌봐 주었다.

나는 순옥이 돌아간 다음 참았던 울음을 하루 종일 소리 죽여 쏟아내었다. 어머니가 그리웠고 따뜻한 온기도 그리웠다. 세상의 온갖 그리움들이 나를 향해 몰려들었다. 아픔도 허망함도, 외로움도…

나는 그렇게 스무 살 여름방학을 마감하고 있었다. 춥고 아프고 축축하게.

팔월 이후 그곳에 가지 못했다.

난 육체적인 변화를 감당하지 못했었다. 그것은 충격이었고, 잠시 생동했던 나를 예전의 잿빛보다 더 깊은 어둠 속으로 일시에 몰아넣었다. 육체를 휘감은 그 충격으로부터 벗어날 길은 묘연하기만 했다.

그곳이 그리웠다. 그가, 오열에 묻힌 그가 그리워서 산을 오르는 때도 있었다. 산정에 올라 짙푸른 나무들 사이로 하얗게 서 있는 그 집을 보며 울다가 산을 내려오는 때도 있었다. 하지만 무엇인가가 산 아래로 내려가는 것을 막았다. 난 갈 수 없었다. 무언가가 그 무언가가 안 돼! 안 돼 라고 소리 지르는 것 같았다.

자주 꿈을 꾸었다. 그가 나를 물끄러미 바라보고 있었다. 허공 같은 눈, 슬픔에 가득 찬 눈으로. 꿈속에서 나는 그를 쓰다듬는다. 그의 손을, 숙인 어깨를, 눈물 젖은 얼굴을, 긴 머리를 한없이 쓰다듬다가 잠이 깨곤 했다.

어느 날 난 그곳에 가지 않고는 배길 수가 없었다. 아직까지도 병에 남아 있던 포도주를 찔끔찔끔 마시고 있다가, 문득 나도 모르게 산으로 내달았다.

구월이었을까. 시월이었을까. 숲 사이의 햇살은 벌써 사위는 듯 아름답기 그지없고 벌레들의 울음은 가을이 왔어요, 라고 노래하는 것 같았다. 그냥 가을이라고 하자.

가을 날 오후. 드문드문 학생들이 눈에 띄는 교정을 뒤로하고, 살짝 뒷산으로 숨어들어서 재빨리 나무들 사이를 지나 산 아래로 내닫는 여자. 숨은 턱에 닿아 있고 얼굴은 상기되어 있다. 옷은 무얼 입었을까. 아마도 긴 팔 티셔츠에 청바지를 걸쳐 입었을 것이고, 다른 모습은 상상이 되지 않는다.

곧바로 나는 미루나무 아래로 가 앉는다.

파트라슈가 컹컹 짖으며 뛰어 왔지만, 그는 모습을 보이지 않는다. 나는 기쁨에 차 있었다. 집을 떠나 작은 교정과 감추어진 숲을 걸어올라 언덕을 넘어오는 사이에 자신도 모르게 생긴 어떤 감정으로 달아올라 있었다.

나는 우울할 때 그런 것처럼 그 감정도 주체하기 힘들어서 가슴이 바싹 타는 것 같은 느낌에 사로잡혔다. 파트라슈가 무릎에 머리를 얹고 내 눈을 그윽히 올려다보고 있을 때 그의 모습이 잔디밭에 나타났다.

뚜벅뚜벅, 긴 머리의 야위고 깊은 눈을 한 남자. 그 사이에 조금 더 나이가 들어버린 것 같은 얼굴에 웃음 대신 가득 슬픔을 담고 출렁이며 오는 남자.

그는 내 앞에서 무릎을 꿇고 앉아 내 얼굴을 두 손으로 감쌌다. 나는 황홀해서 눈을 감아버렸다. 그 동안의 많은 이야기, 숨겨둔 익명의 그리움들이 순식간에 가슴을 점령해 버렸다. 나는 눈을 감고 파도처럼 출렁거렸다.

그는 내 옆에 앉아 손을 쓰다듬으며 지나간 시간들에 대해서 무언가 말하고 싶어했다.

"그 동안….."

무슨 일이 있었느냐고 묻고 싶은 것일까. 나는 "아무 일도 없었어요."라고 앞질러서 대꾸해 버리고 만다. 그것은 거짓이었다. 난 엄청난 일을 저질렀어요. 아직도 그것이 무엇인지 이해할 수 없을 정도로 엄청난…. 하지만 난 그에게 더 이상 말하지 못한다.

"좀 야위었는데 아팠었나?"

그는 사려 깊게, 그윽하게 바라본다. 나는 고개를 내저었다.

"선생님이 뵙고 싶었어요. 많이 참았거든요. 아마 그래서 그럴 거예요."

나는 얼굴을 붉혔다. 그는 입을 다물어 버렸다. 나는 그의 어깨에 몸을 기대고 숨을 가다듬었다. 나는 들떠 있다. 무언지 모를 기쁨에, 그에게 안기고 싶은 충동에.

그가 그걸 알아챘을까, 아니면 그도 나처럼 나를 그리워한 것일까. 순식간에 그의 팔 안에 나는 갇혀 버렸다. 나는 뜨거웠다. 몸 안에 있는 모든 감추어진 것들이 모여 열정으로 뭉쳐 있다가 갑자기 터져버린 것처럼 믿을 수 없게 나는 뜨거워져서 열렬히 그를 갈망했다.

그 순간에 나는 네이비블루가 아니었다. 나는 레드, 드센 바다의 파도, 숲을 휘도는 바람, 타오르는 불이 되어버렸다.

"선생님, 보고 싶었어요."

그는 고개를 끄덕이며, 나를 안아들고 집안으로 들어갔

다. 나는 그의 허리를 꼭 껴안고 눕는다. 그는 매트에 누운 뒤 무언가를 억누르는 듯 눈을 감고 미동도 하지 않았다. 나는 숨을 훅 내려 쉬었다.

"너를 다치게 하고 싶지 않아. 너의 이 열정은 다른 사람에게 가야 해. 미안했었어. 지난여름에 있었던 몇 번의 육체적 욕망들이 너를 해치지 않았을까 하고. 나는 상처받은 사람이야. 너는 정상적인 남자에게 사랑받아야 해. 나는 너를 다치게 될 거야."

나는 고개를 내저었다.

"그런 말씀 마세요. 전 후회하지 않아요."

나는 그의 등을 껴안고 울었다. 그가 잠시 몸을 떨더니 나를 부드럽게 쓰다듬기 시작했다.

"오지 말아. 제발. 난 또 잃고 싶지 않아. 넌 너무나 순수해. 아름다워. 니가 얼마나 아름다운지 아니? 순수하기 때문에 아름다운 네 몸을 내가 아프게 한다고 생각하게 돼. 난 나쁜 사람이야."

"또 그런 말씀…. 선생님이 많이 그리웠어요. 그러니 날 아프게 한다고 생각하지 마세요."

나는 그를 껴안는다.

그날 오후의 사랑은 아름다웠다. 그는 고통스러워 보였지만 더 이상 말이 없었다. 난 울면서 그와의 사랑 속으로 들어갔고 그에게 빨려 들어갔다. 그와 사랑 중에 잠시, 팔월의 끔찍한 고통이 몸속으로 들어왔다가 사라졌다.

 그날의 열정은 포도주 탓이었을까. 아니다. 나는 그에 대한 내 감정의 뜨거움을 확인했고, 그것으로 인해 고통스러움도 느꼈다. 헌데 그날 이후로도 계속 그곳에 가는 일은 망설여지는 일이었다. 무언가가 나를 막았다.
 어느 날 내가 산을 오르지 않는 사이에 학교 뒷담 공사가 상당히 진척되어 있는 걸 알았다. 무언가가 무너지는 느낌이었다. 산사태가 나서 앞이 꽉 막혀버린 느낌. 뒷담 공사가 시작된 걸 알고부터 나는 더욱 고통스러웠다. 이제 물리적인 이유에 의해서도 그곳에, 그에게 갈 수 없게 되어버린 것이다.
 나는 빈 강의실 창 앞에 앉아 시야를 가로막은 회색의 콘크리트 벽을 우울하게 바라보곤 했다. 이상했다. 그렇게 앉아 있으면 그 담벽은 그 전부터 있었던 것 같은, 내가 그곳을 드나든 일은 꿈에서나 있었던 것 같은 그런 망상이 나를 사로잡는 것이다.
 그곳은 어디일까. 나는 우회도로를 몰랐다. 전에 아팠을 때 그가 태워다 준 적이 있었지만 눈여겨보지 못했다. 나는 그를, 그 숲의 집을 가는 길을 찾아야 한다는 급한 마음과 이제 끝났다는 체념 사이에서 방황했지만 결국은 한 발짝도 움직이지 못했다. 그는, 그는 어디에 있을까. 나는 그의 글씨가 커다랗게 메모된 접혀진 색지들을 쓰다듬었다.

* * *

 나는 그 일 년여를 어떻게 살았는지 모른다. 장님처럼 친구들의 해맑음을 못 본 듯, 그들의 빛남을 못 본 듯, 그늘에 비켜서서 눈을 내리깔고 숨어 지냈다.
 단지 순옥이만이 내 빛이었다. 억지로 우산으로 가린 내게로 다가와서 우산을 제치고 빛을 쬐도록 하는 것이었지만, 나는 막무가내로 우산 속으로 기어들어 갔다.
 나는 바보처럼 또 다시 잿빛 속으로 숨어 들어가서 일 년을 채우고 그 도시를 떠나버렸다. 그곳을 가슴 깊숙이 묻은 채.
 그 후로도 나는 여전히 혼자였다. 나는 그 도시를 학교를 졸업하자마자 떠났으며, 언니의 병원에서 병원지祇 만드는 일을 하게 되었다.
 달라진 것은 아무것도 없었다. 장소만 바뀌었다고 할까. 머릿속엔 여전히 그곳이 가득 차 있었지만 나는 자꾸 무엇엔가에 떠밀려 내려가고 있었다. 그곳으로부터 멀리.
 오랫동안 나는 내가 살았던 방의 다락에 내 물건을 놓고 온 것이 없나 달려가서 뒤지는 꿈을 꾸었다. 아무리 뒤져봐도 다락은 텅 비어 있었다. 그러면 실망해서 터덜터덜 걸어 돌아오다가 꿈을 깨곤 했다. 나는 오랫동안 그 꿈에서 헤어나지 못했다. 언젠가 실제로 그곳을 다시 찾아가봐야겠다는 생각을 하게 할 정도로 질긴 꿈.

그러나 그 도시를 찾을 만한 일은 내게 일어나지 않았다. 나는 내가 떠나온 그 도시에 다시 갈 일이 없었다. 내가 알던 그 도시의 유일한 남자 그 또한 먼 곳의 사람이었다. 그곳은, 그토록 가까웠던 그곳은 시간이 갈수록 아주 먼 나라가 되었다.

나는 그 어둡고 암담했던 내 자취방에 무엇을 남겨놓고 온 것이 없을까, 벽장 안에 놓고 온 것은 없을까, 두고두고 생각해 보았지만 아무것도 기억나는 것은 없었다. 단지, 단지…. 가슴 속에 묻혀 있는 무엇인가가 나를 자꾸 채근하는 것이었다. 나는 가슴을 다독이고 다독이며 세월을 보냈다.

내가 그 도시를 다시 찾은 것은 오 년이 지난 봄날이었다. 순옥의 결혼식에 참석하기 위해서였다. 나는 그 도시에서 결혼식을 올리게 된 순옥에게 고맙단 말을 하고 싶은 심정이었다. 그런 이유가 아니라면 내 스스로 어찌 그 도시를 갈 용기가 생겨날 것인가.

결혼식이 끝나기가 바쁘게 나는 곧바로 택시를 타고 학교로 들어갔다. 준비되어 있는 수순에 의해서인 것처럼 나는 교정을 천천히 걸어 들어가 담 공사가 시작되던 산 초입으로 가까이 갔다.

 담 공사가 시작된 뒤로 산 근처에 얼씬도 못했던 내가 얼마나 바보였는지 깨달은 건, 담에 작은 쪽문이 나 있는 걸 발견하고 나서였다. 쪽문은 잠겨져 있었지만, 그걸 타고 담을 넘을 수 있었다. 나는 세게 머리를 치고 싶은 충동을 받았다.

 숨죽인 오열이 터져 나왔다.

 모든 담은 문과 연결되어 있다, 는 간단한 생각조차 하지 못한 지난날의 내가 어리석다고 할 순 없다. 그토록 쉽게 왜 체념해버렸던가. 그것이 신의 뜻이라고 생각했을까. 하지만 나는 마음에 따랐으며, 그 마음에 맞게 담이 산을 막아버렸고, 그 후에는 가라앉아버렸다.

 그때 내게 더 이상의 선택은 있을 수 없었다. 그는 산 너머에 있었고, 나를 기다리는지조차 알 수 없었으며, 그는 내게로 오지 않았으므로. 나는 두근거리는 가슴을 누르고 산을 넘어갔다.

 아, 저기 하얀 집이 보인다! 천천히, 천천히 나는 그곳으로 다가가고 있었다. 풀잎 사이로 감추어져 있는 지난날의 내 발자국을 찾아 디디며 나뭇잎새들이 살랑거리고 연두빛으로 피어오르는 산언덕을 넘었다. 여린 흙들이 낮은 내 구두 뒷굽에 달라붙는 이 보드라운 감촉은 얼마인가.

마침내 하얀 집에 당도했을 때 나는 훅 하고 숨을 죽였다. 누군가 테이블에 앉아 햇빛을 뒤로하고 책을 읽고 있다. 반백의 남자와 낯익은 커다란 개. 테이블 위엔 술병이 놓여 있고, 술잔 하나가 빈 채 놓여 있으며, 바람이 살랑살랑 스쳐지나갈 뿐 고요한잔디밭 위. 나는 더 걸을 수가 없었다. 멈춰 서서 한참을 서 있는데 파트라슈가 벌떡 일어나 내게 뛰어왔다. 그때 그가 나를 보았다.

"오…. 영주. 니가…."

그가 놀라서 벌떡 일어났다.

똑같다. 모든 것이 그대로 있다. 내 마음 속에서는 물론 아니었지만 믿을 수가 없는 일이었다. 나는 잠시 멍하니 내 앞에 펼쳐진 낯익은 풍경과 햇빛과 그 햇빛 아래 서 있는 사람을 바라보았다.

낡은 하얀 집, 미루나무, 좀 둔해진 파트라슈, 그는 늙었다. 머리가 반백이 되어버린 것이다. 그렇지만 눈은 생기에 차 있다. 그가 살아있음을 느끼게 해주는 활기도 있고, 미소도 깃들어 있다.

나는 금방 알아챈다. 그에게 무슨 일이 시작됐음을. 인사말 같은 것은 할 수도 없었다. 나는 불쑥 말한다.

"일을 시작하셨군요?"

그는 고개를 끄덕인다. 나는 낡고 닳은 나무의자에 삐걱, 하고 앉아 그를 본다.

"오랜만이야. 어떻게 내가 아직도 여기 있을 거라 생각했지? 숲으로 왔나? 대단해. 믿을 수가 없어."

나도 믿을 수가 없었다. 내가 여길 또 오게 된 것이, 그가 그대로 이 집에 앉아 있는 것이. 우리는 그 동안 있었던 일들을 담담히 서로 이야기했다. 나는 이제 어른이 되었고, 그는 반백이 되었다. 그렇게 머리가 희어질 정도의 나이는 아니었다. 그의 상처가 그를 그렇게 만든 것이다. 나는 마음이 아팠다.

"결혼 안 했나?"

"네."

"왜?"

"…"

나는 대답할 수 없다. 그는 피식 웃는다.

"쓸데없는 질문을 했군."

나는 속으로 중얼거린다. 여기 생각만 했어요. 선생님 생각만. 오 년 동안이나요.

그가 집안으로 들어가자고 끌었다. 나는 바짝 마른 그의 허리에 손을 두르고 집 안으로 들어간다. 그는 무척 조심스럽다. 그것이 온몸으로 느껴진다. 그는 무엇을 두려워하는 것일까. 그가 왜 오지 않았었느냐고 물어주길 바라는 내 기대는 터무니없는 상상과 같다.

'담, 담이 생겨버렸어요. 그래서 올 수가 없었죠. 묻지도

않으시는군요. 이미 옛날이야기죠.'

그가 커피를 만드는 동안 나는 여전히 매트 위에 널려져 있는 몇 권의 화집을 보았다.

"나 다시 사진 시작했어. 그해를 보내고 다음해부터. 작품전도 한 번 가졌고. 널 보고 싶었어. 그때는 널 내버려두는 것이 최선이라 여겼는데, 니가 오지 않게 되니까 후회스러웠어. 하지만 잘했다고 생각했지. 여하튼 니 덕분에 난 죽지 않고 살아난 거야. 자, 이거 너 오면 주려고 오래 전부터 놔 둔 책이야. 아주 오래전부터."

나는 책을 받아들고 무어라고 해야 할지 몰라 그저 사진집을 들춰보았다. 하지만 다행스러웠다. 그가 일어선 것이. 다시 일을 시작한 것이, 여전히 이곳에 있는 것이.

"오늘 자고 갈 수 있나?"

나는 그 순간 그와 같이 밤을 보내고 싶다고 생각했고, 그것이 얼마나 내가 기다렸던 말인가를 깨달았다. 나는 고개를 끄덕였다.

"매인 몸이 아니라 좋구나. 그럼 샴페인을 마시자."

그는 어린애처럼 좋아했다.

나는 어떻게 이곳에 있게 된 것일까. 그와 나란히 앉아 평화스런 시간을 갖게 된 것이 황홀한 꿈처럼 느껴졌다. 나는 그것이 꿈이라면 완벽한 꿈이기를 바랐다. 그래서 그의 여자가 되는 것이, 그가 나의 남자가 되는 것이 좋았다.

내가 여자라는 것을 느끼는 것이 마치 처음인 것처럼 느껴지는 긴 밤이었다.

  우린 거의 밤을 새워가며 이야기를 나누었다.

  "이 작은 집은 그녀가 발견하고 산 집이었지. 전에 봤겠지만, 꽤 오래된 집이야. 그녀가 내게 이 집을 주었어. 난 이 집을 그녀보다 더 좋아해서 시간만 나면 이곳에 와서 지냈지. 그녀가 간 뒤로 발길을 끊었지만. 헌데도 꽃들은 여전히 피어나고, 지고 다시 피는 것이었어."

  나는 목이 잘린 꽃들을 기억해냈다.

  "선생님이 그랬군요?"

  "난 참을 수 없었지. 커다란 분노가 나를 그렇게 하도록 했어."

  "…"

  "영주는 어떻게 이곳에 오게 되었을까, 궁금했어. 마을이 없는 곳이거든. 한참 내려가야 작은 동네가 있지. 산을 넘어오는 사람은 없었어. 난 죽은 사람 같았었지. 남의 눈에 띄기를 원치 않았어. 헌데 영주가 왔어."

  "…"

  '저는 그 시절 마치 병든 것 같았어요. 엽록소가 제거된 잎사귀처럼. 내 젊음의 활기와 윤기를 무엇인가 흡수해, 앗아가 버려서 힘을 못 쓰게 된 것처럼 기진맥진했었어요. 홀로, 끊임없이 별 주위를 서성대는 바람 같았어요. 설 곳

이 없는 낯선 지구에 떨어진 작고 외로운 별처럼 어찌할 줄 몰랐지요.'

 나는 내 지난날을 돌이켜 보았다.

 엷은 막 속에서 잔뜩 몸을 오그린 채 떨고 있는 야윈 처녀가 보였다. 어머니의 자궁 속에 웅크린 태아의 모습 그대로 세상을 향해 두 손을 내밀지 못하고, 안으로 감춘 채 고개를 숙이고 있는 여린 여자. 그곳에서 만난 남자가 그였다. 낯선 땅에서 술잔을 내밀던 남자. 상처 입은 남자. 그래서 고개를 들고 처다볼 수 있었던 남자.

 하지만 내가 알지 못하는 어떤 힘이 나를 궁지에 몰아넣었다. 나는 고통을 겪었고, 이곳에서의 피안이 끝이 나버린 줄 알았다. 헌데 그는 아직 이곳에 있다. 그가 아직 이곳에 있다는 것만으로도 내 마음은 충분히 보상받았음을 느꼈다.

"담이 생긴 거 아셨어요?"

"무슨 담?"

"학교와 산 사이에 담이 생겼어요. 그래서 올 수 없었죠. 모르셨군요."

"전혀. 난 영주가 철이 들었나 했지."

 깜짝 놀란 얼굴로 그가 농담을 한다.

"아니면 남자친구가 생겼거나."

 나는 그를 안았다.

밤은 깊고 따스하고 아름다웠다.

나는 광주로 돌아가야 했다.

이튿날 새벽, 그의 차에 올랐다. 안개 자욱한 새벽 산길을 내려가면서 역시 나는 한참 아래에 있다는 마을도, 마을을 지나 이어진 길도 눈여겨보지 못했다. 안개 때문이기도 했고, 무언가 하고 싶은 말을 하지 못한 듯한 안타까움 때문이기도 했다.

나는 안타까웠다. 가지 않겠어요, 라고 말하고 싶었다. 그에게 돌아가고 싶다. 내 속에서는 자꾸 그렇게 외치고 있었다. 다른 길은 없어. 그곳에서, 그와 함께 지내고 싶은 것이 단 하나의 내 소망이었다. 나는 그 말을 입 밖으로 꺼내 그에게 하고 싶었다. 하지만 나는 아무런 말도 하지 못했다.

그는 무겁게 침묵하고 있었다. 새벽녘 차에 오르면서부터 입을 꾹 다물고 있었다. 조지 윈스턴의 음악이 차 안 가득 출렁여댔다. 평소에 가슴을 그윽히 가라앉혀 주던 그 음악이 어찌 그리 속을 헤집어대는 것처럼 느껴졌을까.

그의 침묵이 거북스러웠다. 나를 만난 것이 즐거운 듯 내내 들떠 보였지만, 그 무거운 침묵의 무게가 나를 눌렀고, 내가 먼저 어떤 이야기를 꺼낸다는 것은 얼마나 힘든 일이었던가.

내 미래를 당신과 같이하고 싶어요, 라는 말이 목 아래에서 뱅뱅 돌았지만, 결국 아무 말도 하지 못하고 광주까지 가고 말았다.

"난 곧 그곳을 뜰까 해. 스튜디오를 다시 만들려고 하거든. 그리고 그곳에 새로 집을 지을 거야. 벽들이 균열하고 있어서 말이야. 멋진 집을 만들고 싶어."

　순간 지금이야, 지금 말해야 돼. 라고 나는 속으로 외쳤다. 날 불러주세요 라고. 그러나 내 입은 이미 얼어붙어 버렸다. 나는 그의 전화번호조차 묻지 못했다. 그는 아직도 내가 자기에게 오는 걸 두려워한다. 이유가 그것만일까. 왜 난 말하지 못하나.

"빨리 결혼 해."

　왜 우리가 사랑하면 안 된다는 걸까.

"나는 이제 늙어 가. 넌 이제 피어나고. 결혼해서 잘 살아야 해."

　그런 말이 고작이다. 난 울고 싶었다. 그는 왜 나를 붙들지 않는가. 그는 내가 어디에 사는지, 어떤 곳에서 일하는지 아무 것도 묻지 않고 내 사무실 어귀에 나를 내려놓고 달아나 버렸다.

　그렇게 그는 가 버렸다. 나는 한동안 멍하니 아침 해가 넘실거리는 길거리에 서 있었다. 또 다시 홀로, 버려진 아이처럼.

나는 속으로 울면서 천천히 사무실을 향해서 걸었다. 문득 그도 가면서 울고 있을지도 모른다는 생각이 내게 위안을 주었다. 내가 울음을 참고 있는 것처럼 그도 속으로 울고 있을지도 모른다고. 하지만 왜….

* * *

그를 만나고 온 후로 내 일과의 틈은 그의 화집을 들여다보는 것으로 채워졌다. 마치 그가 거기 있어 만져볼 수 있는 것처럼, 화집에 나와 있는 그의 프로필을 손바닥으로 문지르면서 하루를 보낸 적도 있었다.

난 그저 홀로 있었고, 한 발짝도 그에게 가려 시도하지 못했으며, 여전히 그곳을 가슴에 품은 잿빛 안개와 같았다. 그는 아주 먼, 먼 곳에 있었다.

그렇게 훌쩍 이 년이 지났다.

나는 로드 스튜어트를 들으면서, 잭 다니엘을 마시고 있었다.

그 가을 날 깊은 심연 속에 오랫동안 눌려 지내던 욕망들이 하나의 뜨거운 열정으로 뭉쳐서 달아올랐던 날이 내 몸속으로 마치 알코올처럼 스며들어 왔다.

나는 어느 날 그곳에 갔다.

그곳에는 하얀 집이 있었고, 연둣빛 잎사귀가 부드러운 바람에 쉬지 않고 흩날리는 미루나무들과 초록의 잔디 그리고 꽃들이 있었다. 그곳에 상처 입은 한 남자가 앉아 있었다. 나는 그 남자의 상처 깊숙이 들어갔고, 그의 상처를 꿰매 주었다. 그가 치유된 건 아니었지만, 서서히 그는 상처에서 빠져 나왔고 그리고 여전히 그곳에 있다. 아니면 이미 떠나버렸을까.

나는 오래된 책의 갈피에 끼워 둔 빛바랜 색지를 꺼내 낯익은 글자들을 읽었다. 그의 커다란 글씨들이 거기 쓰여 있었다. 나는 그의 팔을 쓰다듬듯 그것을 쓰다듬었다. 다시 그곳에 가야 한다!

나는 벌떡 일어섰다. 새벽 다섯 시였다. 나는 옷 몇 가지를 챙기고 간단한 화장품과 그의 책을 가방에 챙겨 넣고 오피스텔을 나섰다. 빨리 가야 해.

부르릉, 새벽의 무거움을 깨고 차의 시동을 건다. 입에서는 약한 술내음이 풍겼다. 새벽 고속도로를 달리는데 지장이 갈 만큼은 아니었다. 나는 그곳에 가야 하니까.

난 이제 달리고 있다.

진즉 그에게 갔어야 옳았다. 그가 소리없이 부르는 소리를 듣지 못했니…. 그는 널 부르고 있어. 나는 달린다. 그에게, 그곳으로. 이미 내 마음은 그곳으로 앞서 가 있다. 그의 품안에. 그날 팔월의 태양과 구토증과 노오란 현기증으로 꽉 찼던 여름날들로. 이제 가면 말하리라. 그 팔월의 황량한 날들을. 그곳을 건너야만 그에게 갈 수 있다.

이제야 나는 확연히 깨달았다. **내가 그-곳-으-로 건-너-가-야 한-다-는** 것을.

로드 스튜어트의 갈한 음성이 나를 그곳으로 불러들인다. 오월과 유월과 팔월의 쓸쓸함 속으로. 나는 파도에 휩쓸리듯 빠져 들어간다.

그가, 바람이 살랑거리는 잔디 위에 앉아서 긴 머리를 쓸어 넘기며 책장을 넘기다가 문득 산 아래 서 있는 나를 발견하리라. 나는 바람에 흩날리는 미루나무 잎들과 낡은 하얀 집, 흰 커튼, 다듬지 않은 풀잔디, 집 밖을 흘러가는 좁은 계곡물소리 속으로 들어간다. 처음에 그랬던 것처럼, 마치 바람의 한 자락인 양. 그가 떨어뜨리는 책이 바닥에 부딪히는 소리를 들으며.

그의 집이 없어지리라곤 상상도 하지 않았다. 그 하얀 집은 원래 그곳에 있었고, 내 숨은 사랑과 같았으며, 항상 그곳에 있었다.

나는 이른 아침 해가 뜨기 전 학교에 도착해서 교정에 차를 주차시켰다. 이슬이 축축이 내린 산길에 바짓가랑이를 적시며 산정에 올라 훅 숨을 들이쉬며 아래를 내려다보았을 때 무언가 이상했다. 하얀 빛의 기척이 없었다. 나는 피로 때문이거나 안개 때문이라고 핑계 대며 산 아래로 달음

질쳐 내려갔다.

그곳엔 아무 것도 없었다. 그의 집은 흔적도 없이 사라져 버렸다. 나는 허이허이 넘어온 낮은 산언덕을 올려다보고 풀썩 무릎을 꺾었다. 찬 새벽바람이 내 가슴을 쏴아 훑고 지나갔다. 나는 간신히 미루나무 아래로 걸어가서 등을 기대고 앉아 잠시 눈을 감았다. 눈물이 조금씩 흘러내리다가 이윽고 오열로 터져 나왔다. 나는 숨기고 싶지 않았다.

'미루나무야, 풀들아, 바람아, 내 사랑은 어디로 갔니. 이제야 겨우 사랑을 깨닫고 왔는데, 모두 사라져 버리고 없구나.'

미루나무를 흔들고 지나가는 바람 사이로 어디선가 볼레로의 음이 들리는 것 같았다. 나는 새벽이슬이 아직 마르지 않은 잔디 위에 엎드려 어깨를 들썩이며 울었다. 내 울음 사이로 굵은 남자의 오열이 스며들었다. 나는 마치 그가 나를 내려다보고 있는 듯한 착각에 빠졌.

순간 나는 눈물로 얼룩진 고개를 들고 사방을 둘러보았다. 나는 무엇인가를 보았다고 생각했다. 눈을 부비고 자세히 보니 그것은 내가 늘 기대어 앉아 있곤 하던 미루나무에 붙어 있는 빛바랜 붉은색 종잇조각이었다. 그것은 빛이 바래고 얼룩져 있었지만 견고하게 몇 겹으로 잘 붙여져 있었다.

― 영주. 내 책을 갖고 있소? 난 거기 나와 있는 주소에 있을 거요. 안타깝게도 집은 균열이 생겨 없앴고, 스튜디오 계획은 아직도 구상 중이오. 늘 했던 방식대로 영주는 산을 넘어서 이곳에 올 것만 같아. 기다렸소. 우석.

나는 더욱 크게 울다가 웃다가 울었다. 내 귀에 환청으로 꽂혔던 볼레로는 사라져버리고 이른 새 울음소리가 바람 사이로 스쳐갔다. 나는 바랜 캔트지 조각을 접어 가방에 넣고, 아침을 맞기 위해 수런거리는 산을 빠르게 걸어 올라가기 시작했다.

로얄다방을 아세요?

1

"전화를 받는 분 음성이 참 좋던데?"
"아, 만나보면 더 좋아요."
"그래요. 음성이 참 좋더라는 말 전해주세요."
"그러죠. 그분 선생님보다 한두 살 아랜데 하이클래스죠. 경제적으로나 인물로나, 인격으로나 모든 것을 두루 가진 분이에요. 남편은 종합병원 외과과장이고요. 부러운 사람이에요."
"아, 정말 부러울 만하군. 부족한 게 없겠군요."
 옆 테이블에서 조근조근 들려오는 두 중년여인의 대화가 내 귀를 잡는다. 밖은 초겨울 오후의 햇살이 기울며 유리창 밖을 스치듯 약하게 머물고 있고, 레스토랑 안은 환하고 은은하다. 거기에 쇼팽의 음악이 빛이 반짝이는 것처럼 실내를 흐르고 있고, 몇 명 되지 않는 손님들은 약속이나 한 듯 나지막이 소곤거리고 있다. 특히 내 옆 테이블의 두 여인은 같은 책 한 권씩을 손에 들고 그렇게 속삭이고 있었다.

 나는 여태 딴 세상을 유영하고 있다가 갑자기 이 세상에 내려온 느낌이었다. 두 여인의 속삭임은 그렇게 불쑥 내 귀에 들어왔고, 통유리 창밖을 스쳐가는 햇살도 쇼팽도 느닷없이 내 귀와 눈으로 스며들어온 것 같다. 나는 졸고 있었는지도 모르겠다. 사십여 분 전에 이 레스토랑의 옆 건물 일 층에 있는 서점에서 나와 앉은 뒤 생선가스를 먹고 커피를 마시며 어떤 생각에 골몰하고 있는 중이었다. 이제는 무슨 생각을 했는지 통 기억이 나지 않지만 무언가 골똘히 깊은 생각에 빠져 있었다.

"하이클래스라…."

 옆자리의 한 여인이 속삭임을 벗어나 다소 큰 소리로 말했다. 그러자 다른 한 여인은 고개를 끄덕이고 눈으로만 웃고 있었다. 나는 하이클래스, 하이클래스 하고 뇌었다. 하이클래스…. 어딘가 낯설지 않은 단어였다. 어디선가 들은 듯도 한, 매우 감동적인.

 나는 푹신한 의자에 푹 들어앉아 아예 눈을 감고 하이, 하이, 하이…. 그렇게 주문을 외듯 더듬었다. 나는 주문을 외우면서도 꽤 오래전부터 단골이 된 이 집의 지배인이 커피 한잔 더 드릴까? 하는 암호를 보내는 것을 잠깐 눈을 뜬 사이에 놓치지 않고 보았고, 고개를 끄덕거렸다. 웨이터가 연한 갈색의 김나는 커피를 빈 커피 잔에 가득 따르고 갔다.

나는 김나는 커피의 진한 냄새 그리고 그 맛을 혀로 느끼면서 과거 속으로 들어가기를 열망했다. 하이… 하이…. 그래. 바로 그 남자다. 드디어 나는 어떤 남자를 떠올릴 수 있었다. 갈색 바바리코트에 왕방울만 한 부리부리한 눈, 도수 높은 안경 그리고 까무잡잡한 피부에 두툼한 입술, 작은 키의 남자.

우리는 오래된 성당 앞에 서 있었다. 주위에 사람들이 우리처럼 서성거리고 있었고, 내 친구들은 좀 더 안쪽에(아니면 아직 오지 않았거나) 혹은 성당 건물 안에 들어가 있거나 했을 것이다. 나는 원래 의식 같은 건 끔찍이 싫어하던 체질이었으므로 성당 안에 들어가는 걸 거절했거나 아니면 아직 오지 않은 친구들을 기다리는 중이었거나 했을 것이다.

헌데 그는 왜 거기 있었던 것일까? 우연히 성당 앞을 지나가다가 나를 발견하고 잠깐 멈추었던 것일까. 아니면 그곳에서 결혼식을 하는 누군가를 위해 나처럼 찾아오던 길이었을까. 아무튼 나는 거기 서있었고 그는 내 옆에서 나를 바라보며 두 발을 붙였다 떼었다 하며 같이 서 있었다.

성당 마당엔 사람들이 가득 찼고, 그들의 말소리들이 웅성웅성 구름처럼 피어올랐고, 찬 초겨울 햇살이 쨍 날카롭게 내리비치는 성당의 오래된 붉고 둥근 낡은 지붕들은 추레했지만 의젓했고, 당당하게 우릴 내려다보고 있었다. 남루한 세월이 먼지를 뒤집어쓴 것처럼 보였지만, 뚜렷한 로마네스크 양식의 특징을 지닌 성당은 그 붉은 장대함으로 추레함을 없애버리는 듯싶었다.

나는 그 지붕 위에 꽂힌 반짝이는 햇살에 눈이 부셔서 잠시 위를 향해 얼굴을 돌리고 눈을 감고 있었다. 그때 그가 말했다.

"당신은 하이스타에요."라고.

high star? 마치 음악처럼, 마치 한 구절의 시처럼. 나는 눈을 뜰 수가 없었다. 지붕에서 햇살을 타고 내려온 신의 음성이 아닐까. 신이 그에게 그렇게 말하라고 신탁을 했을까. 성당의 앞마당 앞에서, 신을 믿지 않는 한 무신론자인 작은 여자에게 당신은 하이 스타, 라고.

나는 찬 담벼락에 몸을 기대어야만 했다. 그 말의 감동이 나를 질타했고 나는 기대지 않을 수 없었으며 도저히 그를 바라볼 수 없었다. 그는 누구일까. 그는 누군데 갑자기 이 찬 초겨울의 일요일 아침에 나를 무엇엔가 빠뜨리는 것일까. 나는 그때까지 한번도 들어보지 못한 최고의 찬사, 최고의 문장, 최고의 단어에 질식할 듯했다.

햇살이 감은 눈 앞에서 반짝거렸고 사람들의 소리는 먼 함성처럼 윙윙거렸으며 나는 휘청거리고 있었다. 그때 "얘," 하며 누군가 내 어깨를 가볍게 흔들었다. 눈을 떠 보니 란이와 윤태가 내 앞에 서 있었다.

그는 보이지 않았다. 나는 어리둥절했고 고개를 사방으로 휘둘러 그를 찾아보았지만 그의 갈색 바바리코트는 흔적도 없었다.

"왜? 너 어디 아프니? 또 어지러워?"

란이가 내 팔짱을 끼면서 물었다.

"아니. 어떤 사람 못 봤니? 여기 있었는데…."

나는 멍하니 중얼거렸다.

"누구? 우린 금방 왔어. 오래 기다렸나 보구나. 다른 친구들은 안 왔어?"

란이의 그런 질문이 다른 친구들은 아직 오지 않았다는 것을 깨닫게 했고, 나는 친구들을 기다리고 있었다는 것을 깨닫게 했다. 나는 그제서야 사실을 알 수 있었으므로 란의 물음에 대답하지 못했다.

"몰라. 난 그저 혼자 있었는데 그 갈색 바바리코트 입은 남자 말이야. 란이 너 못 본 거야?"

"갈색 바바리코트? 얘가 꿈 꿨니? 너 혼자 여기 기대어 있어서 내가 뛰어왔는데. 너 또 현기증 나서 쓰러질 줄 알고 말이야. 그 남자가 누군데?"

나는 입을 다물었다. 그는 분명 여기 있었다. 그 말을 한 후엔 내가 감동에 젖어 눈을 감는 순간에 자리를 떠버렸고 그리고 나는 홀로 있었다.

"들어가자."

"그래."

나는 란이와 윤태와 셋이 성당 안으로 들어갔고 그 후의 일은 기억나지 않는다. 누군가의 결혼식이었는지, 세례식이었는지, 혹은 무엇이었는지. 나는 성당에서 나와 홀로 노벨다방을 갔고, 어둠침침한 구석자리에 앉아 킹크림슨의 에피탑(Epitaph)을 들었다.

그렇다. 에피탑이 끝나는 순간 누군가 내 옆자리에 와서 쿵, 하고 앉았다. 그였다. 아. 나는 나도 모르게 미소를 지었고 처음으로 그를 자세히 쳐다보았다. 그는, 그때까지 이름도 몰랐던 그는 내가 본 사람 중에 가장 방황하는 자였다.

젊음에는 늘 방황, 아픔, 무모함 같은 것이 따라다녔으므로 그의 방황하는 모습이 별스럽게 느껴지진 않았다. 우리도, 나와 내 친구들, 여자애들, 남자애들, 그들도 모두 방황이라는 줄을 타고 있었으니까.

우리는 그 방황의 시간들을 낡은 나무계단을 딛고 올라가 어두컴컴한 노벨다방의 한 구석에서 시끄럽게 떠들며 몇 시간이고 죽이며 지내야 했다. 시끄러운 록큰롤 음악과

무디블루스를 들으며 때로는 깊숙이 고개를 숙이고 침묵하기도 했고, 우하하하 웃음을 터뜨리기도 하며.

어느 날 우리 패거리들은 여전히 떠들며 그곳에 앉아 있었는데 부리부리한 눈에 두꺼운 테 안경을 쓴 까무잡잡한 얼굴의 한 남자가 우리 옆에 와 앉았다. 우리는 그를 상관하지 않았다. 나는 그가 우리 좌석에 끼기를 원한다고 느꼈다. 하지만 그는 아무 말 없이 그저 거기 앉아서 나와 친구들을 바라보며 미소 짓고 있었다.

그는 무언가를 끄적거려 내게 주었다. 나는 놀라서 그를 바라보았고 그의 낙서를 보고 미소 지었다. 그는 그날로부터 늘 그곳에 있었으며 늘 내 옆으로 와 앉아 흰 종이에 그림을 그려 내게 주었다. 나는 그가 왜 늘 그곳에 오는지 궁금했지만 묻지 않았다. 나는 패거리가 있었고, 그들과 있는 시간에 혼자 있는 동안의 외로움들을 다 몰아내버리려고 안간힘을 써 웃고 떠들었다.

어느 날 밤, 그가 우리 곁에 온 지 한참 지났을 어느 날 밤, 나는 친구들과 다방을 나와 헤어진 뒤 한 친구와 나란히 내 자취방을 향해 걷고 있었다. 가을밤이 꽤 쌀쌀했고 시간도 늦어서 거리는 썰렁했다. 그가 졸졸 강아지처럼 우리 뒤를 따라왔다. 친구가 갑자기 뒤돌아서더니 벌컥 화를 내었다.

"왜 따라오는 거예요? 할 말 있으면 해봐요."

나는 알 수 없는 무명의 남자, 그 대신 민망했다. 그는 그저 걷고 있었는지도 몰랐다. 방향이 같을 수도 있었고 말없이 걷고 있는 중이었는지. 그가 무슨 말인가를 걸었다면 당연히 귀찮게 하지 말라고 말 할 수도 있었지만, 그는 단지 우리의 뒤를 따라오고만 있었던 것이다.
"얘, 내버려둬."
　나는 친구의 팔을 흔들었다. 우리는 내 자취방이 있는 곳으로 가지 않고 다른 골목으로 들어갔다. 어느 순간 획 하니 발길을 돌려서 사라져버리는 남자. 우리는 어이가 없어서 웃었.
　나는 그의 음성을 기억할 수 없다. 그는 말없이 웃기만 했고 흰 종이에 그림만 그렸다. 어느 날 자기는 홍익대학교 회화과 학생이라고 쪽지에 적었다. 그래서 나는 고개를 끄덕였고 그를 향해 웃었다. 우리 중 아무도 그에게 시선을 보내지 않았다. 그는 마치 그림자 같았고 마치 시종처럼 내 주위만 맴돌고 있었다. 내 친구들조차 눈치 채지 못하게 그저 옆 의자에 앉아서.
　그리고 그날은 어쨌던가? 그가 와서 쿵, 하고 앉은 후론. 기억이 안 난다. 기억이.
"커피가 식었어요."
　누군가 내게 속삭인다. 나는 눈을 번쩍 떴다. 낯익은 잘생긴 지배인 손석기씨다. 나는 오랫동안 잠을 자다 깬 사람처럼 얼굴을 비벼대고 눈을 깜박이며 주위를 둘러보았다. 텅 비어 있다. 빛도, 속삭임도 여자들도 없고 흐릿한 불빛아래 재즈음악이 흐를 뿐. 나는 고개를 내저으며 얼굴을 찡그린다.

"시간이 어떻게 됐나요?"

"두 번째 커피 내온 지 삼사십 분 지났어요. 사실은 서점에서 미스 김이 전화를 해서 말이죠. 빨리 오시라는데요. 손님이 오셨다고."

나는 식은 커피를 한 모금 마시고 자리에서 일어난다. 잠이 들었던가.

"제가 코를 골며 자던가요?"

겸연쩍어서 물으니 석기씨가 빙긋 웃는다.

"네. 음악처럼 코러스를 연주해서 잠시 오디오를 껐었죠."

"정말이요?"

석기씨가 손을 내저으며 웃어댄다. 저녁시간이 되기 전의 텅 빈 레스토랑에 번지는 그의 웃음소리를 들으며 나는 유리문을 밀었다.

"눈을 감고 끄덕끄덕 뭔가 생각하는 사람처럼 보였는데 잠이 든 것 같진 않더군요. 처음엔 졸고 있는 줄 알았죠."

정말 잤는지도 모르겠다. 눈을 뜬 기억이 나지 않으니까. 초겨울 오후가 금세 잠적해 버렸다. 이런, 점심 먹으러 나와서 몽땅 추억을 더듬는데 시간을 써버렸군. 유정이가 화가 나 있겠군.

　나는 옆 빌딩의 일층에 있는 내 가게, 구름책방으로 들어갔다. 겨울날의 오후는 벌써 해를 빌딩 너머로 가져가 버렸고, 우울한 저녁기운이 벌써 그늘 속으로 스며들고 있었다.

"언니. 웬일이야. 무슨 점심을 그리 오래 먹어? 두 시에 간 사람이 네 시가 넘었어요."

"미안. 잠깐 졸았다. 누구 왔니?"

"들어가 봐. 신문사에 있는 언니 친구 남휘씨. 한참 됐어."

　나는 알았다는 표시를 하고 서점 안에 있는 사무실로 들어갔다.

"아, 미안. 점심시간이 좀 늦은 데다가 오래 끌었지. 웬일?"

"연락 없이 온 벌이로군? 이 빌딩 안에 볼일이 좀 있었어. 장사는 잘 되나?"

"그냥 그래. 요새 사람들이 얼마나 책 보나. 요 건물하고 옆 건물들의 여사무원들이 점심시간에 가끔 들리고. 다행히 빌딩 주위에 학원이 두엇 있어서 유지되는 것은 아닌가 싶고."

　나는 남휘와 잠시 이런저런 얘기들을 나눈다. 창밖에 어둠이 내리기 시작했다. 아니 눈이 오려나. 하늘이 낮게 내려앉은 듯 해가 비치지 않는 창가가 썰렁하다.

"빌딩이 편리하긴 한데 해가 빨리 져서 말야. 석양을 볼 수가 없으니."

"도시에선 다 그렇지 뭐. 불을 좀 켜지 그래. 이쪽 벽을 뚫고 창을 내던가."

남휘는 화장실 벽을 가리키고 말했다. 나는 고개를 내젓고 불을 켠다. 그러자 꼭 저녁이 되어버린 느낌이었다.

"오늘은 참 이상해. 점심 먹은 후부터 말이야. 금세 저녁이 내리는 것 같고. 아직 다섯 시도 안 됐는데 말이지."

"늘 점심을 그렇게 늦게 먹나?"

"아냐. 동생하고 같이 먹는데 오늘 아르바이트 하는 애가 늦게 와서 말이지. 교대를 했지. 작은 서점 하나 하기도 힘이 들어."

"쯧쯧, 누군가 있어야 할 자리가 비어서 그럴 거야. 거 뭐랄까. 갈비뼈 한쪽이랄까?"

"이런, 쓸데없는 소리. 갈비뼈 부러뜨려버린 지가 언젠데. 이젠 필요 없어. 아르바이트하는 애도 남학생이고 동생 남자친구도 있고, 또 내 친구들도 남자가 더 많아."

남휘는 고개를 좌우로 내젓고 일어난다.

"가봐야겠어. 유진이한테는 못 당하지."

"왜 조금만 기다리면 저녁시간인데. 저녁이나 같이 먹고 가지. 들어가 봐야 돼?"

"아니, 신문사엔 안 가도 되지만 너 바쁘잖아."

"그래. 하지만 두 시간 후엔 동생 남자친구가 오니까 내가 필요 없어. 나는 은퇴해야 하지 않나 하는 위기감까지 느껴. 그들이 같이 있을 땐 말이지. 급료도 안 받고 일도 해주니까."

"하!"

남휘는 기가 막히다는 듯 아니면 감탄스런 어투로 알파치노 흉내를 낸다.

"그럼 그때까지 난 뭐하지?"

"두 정거장 가면 우리 만나곤 했던 튤립이란 카페 있잖아. 오랜만에 거기 가서 저녁 먹으면 어떨까. 천천히 가서 마티니나 마시고 있든지. 싫으면 그냥 가고."

"좋아. 기사 다듬을 것이나 가서 정리하고 있을 테니까 두 시간 후에 와. 늦지 마."

"고마워."

남휘는 사무실을 금세 빠져나간다. 홀에서 유정씨, 안녕. 하는 소리가 들리고 이내 홀에 틀어놓은 단조로운 음악소리만 들려온다.

나는 몇 가지 처리해야 할 사항을 전화로 처리하고 홀로 나와 카운터에 앉은 유정이에게 손을 번쩍 들어보였다. 성규라는 이름의 아르바이트생이 책 정리를 하고 있다.

금방 저녁이 오고 불 훤한 스무 평 남짓한 작은 서점 안에 일곱 여덟 명의 젊은 손님들이 서서 책을 들추고 있거나 드나든다.

　간혹 나이 지긋한 중년남자들이 들어와서 잡지를 사거나 베스트셀러 진열대를 기웃거린다.

　"언니, 오늘 민하씨가 늦겠대. 문 닫을 시간에나 올 수 있겠다는데?"

　나는 남휘와의 약속을 상기하고 난감해진다. 6시 이후의 저녁시간에는 잠깐 심하게 밀릴 때도 있다. 적어도 일곱 시까진 가야 하니 민하가 안 오면 난감할 수밖에.

　"어떡하니. 남휘와 저녁약속을 했는데."

　나는 카운터에 서서 유정이를 도우며 중얼거린다.

　"별 수 없지 뭐. 책 정리는 내일 아침 일찍 해야지."

　주인은 나면서도 매번 서점을 비우게 되는 일이 많아서 평소에도 미안한 터라 유정이 그렇게 말하는 게 미안하기만 하다. 초기엔 나 혼자서도 이 서점을 지켰었는데. 처음엔 손님이 드물었다. 이제 나 혼자 된 지도 일 년이 넘었고 모든 것에 견딜 수 있는 힘이 생겼다.

　중소기업체에 몸담고 있던 동생이 사표를 내고 내 일을 돕겠다고 들어왔고 책도 많이 늘어났다. 주변 상가에 낯도 익고 서로 인사도 하고 다니는 처지이고 단골손님도 생겨났다. 그들은 주기적으로 서점을 찾는다. 일주일에 한두 번 들르는 손님도 있고, 매일 퇴근 후에 혹은 점심시간에 들러서 책을 보다가 가는 사람도 있다. 그들이 모두 내 단골이다. 난 단골을 믿고 산다. 말이 좀 이상하긴 하지만 그들이 내 밥줄이니 그렇다고밖에.

갑자기 왕왕 사람이 밀리더니 금세 뜸해지는 저녁시간. 사실 밤늦게까지 혼자 가게를 지킨다는 일은 힘든 일이었다. 내가 지금 나가면 안 되겠다 싶어 나는 일곱 시까지 일하는 성규를 불렀다.

"저, 미안한데 오늘 저녁 좀 봐줘야 되겠다."

의외로 성규는 흔쾌히 그러겠다고 했다. 나는 맘 놓고 가게를 나선다. 차를 몰고 짧은 두 정거장을 느릿느릿 달리는 중에 불현듯 낮의 환상이 떠올랐다. 그것을 환상이라고 하면 모순일까. 마치 꿈을 꾼 것처럼 나는 과거의 어떤 장면 속으로 들어갔었다. 확실하지도 않은 얼굴, 그 겨울날의 햇살. 성당, 그리고 그 한마디. 하이스타, 라고.

어떤 그리움이 애타게 나를 잡아당기고 있다. 실은 아까 그 순간부터 찾아오기 시작한 무엇이 계속 내 심연을 휘젓는다. 나는 그 기억을 놓칠까봐 안타까워한다. 혹시 차를 주차하다가 문득 사라져버릴지도 모른다는 생각에 아주 조심스럽게 상가의 주차장에 차를 넣고 주문을 외듯이 하이, 하이, 하고 뇌면서 튤립의 계단을 밟고 지하로 내려갔다.

남휘는 술을 마시고 있다. 남휘는 내가 까마득한 이십대

중반 첫 직장을 잡았을 때 그곳에 있던 사람이었다. 의상 관계 잡지를 만드는 곳이었는데 그는 곧 언론사로 들어갔고 나는 결혼할 때까지 그곳에 남아 있었다. 그는 결혼했지만 몇 년 전 부인을 병으로 잃고 일곱 살 아이를 키우며 부모와 함께 살고 있다.

재혼해야지, 하면 노우, 하고 손을 내젓는다. 연애할 사람이나 만들든지 하면 그래, 그건 좋겠어. 하지만 바쁘다 보니까 여자 만날 시간도 없는 것 같아. 하고 변명을 늘어놓는다. 하지만 그도 언젠가는 어떤 여인을 다시 만나게 될 것이다. 남휘는 특별한 데는 없지만 듬직하고 만년 청년냄새를 풍기는 매력이 있다. 그래서 어쩌다 봐도 서먹하지 않고 친구로 지낼 수 있는 유일한 남자이기도 할 것이다.

"아, 어서와."

나는 남휘 옆에 앉아서 천사의 키스를 마신다. 남휘는 누런 봉투를 한쪽으로 밀어내고 "우리 저녁은 뭐 먹을까?" 하고 물었다.

"저녁?"

나는 그 질문이 생경해서 의문문으로 말한다. 아직 내 머릿속엔 아까의 그 생각으로 꽉 차 있다. 저녁 먹을 생각 같은 건 나지 않는다.

"글쎄, 배고파?"

"배고프지 않아? 그럼 천천히 하지. 국수나 먹든가."

"그래 포장마차나 가든가."

나는 남휘에게 얘기를 하고 싶어진다.

"저 말이야. 이해할지 모르겠는데 좀 들어보겠어?"

"무슨 이야긴데? 해봐. 내가 이해 못 할 얘기가 있어?"

"아니, 그런 건 아니야. 지어낸 얘기라고 할까봐. 그리고 너무 옛 이야기라."

"그럼 더 재밌겠군. 해봐."

"그래."

나는 눈을 가늘게 뜨고 남휘의 불그레한 술잔을 바라보면서 입을 열었다.

"어떤 남자가 있었어. 피부는 까무잡잡하고 눈은 부리부리하고 입술은 두툼하고, 키는 작고 그런. 난 열 명쯤 되는 우리 그룹들하고 늘 몰려다녔는데 하루에 한 번씩 꼭 가서 죽치고 앉아 떠들다 오는 다방이 우리 아지트였지. 그런데 겨울 어느 날 어떤 남자가 우리 옆자리에 앉았어. 그저 웃기만 하는 남자였어. 우리와 인사를 나눴지만 그가 누군지, 이름은 뭔지, 어느 학교에 다니는지 그런 것은 알지 못했고 서로 말도 오가지 않았어. 그는 줄곧 우리 옆자리에 혼자 앉아서 빙그레 웃으며 낙서를 하곤 했어. 어느 날 그가 낙서한 걸 내게 주는 거야. 그 후론 날마다. 나는 속으론 기뻤지. 그는 그림을 잘 그렸고 글씨도 예뻤고 여자애들이 있었는데 나한테만 그걸 주었으니까. 그리고 내 옆에

만 앉는다는 걸 발견했어. 하지만 별로 잘생긴 얼굴이 아니어서 그저 그 정도였어. 도대체 뭘 하는 사람인가, 하는. 헌데 어느 날 그가 쪽지에 적었더군. 난 H대 회계과 학생이고 군대에 가게 되어 휴학을 했다, 라고. 난 고개를 끄덕였어. 우리 그룹의 남학생 두 명도 그 겨울에 입대를 앞두고 있었거든."

남휘는 나를 빤히 바라보고 있다. 긴 스토리로군. 하면서. 나는 고개를 끄덕이고 천사의 키스를 한 모금 마신다.

"이윽고 겨울이 깊어졌고 친구들은 군대에 갔고, 거 있잖아. 우린 밤거리를 팔 스크램을 하고 노래하면서 행진했지. 입영전야의 요란한 행진. 불안에 떠는 친구들을 다독이고 격려해 주느라 밤이 모자랐어. 남휘는 어땠을까? 그때. 우리가 술로 불안과 이별의 고통을 잊고자 취해서 커다란 여인숙의 한방에 열 명의 남녀가 멋대로 쓰러져 밤을 새우던 그때. 어디 잠을 잘 수가 있었겠어. 집으로 돌아갈 시각이 올 때까지 우린 그렇게 같이 있고 싶어 했지. 누군가 내 발을 만지던 기억이 나. 남자애였을까, 여자애였을까…. 아, 그 남자는 말이야. 어느 날 내 뒤를 졸졸 따라왔어. 처음엔 친구와 둘이 가던 밤이었는데 오다가 친구가 화를 내니까 돌아서 가버렸어. 좀 싱거웠지. 그 다음에 날 따라왔는지는 기억이 안 나. 하지만 아마 그랬을 거야. 내 자취집 대문 앞에서 그와 얘기했던 기억이 나. 그가 말했어. 며칟날 군대에 간다고. 편지해도 되겠느냐고. 좋다고 했지. 몸 건강 하라는 말도 했을까? 기억이 안 나. 그리고 그는 군대에 갔어. 이윽고 편지가 오기 시작했으니까. 내 친구들은 군대에 간 후론 소식이 없었지만 그는 쉼 없이 편지를 보내왔어. 삼 년 내내."

나는 숨을 돌린다.

"별 이야기도 아니네. 이해하기 어려운 이야기도 아니고. 다 끝났어?"

"아니. 그래. 그저 한때 스쳐지나간 청춘의 이야기지. 과거가 다 그렇듯. 하지만 말이야. 얘기할 게 있어. 언젠가 기억도 안 나지만 그런, 다방을 아지트로 삼았던 그런 어느 날의 주말이었는데 말이야. 우린 성당 문 앞에 같이 서 있었어. 왜 그곳에 갔었는지, 그가 왜 내 옆에 있었는지 모르겠어. 하여튼 우린 그곳에 있었고 그는 내게 무슨 말을 던졌어. 깜짝 놀랄 말을. 뭐라고 했을 것 같아?"

"글쎄, 뭐 당신과 사귀고 싶습니다. 오랫동안 망설여왔어요. 그런 거 아니었을까?"

"그 정도면 깜짝 놀라지는 않지. 그가 뭐랬는지 알아? 당신은 하이스타에요! 라고 했어. 느닷없이. 그리고는 내가 놀라서 하늘을 보는 사이에 사라져버렸어."

"하!"

남휘는 또 알파치노 흉내를 낸다. 나는 천사의 키스를

한 모금 들이키고 담배를 피우고 싶은 충동을 느낀다.
"담배 한 대 줄래?"
"하!"
남휘는 또 하! 하면서 담배를 내밀었다. 나는 콜록거리며 담배를 태운다.
"그런데 말이야. 결말이 궁금하지 않아? 아무리 기억이 토막 난 얘기여도 결말은 있게 마련이니까."
"그래, 해봐. 배고프다."
"삼년 동안 나는 답장을 잘 했지. 그는 문학적이었고 미술학도답게 감수성이 풍부한 남자였으니까. 편지는 시 같았어. 군대생활의 고통과 유배된 젊음의 아픔이 절절히 밴. 남휘도 그런 편지를 썼었겠지만 말이야. 이 땅의 모든 젊은이들이 쓰고 또 쓴 그런 편지들. 금세 삼년이 지났고, 어느 날 느닷없이 그가 집으로 찾아왔어. 깜짝 놀랐지. 그가 오리라곤 상상도 못했거든. 난 참 그가 못 생겼구나 라고 생각했지. 그가 온 것이 부담스러웠어. 그래서 말이야. 그와 차 한 잔도 마시지 않고 서서 얘기를 나누곤… 그게 몇 분이나 되었을까. 이십 분? 그가 내 손을 잡고 기쁨에 겨워하는 동안 난 집에 빨리 들어가고 싶어서 안달을 했지. 이런 건 아닌데, 이런 건 아닌데 하면서. 헌데 그는 그 삼년간의 편지들을 애정의 소산물이라고 생각했던 것일까. 그렇게 성큼 다가와 버리다니. 나를 믿고 말이야. 나는 기가 막혔어. 그가 제대하자마자 한숨에 달려온 건 생각하지도 않고. 나는 냉정하게 말했어. 가서 신부가 되세요. 신부가 되고 싶다고 했으니까. 그러자 그는 눈을 크게 뜨더니 놀라서 뒤로 물러나 몇 분인가 그대로 있다가 어둠속으로 사라져 버렸어. 옛날에 그랬던 것처럼."
"그게 끝이야?"
"응. 그게 끝이야. 그 후론 그를 못 봤어."
"싱겁군. 그 후론 연락이 없었단 말이지."
"그래. 싱겁지. 우습지. 내가 뭔데 가서 신부가 되세요, 라고 했다니. 결혼하지 말라고…."
"그가 싫었던 때문이겠지."
"그래. 그땐 외모가 그렇게 대단하게 느껴졌지. 그의 얼굴이 싫었을 거야. 키는 작고."
"헌데 왜?"

왜 갑자기 생각이 났느냐고 묻는다. 까마득한 대학 다니던 때의 이야기가. 하긴 가끔 생각나는 이야기들이 내게도 있긴 하지, 하면서.
"그게 중요해. 오늘 낮에 레스토랑에 갔는데 어떤 중년 여자 둘이 하이클래스라는 말을 했어. 난 멍하니 있다가 비를 맞은 것처럼 그 말을 들었고, 문득 언젠가 느닷없이 들었던 그 찬사를 떠올리게 된 거지. 갑자기 그가 궁금해졌어. 그는 지금 어디 살까. 그때 상처를 입고 얼마나 방황했을까. 정말 신부가 된 건 아닐까… 그런 생각들이. 그래. 그가 어디에 있는지 안다면 만나서 사죄하고 싶어. 내가 철없이 굴었다고. 그런 말 할 권리도 없었는데 그랬다고….”
"하!"
"그거 비웃는 거야?"
"아니."
"그저 그렇구나, 라는 것뿐이야."
"그래. 알아. 그런 일들이 많이 있지. 다시 만나면 잘 해줄 수 있을 텐데 하는 안타까움도 있고. 만나지 못하니까 더 그런 거야. 어디 기억나는 일들이 한둘인가. 이제 우리도 추억을 더듬으며 살 나이가 됐으니까."

나는 입을 다문다. 그런 건 아니야. 추억을 더듬는 것 따위. 나는 그것이 그리움인 것 같아, 라고 속으로만 중얼거린다. 틀림없이 남휘의 입에서 사춘기 징후로군, 하는 말이 나올 것이니까.

"밥 먹으러 가자."

남휘가 일어나서 계산을 하고 튤립을 나와 어정거리며 그 주변거리를 헤매었다.

"이렇게 어정거리는 것도 오랜만인데 어때. 한참 어정거려 볼까? 이십대처럼."

"좋아."

나는 남휘와 어깨를 나란히 하고 노란 불빛 빨간 불빛 초록불빛 아래를 걷는다. 이따금 어둔 사각지대가 골목과 골목 사이에 있고, 쓸쓸한 나무그림자가 길게 가로등 아래 누운, 분위기 나는 사람 뜸한 인도도 있었다. 지나는 사람들은 대부분 커플들이고 비슷비슷한 중년남자들, 총총히 걸어가는 이십대 처녀들, 껄렁한 십대 남자애들이다.

내겐 또다시 그리움이 밀려오고 있다. 나는 오래 묵은 편지들을 비닐봉투에 담아 서랍 깊숙이 넣어둔 걸 생각해낸다. 전 남편과 결혼 후에도 버리지 못하고 깊이 넣어두었던, 아직도 보낸 사람들의 체취가 느껴지는 것 같은 그 편지들이 갑자기 몹시 생각났다.

나는 안달이 난다. 이대로 달려가 서랍을 열고….

"빨리 저녁 먹자."

나는 남휘를 재촉했다.

"왜, 맘이 변했어? 잘도 변하네. 오늘은."

나는 대꾸할 겨를이 없다. 남휘가 기분 상할까봐 저녁까진 먹고 가기로 하고 가슴을 꼭꼭 누른다. 미어터질 것 같은 어떤 감정이 나를 자꾸 우울하게, 깊게 만들었다.

"아, 안되겠어. 나 술 마셔야 할까봐."

"정말 단단히 걸렸네. 그럼 술 마시러 갈까? 저기."

마침 눈앞에 보이는 붉은 네온을 가리키며 남휘가 말했다. 남휘는 지겨워지기 시작했을지도 모른다. 여자들이란 참, 하고.

"그래. 아무데나 가서 마셔야겠어. 말이야… 뭔가 자꾸 나를 끌어당기고 있어. 지금."

"하!"

아, 그의 편지가 있다. 그래, 그는 윤셀비아 라고 썼고, 임병진이라고 썼고 그리고 요셉이라고 썼다. 나는 '오랜'이란 카페에서 남휘와 나란히 앉아 버드와이저를 마셨다. 윤셀비아… 윤셀비아… 나는 가슴속에 몰려오는 현기증 같은 그것을 몰아내고 싶었고 그래 자꾸 맥주를 들이켰다. 가게 일 같은 건 깡그리 잊고 있었다. 서너 잔을 들이키고 나자 취기가 와락 몰려왔다.

"자 안주 먹어. 그러다가 내게 쓰러지고 싶어서 그래? 우리 집엔 어머니가 계시고 유진이집엔 동생이 있어서 같이 못 들어가잖아. 따로 가야지."

남휘가 농담을 한다. 그 말에 퍼뜩 서점 일이 떠올랐다.

"몇 시야, 지금?"

나는 남휘의 손목을 들여다보며 묻는다.

"이제 겨우 아홉시 조금 넘었어. 집에 가고 싶어? 이제 들어왔는데."

남휘는 배가 고픈지 칠리 햄 소시지와 야채샐러드를 열심히 먹고 있다. 나는 마른안주만 서너 번 집어먹었을 뿐 술만 거푸 들이켰다.

"아니 가게 생각이 나서 말이지."
"전화해봐."
 남휘가 핸드폰을 가리킨다. 가게는 별일이 없다. 늦는다던 유정이의 친구가 지금 왔다고 유정이가 말해서 알았다고 하고 끊었다. 남휘는 특별안주인 야채고기볶음과 샐러드를 다시 주문했다. 아마도 뜨거운 국물이 있는 소주 생각이 나는 듯했다.
"밥을 먹자고 고집하지 왜. 나는 정말 배는 안 고프네."
"아니야. 안주가 맛있는데 밥은 무슨. 자 그 가슴속의 무언가는 지금 어떻게 됐어?"
"몰라. 분화구의 용틀임이 보여. 무언지 모르겠지만 말이야."

2

 나는 남휘와 열한시까지 술을 마시고 택시를 타고 집으로 갔다. 유정이는 아직 돌아오지 않았다. 짝이 있다는 건 혼자 있을 시간이 없다는 뜻이었다. 유정이는 성격도 차분하고 순발력 있고 용모도 단정해서 손님들한테 인기가 좋았다. 남자친구 인하에게 있어서는 더욱 말할 것이 없었다.

내 동생이지만 나와는 전혀 다른 빛남이 그녀에게 있다고 할까. 젊기 때문인지 몰라도 뭔가 발랄하고 빛이 나는 것이 몸 밖으로 풀풀 풀려나오는 것 같은 느낌이었다. 나는 햇살이 거리 쪽 창으로부터 흘러들어올 때 그런 유정이를 힐끔힐끔 훔쳐보곤 했다. 민하라는 남자가 유정이를 바라볼 때처럼.

나는 샤워를 하자마자 침대에 들어 잠이 들었다. 어렴풋이 유정이 들어오는 소리를 들은 것도 같았지만 깊이깊이 잠속에 빠져들었고 꿈을 꾸었다. 나는 교황 앞에 무릎 꿇고 앉아 머릴 조아리고 있었다. 교황은 기다란 두루마리를 계단 밑으로 내려뜨리고 있었는데 고개를 살짝 들어보니 교황이 앉아있는 곳은 까마득히 높은 곳이었고, 내가 엎드려 있는 곳은 수천 개의 계단 아래였다. 두루마리는 그 수천 개의 계단 아래까지 내려뜨려져 있고 두루마리에는 깨알 같은 글자가 쓰여 있었는데 도무지 무언지 알 수 없었다.

나는 그 글자들을 보려고 애를 썼다. 나는 요셉이라는 이름을 찾으려고 애쓰고 있었다. 요셉, 윤셀비아, 임병진… 하지만 그 글자들은 결코 선명하게 보여지지가 않았고, 내 눈은 자꾸 흐려지기만 했으며 이윽고 두루마리는 돌돌돌 말려 올라가기 시작했다. 그리고 교황은 천상이라고 생각되는 곳으로 점처럼 작아져 날아올라갔으며 두루

마리는 바람처럼 그 뒤를 따라 사라져 버렸다.
 나는 눈을 부비고 문지르다가 어둠 속에 쾅하고 쑤셔 박히며 잠에서 깨어났다.

 오전의 겨울 해는 짧게 손짓을 하고 지나가 버린다. 나는 사무실에 앉아서 몇 가지 책들을 팩스로 주문하고 반품목록을 체크해서 보낸 후 마루야마 겐지를 읽고 있었다. 오전의 서점은 매우 한가한 편인데 오늘따라 유난히 손님이 없다고 유정이가 콧등을 찡그리고 말했었다. 곧 방학이 시작될 테고 그러면 낮 손님도 좀 생길지 모르겠다.
 불과 한 블록 정도의 거리에 있는 커다란 은행건물에 다녀온 것이 한 시간 전이었다. 은행 문을 여는 시간에 출입하는 것이 나의 버릇이었다. 시간이 나면 오후 세시와 네시 사이에 가기도 한다. 하지만 그 시간에는 그다지 수입이 좋은 날이 많지 않았다. 손님이 대게 오후 세시 이후에 많이 오기 때문에 부득이 이튿날 오전이 은행가는 시간으로 알맞다.
 겐지의 소설은 시 같다. 대나무 잎 흔들리는 소리가 나는 풍경과 그 대나무들을 흔들고 지나가는 바람소리 같은 시. 담백하면서도 순수하고 물 흐르는 것 같은. 어떻게 보면 불은 없고 물만 있는 곳 같다. 물이 불을 휩쓸어버렸을까. 그래서 읽다보면 간간이 불이 그립기도 하다.

내 안에 뭐가 타오르고 싶어 하는 것이 있는가. 나는 그런 생각을 문득 하기도 한다. 너무 답답해. 그런 생각도 든다. 그래서 이 책을 다 읽고 나면 연애소설을 한편 읽을 생각이었다. 절절한.

문득 남휘에게 전화를 넣어볼까 생각한다. 머리가 아팠다. 간밤에 술을 꽤 많이 마신 것 같았다. 난데없는 옛 생각이 술을 마시게 한 것인가. 남휘는 없다. 자리에 있을 턱이 없다. 나는 머리가 아파서 홀에 나가 책들을 다독였다.

유정은 언니가 아직도 두통에 시달리고 있음을 보고 싱긋 웃는다. 이혼 후 의기소침해 있을 때는 술조차 마시지 않았다. 원래 그다지 말이 없고 친구도 없는 편이어서 재미있는 시간을 갖지 못하는 사람이었다. 하지만 결혼기간 중에는 그런대로 여행도 하고 즐겁게 생활하는 줄로 생각했었다.

유정은 자신의 결혼문제를 떠올릴 때마다 언니의 실패 원인을 분석해보는 버릇이 생겼다. 하지만 그 성격 차이라는 것이 애매모호하기 그지없는 것이어서 직접 겪어보지 않고서는 알 수 없는 문제였다. 유정은 민하에게도 다짐을 해놓았다. 상대방을 안다고 생각할 때 식을 올리자고. 민하는 다음해 가을쯤에는 그때가 되지 않겠느냐, 벌써 우리는 서로 사랑하는 것이 확실한데 뭐 더 확인할 게 있느냐고 의문을 제기했지만 사실 유정이도 내년 가을쯤 되면 시기적절하다고 생각하고 있는 중이었다.

　유정은 언니가 섣불리 재혼을 재고하진 않을 거라 생각한다. 한번 결혼에 실패한다는 것이 얼마나 인생을 바꿔놓는지 그 누구든 알리라. 하지만 언니는 내색을 별로 하지 않는 타입이었다. 다행히 아이가 없었고 언니에게는 돈이 있었다. 오랫동안 직장생활을 하면서 모아둔 돈이었다.

　형부였던 남자는 꽤 돈이 있던 사람이었으므로 언니의 돈은 건드리지 않았었다. 그래도 서점을 낼 때 돈이 꽤 들었으므로 빚이 좀 들었다 한다. 지금은 모든 상황이 회복되고 비교적 안정권에 들어있으므로 유정은 언니가 편안한 남자와 다시 결혼하기를 바란다.

　민하씨가 도와주는 일들도 꽤 많았는데 그런 걸 보면 사업이건 일상생활이건 남자가 필요한 때가 많다는 것이다. 벌써 정오가 가까이 오고 있었다. 따르릉 전화벨이 울린다.

"언니, 남휘씨야."

　유정이 전화기를 건넨다. 손님이 두 사람 막 들어섰고 두 사람은 베스트셀러라고 쓰인 진열대 옆에서 책을 뒤적이고 있다. 나는 유정에게서 전화기를 받아든다. 그리고는 다짜고짜 말을 늘어놓았다.

"나 말이야. 부탁이 있어. 요셉이란 신부를 찾아줘. 성이 임이니까 임요셉. 신부명단 같은 거 알 수 없어? 기자니까 그거 쉬운 일 아냐? 우습다고? 잠깐 나 진지해."

남휘는 어이가 없어하면서도 "좋아. 한번 시도해보지. 그렇지만 정확한 거야? 이름이 그렇게 여러 개인 사람 복잡한 걸." 하면서 알았다고 했다. 고개를 절래 절래 흔드는 모습이 눈에 보이는 듯했다.

열두시 삼십분에 돌솥밥 이 인분을 주문해놓고 카운터에 유정이와 같이 서 있었다. 손님이 모두 다섯 사람 있었다. 두 명의 미시족 멋쟁이들이 들어와서 구미당기는 선물을 부록으로 주는 여성지를 사서 나갔다. 모두 화장이 진했다. 나는 화장기 없는 내 얼굴을 문지르다가 유정이의 눈과 마주쳤다.

"언니, 저 여자들 예뻐?"

유정이 묻는다.

"응. 예쁘다. 아직 젊잖니."

"언니는 늙었수? 언니도 화장 살짝 하지 왜. 무채색 같잖아. 전엔 잘 하더니."

나는 할 말이 없어진다. 글쎄. 직장에 있을 때는 좀 했었지. 하지만 결혼 후에도 화장하는 것이 길들여지지 않아서 어쩌다 남편과 외출할 때도 맨얼굴이 대부분이었다. 남편은 그것을 맘에 안 들어 했었다. 맨 얼굴이 예쁜 사람도 있지만 당신은 이제 나이가 들어서 그 선 밖이라는 거 몰라? 그건 유정이가 한 말이기도 했다. "언니, 화장에 길들여질 때도 됐잖아. 이제 화장기가 없으면 초라해 보이는 나이라고."

 한 시가 조금 못 되서 아르바이트생 성규가 왔다. 곧 이어 점심이 도착했고 우리는 사무실 테이블에서 뜨거운 돌솥밥을 먹었다.

"유정이 넌 누군가 네게 한 말 중에 가장 기억에 남는 말이 뭐니? 보통의 말 말고 뭔가 특별한 것, 이를테면 남자가 여자한테 하는 찬사 같은 것 말야. 농담으로 하는 말 말고."

"뜬금없이 무슨 말이야? 주제가 뭔지 모르겠네. 난 너무 많이 들어서 무얼 끄집어내야 할지 모르겠는걸."

"하지만 분명히 기억에 남는 말이 있을 텐데. 학창시절에 들었던 아주 순수하면서도 열정적인 어떤 한마디의 말."

"언니, 그런 말 한두 번 들었겠수? 내 얼굴을 보면 알지. 어찌나 내게 반한 남학생이 많았던지. 다 밀쳐내야만 했었잖아. 민하씨만 빼고."

"그럼 매우 평범했다는 말이군. 별 특별한 게 없었다는 뜻도 되고. 하지만 생각해봐. 분명히 있을 거다."

"내 말을 안 믿네."

"니가 인기 있었다는 건 알지. 하지만 내가 묻는 건 그게 아니고…."

 밥을 먹느라 잠시 숨을 돌리는 사이 유정이 깔깔 웃었다.

"언니, 말해봐. 언니가 그런 기막힌 찬사를 들었나본데. 난 그런 간지러운 아첨은 못 들어봤거든. 생각해보니까. 너무 단순했나봐. 그저 그러려니 했거든."

'얘, 나는 나를 좋아하던 남학생들은 없었지만 그, 특별한 그의 시가 있었단다. 그래. 지금 생각해보니까 그건 시야. 그가 던진 한 구절의 시. 그리고 그는 달아나버렸어.'

나는 싱긋 웃는다. 그 말을 하면 필시 유정이 따지고 들 것이 분명하기에 나는 입을 다물어버렸다.

"얘, 평범한 수많은 말들보다는 한마디의 특별한 말이 귀중한 거야. 지나간 시절은 돌이킬 수 없으니 민하씨에게나 귀 기울여봐. 특별한 뭔가를 만들려고 노력하고."

"오늘따라 언니가 고전적이네. 원래 그러긴 하지만. 참 고전이야기가 나왔으니 말인데 클래식 CD 몇 장 사. 이따 한가할 때 내가 나가서 사올까? 언니가 살래?"

점심이 끝났다. 커피 서너 잔을 마시고 유정이 나간 사이 카운트를 하고 책을 파는 동안 오후가 후딱 지나갔다.

머릿속에서 추억이 뱅뱅 돌았다. 삼십이 넘으면 그때부턴 추억을 먹고산다고 했던가? 아직은 아닌데. 되씹어 볼 추억이 많은 것도 아니고. 그를 찾으면 어떡한다는 말인가. 그의 앞에 나설 용기가 있는지도 모르고 무슨 명분으로? 그가 정말 신부가 되어 있으면 좋겠다고 생각한다. 그렇다면 망설여야 할 이유가 줄어들 것이다. 그가 공인이므로.

하지만, 만날 확률이 극히 없긴 하지만 그를 만나서 다시 실망을 하게 된다면? 내 머릿속엔 양극의 예민한 두 감정이 대치상태로 노려보고 있는 것 같았다. 보고 싶음과 안 보고 싶음. 만나야 된다는 것과 안 만나야 된다는 것, 만남에 대한 기쁨과 만났을 때의 또 다른 실망감. 그래도 한번 꼭 부딪혀야 된다, 와 이미 지나간 잊혀진 일을 괜히 끄집어내어 상처받을 거란… 두 가지 극단의 꼭지점들.

성규가 저녁 일곱 시에 서점을 떠나고 민하가 여덟 시에 만두를 사갖고 왔고 나는 집으로 들어갔다. 이제 앞으로는 유정이를 먼저 보내고 내가 남아있어야 한다는 생각이 가슴을 무겁게 했다. 든든한 남자직원 하나를 더 두어야 한다는 생각이 연이어 들었다. 두 사람을 좀 더 가볍고 즐겁게 살게 해야 할 의무가 내게는 있다, 뭐 그런 생각이었다.

이튿날 당장 직원 하나를 섭외했다. 직원이라기보다 파트타임 저녁담당 아르바이트생인 셈이었지만 성규가 두 시간을 줄였으므로 한세라는 남학생이 오후 다섯 시부터 밤 근무를 하게 된 것이다. 그 대신 민하는 자주 오지 않게 되었고 유정이 때때로 나보다 일찍 나가거나 일곱 시 퇴근을 했다. 나는 오후 늦게나 서점에 나타나 한세와 같이 문을 닫고 집으로 돌아오곤 했다.

남휘에게서는 소식이 없다.

나는 오전 햇빛이 쫘악 비쳐드는 거실 유리창에 기대앉아 오래된 편지뭉치를 펼쳐놓고 멍하니 앉아있었다. 거기 부슬부슬 내리는 빗속을 걸으며 젖은 채 우울한 메시지를 보내는 한 남자가 스며들어왔고, 따사로운 햇살은 마치 그가 맞는 봄비 같았다. 눈을 감으니 축축이 젖어 콜록거리며 어두컴컴한 다방 한구석에 앉아 엽서를 쓰는 그가 보였다.

거기엔 유진, 유진, 유진, 유진… 끝도 없는 내 이름이 적혀 있었다. 봄비가 내리고 그리고 한 남자가 비를 맞고 있고 그리고 젖은 엽서에 편지를 쓰고 있다. 고독하고 아름다운 연서들. 하지만 나는 그게 연서라고 생각하지 못했다. 다만 모든 병영에 있는 젊은 남자들이 그렇듯 그들 모두 가지고 있는 격리된 시간들에 대한 안타까움과, 고립된 자아의 고독과 현실과 먼 땅에서 맞아야하는 낯선 규칙들과 훈련, 질타 그런 것들이 주는 고통의 소산이라고만 생각했다. 그래서 위로해야 하고 쓰다듬어줘야 하고 고통을 나눠야 한다는 생각에서 답장을 썼다.

그리고 나 또한 외로웠으므로 나보다 더한 외로움과 고통을 싣고 오는 그의 글들은 내게 위무되었다. 그는 내가 필요했고 나는 그것을 즐겼다? 그것은 모르겠다. 나는 그의 편지들을 기다렸고 그것이 오면 매우 기뻤으며 그 기쁨을 통째로 다음 편지에 담아 보냈다. 그 기쁨들은 끝없이 순환되었고 그의 영혼 또한 그것에 의해서 유지되는 듯싶었다.

추억이란 빈 허깨비일까. 젊음은 소모되기만 하는 것인가. 남아있는 것은 감정의 저 밑바닥에 앙금만을 남겨놓았을 뿐이고 흔적도 없다. 정말로 그, 라는 사람이 있었고 그가 내게 무언가를 말했던가.

나는 앞에 편지더미를 풀어놓고 앉아있다. 흔적은 그것뿐이다. 편지라는 것의 정체를 이제야 발견한 듯, 나는 넋을 놓고 앉아있다. 그 한마디가 나를 잡아놓고 놓아주지 않는 이유조차 모르면서. 이제 나는 늙은 것일까. 나는 그를, 그의 실체를 보자마자 밀어내버렸는데 이제 와서 그에게 사과라도 하겠다는 것인가. 나는 혼란스럽다.

3

남휘는 황당했다. 유진을 잘 안다고 생각했는데 전혀 모르겠는 것이다. 한마디로 말하면 쓰잘머리 없는 일을 찾아내 잔뜩 신경을 켜고 있다는 것이다. 유진은 담백한 사람이었다. 잔 신경은 안 쓰는 편이고 매사를 관조하는 타입이었다.

지나간 일을 되짚어내고 그 사람까지 찾으려 한다는 일

은 황당하기 짝이 없을 뿐 아니라 전혀 그녀다운 일이 아니었다. 더군다나 전화속의 느닷없는 목소리는 열정적이기까지 했다. 그녀에게서 열정을 그다지 발견하지 못한 그로서는 생경스러웠고 화가 치밀기까지 했다. 물론 거절을 할 수도 있었다.

'나, 바빠. 요즘 연말이라서 말이야. 일본여행을 갈지도 모르고.' 남휘는 자그마한 상을 하나 받게 되어 있었다. 그 포상으로 일본여행이 들어 있었고, 사진부 이기자와 같이 갈 예정이었다. 시일이 좀 남아 있긴 하지만 개인적인 일에 매달릴 시간이 어디 있던가. 그래 그렇게 말해버릴 수도 있었지만 잠자코 들어주었다.

유진의 말투에 배어있는 자신에 대한 신뢰감이 강하게 전해왔고, 또 부탁 그 이상의 간절함이 그 짧은 몇 마디에 강하게 들어있었다. 만약 거절을 한다면 뚝 부러지는 소리가 날 듯한.

남휘는 우선 임요셉이란 이름을 찾기 위해 가톨릭 신부 명단을 입수해야 했다. 가톨릭 신문사의 윤 기자에게 부탁하면 쉽게 알 수 있을 것이다. 남휘는 메시지를 띄웠다. 윤은 대학 후배였고 한때 신부가 되려고 했던 사람이기도 했다. 금방 윤에게서 전화가 왔다.

"이 선배. 명단 빼는 것은 어렵지 않은데 무슨 일이에요? 숫자가 엄청 많거든. 누구 찾을 사람 있어요?"

"그래. 임요셉이라고 하는데 요셉이란 이름이 한둘일까 싶어. 고향이 전라도 광주고 홍대를 나왔다는 것밖엔 몰라."

"흔한 세례명이긴 하지만 찾을 수는 있어요. 하지만 그가 진짜 성직자가 됐는가, 그게 문제죠. 아무튼 명단을 보내드릴 테니 찾아보시고 저한테 연락 주세요."

남휘는 윤이 팩스로 보내 준 명단을 받았다. 명단은 길었다. 자세히 보니 고인이 된 유명한 신부 이름도 끼어있었다. '이거 제대로 된 명단일까?' 남휘는 혀를 끌끌 찼다. 책으로 치면 이미 절판이 되거나 오래되어 보지 않는 책까지 다 들어있는 종합목록인 셈이다. 현직에 있는 사람들의 명단만 따로 있으면 좋을 텐데…. 하지만 어차피 그가 어디 있는지 죽었는지 살았는지 알지 못하니 윤이 제대로 보냈다는 생각이 들었다.

차라리 총목록이 두세 번 뒤적이지 않고 한번에 훑어볼 수 있는 장점을 갖고 있을 수도 있다. 요셉이란 이름은 무지 많았고, 임요셉은 그 중에 스무 명이었다. 본명까지는 나와 있지 않은 것이 무척 성가셨다. 또 다시 윤에게 자료 요청을 해야 하기 때문이다.

남휘는 전화번호를 뒤적여 임병진을 찾아보았다. 수도 없이 많은 이름 중에 그 임병진이란 똑같은 세 글자는 또 왜 그리 많은지, 남휘는 혀를 끌끌 차며 형광펜으로 빨간

밑줄을 그어놓았다. 이 편이 낫지 않을까. 그런데 또 윤셀비아는 뭐람. 성이 둘이란 말인가.

 유진도 그것은 잘 모르는 듯했다. 그의 편지가 올 때마다 윤셀비아, 요셉, 혹은 임병진 등으로 각각 이름이 달랐지만 그러려니 했다는 것이다. 이름이 뭐 중요한가. 사실 유진은 그의 이름을 확실히 알지 못하고 있었다. 다행히 임병진이라는 이름 석자가 보통 이름하고 같은 유형이어서 그것이 진짜 이름이려니 할 뿐이었다.

 그 당시에는 이름 같은 것은 중요하지 않았다. 세상은 뿌연 안개 저편에 있었고 우리는 실존이 무언지 장밋빛 꿈이 어디 있는지, 아름다움에 대한 갈망이며 솟구치는 감정을 이끌기에는 역부족인 뜨거운 가슴을 상기한 채 바라보고만 있었기에 발은 동동 허공에 떠있었다. 젊은 날 우리는 그렇게 땅을 보지 않고 하늘만 우러르며 사는 별종들이었다.

 땅의 이름들은 무시되었고 허공의 이름들이 난립했다. 유진에게도 '수'라는 이름이 있었다. 남휘는 언젠가 '수'라는 이름을 유진에게서 듣고 풋풋 웃어댔다.

"그건 남자이름 같군. 이건 어때? 구름."

 그러자 유진도 웃어댔다.

"그건 너무 흔해. 구름이라든가. 바람 같은 거. 바위라든가 등대 같은 것도 있었지."

하지만 윤셀비아는 뭘까. 그건 여자 세례명 같은데. 성도 다르고. 남휘는 스무 명의 명단을 다시 적어 윤에게 보냈다. 그들의 본명과 고향, 학력 그리고 가능하면 사진까지 망라한 명단을 부탁한다고. 윤이 바로 전화를 했다. 사진까지 보려면 가톨릭 신부회 사무처에 찾아가야 되니까 며칠 후에나 가능하다. 신부회 사무처에 있는 친구가 이틀 후에나 서울에 온다는 것이다.

남휘는 오케이 했다. 일이 빠르게 진척된 셈이었고 시간도 걸리지 않았다. 이제부터 문제는 그가 신부가 아니고 민간인일 경우에 생기는 것이었다. 그래도 찾을 생각인지 유진에게 물어야할 판이었다. 남휘는 이틀 혹은 사흘 후에 신부회 사무처에 윤과 동행하기로 약속을 하고 전화를 끊었다.

4

하루 종일 비가 내리고 있었다. 찬 겨울비가 손님을 뚝 끊기게 했다. 오후의 책방은 텅 비어버렸다. 오늘 같은 날은 따뜻한 커피가 있는 카페나 찻집으로 손님이 몰려들 것이다. 나도 커피냄새 가득한 찻집에 가고 싶은 생각이 들었다. 누군가와 같이 딱 붙어 앉아서 눈이 내려야 할 연말에 찬비가 내리고 있다고 얘기하고 싶었다. 크리스마스가 삼 주를 남겨놓고 있었다.

나는 오늘 비가 내리는 소리를 듣다가 참지 못하고 밖으로 나왔고 갈 데가 없어서 서점으로 들어왔다. 유진이 이기자님이라도 부르지, 왜. 했다. 이기자가 시간이 있겠니. 비는 오지만 일하는 사람이잖아.

나는 자신의 책방에서 실업자처럼 빈둥거리며 말했다. 마치 할 일이 없어 거리를 떠돌다가 문득 비를 피해 들어온 건달이 된 느낌이었다. 비가 하루 종일 내리는 날이었다. 비 오는 날은 공치는 날이라더니 근래에 이렇게 손님이 뜸한 것도 처음인 것 같았다. 신간서적 입하 여부를 묻는 전화만 여러 통 왔고 유정이 틀어놓은 비틀즈 노래가 부드럽게 홀 안을 휘돌고 있었다. 아무래도 비틀즈보다는 사무치는 현의 선율이 듣고 싶었다.

"나 잠깐 나갔다가 너 퇴근시간 맞춰 올게."
"그래. 언니. 어서 오세요."

내가 막 문을 밀고 나가는데 대여섯 명의 청소년들이 우 몰려들어 왔다. 모두 손에 우산을 들고 모자를 쓴 남학생들이었다. 나는 유정에게 엄지를 들어 보이고 미소를 지으며 돌아서 나갔다. 거리는 한산했다.

나는 기껏해야 옆 건물을 지나 골목 안에 있는 낯익은 커피숍으로 들어갔다. 그곳은 클래식을 들려주는 곳이었다.

이곳이 개인사무실이 밀집해 있는 데라 어른 손님이 많을 터였다. 디자인 학원이 몇 군데 띄엄띄엄 빌딩 안에 있고 빌딩 뒤쪽의 골목엔 깔끔한 찻집과 카페, 작은 옷가게들과 고만고만한 여러 가게들이 빌딩이 필요로 하는 공급의 요소들을 갖고 존재하고 있었다.

거리거리마다 마치 선을 긋듯 그만큼씩의 수요와 공급이 잘 이루어지고 있었다. 몇 미터씩 거리를 두고 각자 필요한 가게가 필요한 곳에 배치되어야만 수요와 공급의 원칙이 맞게 되어 있었다. 어느 곳을 가면 중국음식점이 전혀 없어서 몇 블록이나 가야하고, 꽃이 필요한데 꽃가게를 발견하지 못한다면 그 거리는 그 원칙을 위배한 것이다. 그런 곳은 많이 있었다. 뭐 이딴 곳이 다 있어. 그 흔한 자장면 한 그릇 먹을 데가 없으니… 했던 적도 있었으니.

하지만 이 거리는 잘 되어 있다. 비교적 변두리이긴 하지만 빌딩들이 있고 그곳에 사무실이 있으며 그 사무실에 근무하는 사람들을 위해 음식점, 찻집, 술집, 기타 등등 모든 것이 구비되어 있다.

나는 바이올린의 현이 난무하는, 오렌지색 불빛으로 꽉 찬 비 오는 날 오후의 커피숍에 오래 앉아 있었다. 끊임없이 내 가슴 속에 되풀이 되는 의문 속에 둘러싸여서. 마치 그래, 나는 신부가 되겠소, 하는 대답을 들을 것 같았다. 내 말이 선고가 되어 그는 중형을 살고 있는 것일까. 아니면 천국으로 가는 계단을 안내하는 중일까. 이도 저도 아니면 어디 중도시의 교실에서 아이들의 스케치북을 들여다보며 고개를 끄덕이고 있을까.

나는 차라리 그와 섹스라도 하는 공상을 하는 게 행복할 것 같았다. 그런 단순한 남녀사이기라도 했었으면. 해후에 대한 상상도 쉬워질 텐데. 이건 도무지 감이 잡히지 않는다. 우리는 그저 공중의 먼지들처럼 붕 떠서 날다가 우연히 맞부딪힌 소립자에 불과한 것이다. 현실적인 것은 아무 것도 없었다. 이름조차도. 그가 누구인지도. 단지 본명인지도 모르는 이름 세 글자와 세례명이라 생각되는 두 글자를 알고 있을 뿐이다.

하지만 나는 꼭 그 이름을 익명의 시간에서 건져내겠다. 그는 분명 그곳에 있었고, 삼 년 동안이나 내게 왔었으며 나를 원했었다. 그때 난 그를 원하지 않았었다기보다 두려워했다고 해야 옳다. 나는 미래를 몰랐으며 남자 또한 미지의 환상에 불과했으므로. 그가 못생겼으며 키가 작았으므로 더욱. 그의 내면의 장점이나 그림에 대한 열정이나 재능 따위는 생각해보지 못했다.

그렇다. 나는 두려웠기 때문에 차단한 것이다. 그것으로 그가 나를 오해하고 휙 돌아서 가버린 것은 내 잘못이 아니다. 그는 나에게 설명할 수도 있었을 것이다. 아니면 보여줄 수도 있었을 것이다. 하지만 그는 순간 돌아서 사라져 버렸다. 이제 내가 그에게 사과할 부분이 분명해졌다.

나는 오렌지빛 불빛 속을 나와 약국 옆 두세 평이나 되는 좁은 공간에 '팥죽'이라 쓰여 있는 유리문을 열고 들어가 뜨거운 팥죽을 먹었다. 오랜만에 먹어본 팥죽은 매우 맛이 있었다.

서점에 들어가 유진을 보내고 한 시간쯤 분주한 시간이 지나갔다. 사람이 많을 땐 시간이 꽤 빨리 지나갔고 오히려 피로감은 덜 했다.

오늘 밤 또는 새벽에 눈이 내릴 확률은 사십 프로라고 어떤 손님들이 얘기하고 있었다. 삼주 후에 올 크리스마스 때도 눈이 올 거라고 신문에 써 있었다고 말했다. 그 이십 대 여성 두 명은 미국 대중소설 한 권과 잘나가는 여성지 한 권을 사들고 비 갠 거리로 나갔다. 붉은 립스틱을 덤으로 주는 잡지였다.

요즘 잡지들은 부록이 허술하면 팔리지 않는다. 내용이야 어떻든 그따위 부록이라고 무시할 수 없는 실정이었다. 나로 말하면 거의 삼분의 이가 찬란한 천연색 광고로 들어차있는 여성지를 절대 보지 않는다. 전에 여성지 기자로 있었지만 여성지를 만드는 사람들이나 그것을 사보는 사람들에게 꽤 냉소적이다. 쓱 겉표지만 한번 훑어봐도 내용이 무언지 짐작할 수 있었다.

"아, 눈이 와요."

한세가 큰소리로 외쳤다.

"정말 눈이로군."

나는 카운터를 벗어나 창가로 달려갔다. 야! 한세는 계속 야, 야 하고 감탄사를 발했다. 이쯤해서 문을 닫아야겠군. 시간이 아홉시 근처였기 때문에 한세도 이미 책 정리를 끝내놓고 창문의 블라인드를 내리러 가다가 눈 내리는 것을 발견한 것이다.

거리 쪽으로 난 창문은 통유리이긴 했지만 벽을 라인처럼 두르고 안쪽으로 커다란 타원형으로 나있었다. 낮엔 양 옆에 커튼을 묶고 영업이 끝날 때만 블라인드를 내린다. 창문은 한쪽 벽면에만 커다랗게 있을 뿐이고 나머지는 벽이며 사무실로 가는 옥색 문이다.

나는 그쪽 예쁜 프린트 커튼이 달린 타원형의 커다란 창 밑에 몇 개의 작은 원탁을 놓고 싶은 충동을 늘 느껴왔다. 그곳에 앉아서 손님들에게 커피를 마시도록, 책을 손에 든 손님들이 차를 마시며 명상에 잠기거나 멋진 글귀를 읽으며 햇살에 눈을 감고 있는 모습을 보고 싶었다. 하지만 이제 그럴 만한 공간은 남아있지도 않았다. 원래는 그 창이 신간서적을 배열해놓은 쇼윈도였다. 시간이 좀 지나자 햇빛을 막고 있는 그것들이 싫어서 과감히 쇼윈도를 훤히 비치는 창으로 바꿔버린 것이다.

한세는 아쉬워하며 블라인드를 내리고 불을 껐다. 나는

늘 옷걸이에 걸려있던 모자를 드디어 내려 푹 눌러쓰고 코트 깃을 올리고 서점을 나섰다. 한세가 새시를 내려 잠그고 우린 잠시 서서 눈을 맞으며 호호거렸다. 잠시 후 한세는 사람들 사이로 사라졌고 나는 주차장에서 차를 빼 달렸다.

눈이 펑펑 쏟아진다. 그 순간에 내가 생각해낸 것은 무엇이었을까. 나는 성당 앞에 멈춰 있었다. 이 밤, 눈 내리는 길을 걸어 사람들은 성당에 갈 것 같았다. 기독교인이든 비기독교인이든 간에. 그리고 사람들은 화이트크리스마스를 꿈꿀 것이다. 기독교인이든 비기독교인이든.

윤셀비아, 요셉, 임병진, 나는 그를 꿈꾸었다. 그가 나를 이름 모를 성당 안으로 이끌었다. 늦은 시간 텅 빈 적요한 성당 안에 불이 켜져 있는 것이 신비로웠다. 늦은 밤 미사가 있을까. 나는 맨 뒤 의자에 가서 가만히 앉아 있었다. 미사가 시작될 때 울려 퍼지는 성가가 천정을 울리며 흘러나올듯한 착각, 둥글둥글한 눈에 까무잡잡한 피부의 신부가 싱긋 웃으며 나를 내려다보고 있는 듯한, 나는 순간 성스러움으로 가득 찬 성가 속에 들어가 있었다.

나는 성당을 조용히 나왔다. 눈은 여전히 내리고 있었다. 나는 차를 놓고 걷고 싶은 충동에 사로잡혀 인적이 뜸한 거리를 천천히 걷다가 성당 앞으로 되돌아와 차에 올랐다. 나는 영원히 이 성당을 잊지 못하고 그리고 기억하지 못할 것이다.

남휘는 이틀 후에 전화를 했다. 아침거리엔 아직 잔설이 남아있었고 녹다가 얼어버린 도로는 지저분하고 위험했다. 나는 아슬아슬한 곡예운전이 싫어서 차를 놓고 대중교통을 이용하기로 했다.

"난 내일 일본 가. 다행이야. 유진이를 도울 수 있어서. 추억여행이 현실이 되면 어떡하지?"

"그럼 난 사탄이 되겠지. 아마도 그를 유혹할 테니까."

"이거 큰일 났군. 그가 신부가 아니기를 바래. 제발 어디 꽁꽁 숨어있기를."

"아니 왜?"

"그가 신부라면 사탄과 싸워야 되고 민간인이라면 가정파괴범과 싸워야 할 테니까."

"이거 너무 심한 거 아냐? 난 위험한 여자가 아니야."

나는 남휘의 어깨를 때려 주었다. 남휘의 지프가 위세를 발휘해서 윤 기자를 태우러 갔다가 내처 신부회 사무처까지 갔다. 윤 기자는 매우 순순한 인상이었고 남휘보다 젊었다. 남휘는 어쩐지 요 며칠 사이 겨울을 닮아있었다. 좀 늙은 듯한 분위기가 얼굴에 엷은 무언가를 깔아놓아서 늘 청년 같던 인상을 조금 구겨놓았다.

나는 새삼 남휘와 윤 기자를 바라보았고 남휘가 그럴진대 나는 어떨까 싶어졌다. 윤 기자의 옛 친구라는 오 신부를 찾아가는 길이 갑자기 두렵고 무모하게 느껴졌다. 웬

쓸데없는 일인가. 남휘에, 그 후배까지 끌어들여서. 없기를, 그 명단의 김요셉이라는 인물들은 모두 다른 사람이기를 간절히 빌었다.

아무튼 사무처에 도착해서 사진까지 들어있는 인쇄물을 받게 되자 뛰던 내 가슴은 점점 냉정해졌다. 그래, 만나면 좋은 거지 뭐. 못 만나면 말고. 사무처에서 만난 신부는 영화에서 본 긴 신부복을 입지 않았다. 검은 양복 속에 받쳐 입은 흰 로만칼라셔츠가 신부임을 말해주고 있을 뿐이다.

나는 만약 그가 신부가 되었다면 가시나무새의 메기의 그 멋진 신부처럼 기다란 수단을 입었을 거라는 상상을 하고 있었다는 것을 깨닫고 싱긋 웃었다. 남휘와 윤 기자의 친구라는 그 신부는 차를 마시고 담소하고 있었고, 나는 이름들과 사진을 훑어보았다.

"이 선배, 없어."

없다. 나는 묘하게 시원섭섭하다. 괜히 남휘에게 미안했고 그의 후배에게는 더욱 미안해서 민망했다.

"다른 길을 갔나보군."

남휘가 회색 머플러를 두르며 말했다. 아, 그 머플러 때문이었군. 정장차림에 머플러까지, 평상시 캐주얼한 분위기가 온데간데없으니 갑자기 늙어 보일 수밖에. 나는 풀이 죽어서 고개를 여러 차례 숙이고 사무처를 나왔다. 윤 기자는 그곳에 남았고, 남휘와 둘이서 잠시 건물 밖에 서 있었다.

"어떡할래? 어디 더 다른데 찾아보고 싶어? 전화번호부 뒤져서?"

나는 고개를 내저었다.

"일본 잘 다녀와. 괜히 시간 뺏어서 대단히 미안해. 면목없어."

"유진답지 않은 말씀. 그토록 간절했지 않아? 왜 단념해?"

"단념한 건 아니고. 방법이 없잖아. 애초에 무모한 실험이었지. 충동이 늘 나를 망신시킨다니까."

"그래. 유진인 조용하고 담백한데 가끔 그런 충동이 있었지. 그게 매력인지도 몰라. 감추어진 격렬함 같은 게 있는 거야. 그게 전에 빛을 발할 때도 있었고."

"무슨 소리야?"

"거, 왜 의상 잡지 만들 때 말이야."

"아, 별소리. 아무튼 미안해. 오늘 저녁 이별주 마실 시간 있으면 서점에 전화해줘."

"바래다줄게."

"아냐. 좀 걷다가 집에 들어갈 테니까 가봐. 여행준비 해야지."

공기는 칼날같이 매서웠지만 언 길 위로 창창한 해가 비쳤다. 남휘는 느릿느릿 차를 몰아 사라졌고 나는 무작정 걸었다. 걷다보니 어떤 생각이 머리를 스쳤다.

 나는 택시를 잡아타고 아파트로 돌아왔다. 핸드백에 약간의 돈을 챙겨 넣고 비니를 눌러쓰고 남휘처럼 코트위에 머플러를 얹고는 다시 집을 나왔다. 이번엔 내 차를 탔다.

 눈 덮인 차를 청소하는데 시간이 꽤 걸렸다. 처음 레스토랑에서 두 여인의 속삭임을 들었던 순간의 낯선 혹은 문득 찾아왔던 어떤 설렘이 서울 톨게이트를 벗어나는 순간부터 강렬해지기 시작했다.

 그렇다. 나는 광주로 내려가고 있었다. 사방은 눈으로 덮여 있었지만 고속도로는 안전했다. 이렇게 햇빛이 창창한 날에는 모차르트를 들어야 한다. 나는 오디오 볼륨을 높이고 모차르트를 들었다. 명료하고 신선하며 풍요롭고 쾌활한 천상의 소리가 온통 차 안을 넘나든다.

 우린 늘 음악 속에 있었다. 내가 여고 일학년 때부터 귀가 터지게 볼륨을 높이고 팝을 듣던 때부터. 대학을 졸업하고 잠시 쉴 적에는 아침부터 저녁까지 음악방송을 쫙 꿰고 있었고 빌보드차트를 욀 정도였다.

 대학 후반기 어디쯤엔가 살며시 그 익명의 남자는 그림자처럼 스며들어왔고, 내가 집에서 음악의 날개를 잡고 나르며 혹은 추락해 납작 엎드려 있는 동안 삼 년 동안이나 내게 시를 적어 보냈다.

자세히 보면 그의 시들은 언제나 앞뒤가 맞지 않았다. 잘 읽어보면 몹시 유치하기까지 했다. 그저 말장난에 감상을 덧칠해놓은 것 같은 짧은 문장들일 뿐이었다. 그의 묶인 날개와 억눌린 소리와, 고통과, 대접받지 못하는 이 땅의 모든 아들들이 겪는 슬픈 자존심 같은 것들이 뭉텅뭉텅 배어나오는 단음절의 제각각 다른 외침일 뿐이었다.

그러나 나는 애써 그의 글을 시로 보려 했다. 왜냐하면 내게는 시가 필요했으므로. 언뜻 보면 매우 화려하고 문학적이기까지 한 익명의 시들. 그것은 메시지였다. 한 남자의 고독과 유폐된 시간에 대한 분노와 고통, 그리고 아픔을 전하는. 그것들이 문장의 유치함을 누르고 그의 글을 시로 만들었으리라.

그가, 그의 시가 아닌 현실로 내 앞에 나타났을 때 나는 당황했다. 나는 서툴렀기 때문에, 당황했기 때문에 그토록 매정했던 것이다. 나는 언어구사에 서툴렀고 표현력도 부족했던 얼뜨기 처녀였다. 그는 그것을 오해했다. 참담하게 오해했다.

나는 천안휴게소까지 내처 달리다가 멈추었다. 벌써 점심때가 지나있었고 전화를 해야만 했다.

"언니, 어디 있어? 은행은? 몇 번이나 전화했는데 전화기 꺼놨어?"

아, 은행을 들르지 않았군. 나는 유진에게 광주 내려간다는 애길 하고 오늘 밤 늦게 들어갈 것 같으니 서점 문을 일찍 닫으라고 말했다.
"무슨 일이야? 작은아버지 보러가는 거야?"
광주엔 친척이 좀 남아있다. 부모님 돌아가신 후론 내려가 본 적이 꽤 오래전이었다. 친구들도 있긴 있었다.
"아냐. 잠깐 가볼 데가 있어."
"알았어. 조금 일찍 문 닫을게."
나는 손님들의 주문서적을 체크해 즉시 처리해놓으라고 말하고 전화를 끊었다. 요즘 사람들은 매우 성급했다. 꼭 없는 책만 찾는 사람도 있었다. 우리 가게는 기본적으로 문학서적 편향적이다. 문예지는 다 갖춰놓았고 출판사 선호도가 분명해서 손님이 찾지 않으면 없는 책도 꽤 있다. 개인적으로 말하자면 나는 미국 소설은 헐리웃 영화와 비슷해서 싫어하고 유럽소설을 좋아하며 베스트셀러는 거의 읽지 않는다.

서점을 대여점처럼 꾸며서는 안 된다고 생각한다. 모든 책을 다 갖춰놓아야 할 필요도 없으며, 출판의 우량화를 위해서도 나 같은 서점 주인이 꼭 필요하다고 고집한다. 유진은 나더러 괴짜 같다고 말했다. 우리 서점에 무협지 같은 건 없다. 에세이도 선별한다. 에세이는 수도 없이 팔리지만 사실 내 취향에는 좀 어긋나는 것이었다.

남쪽으로 내려가면서 눈이 내린 흔적이 없다. 눈이 없는 겨울 산야는 살풍경했다. 나는 휴게실에서 전화를 건 후 커피와 커다란 크루아상 한 개를 먹고 곧바로 출발했다.

달리는 길 위에선 달리는 것만 생각한다. 계속 달려야 한다는 강박관념 속엔 일종의 절망감이 들어있었다. 차츰 한심한 생각이 들었고 내려서 어디 아무데나 들어가 푹 고꾸라지고 싶었다. 하지만 길 위에 올라선 이상 계속 달려야 하는 것이 규칙이었다.

나는 속도를 내서 달리고 느슨하게 풀렸다가 다시 속도를 내곤 했다. 마음속에 작게 똬리를 튼 절망감은 어쩌면 광주에 가봐야 반갑게 맞아줄 사람도 없다는 생각 때문일 것이다. 근본적으로는 백퍼센트의 불가능한 일을 기대하고 있다는 자책에서 비롯된 것이었지만. 나는 환상을 쫓고 있는 것인지도 몰랐다.

광주시내에 도착했을 때는 파김치처럼 지쳐 있었지만 근거 없는 일 퍼센트 정도의 희망이 솟아났다. 왠지 모르지만 그가 아니라도 분명 누군가를 만날 수 있으리라는 일말의 기대가 자리 잡았다. 나는 해 없는 겨울 오후의 충장로 거리를 헤매고 다니다가 마침내 무언가를 찾는다.

"여보세요? 블루요. 충장로에 있는 카펜데요. 아, 네."

나는 성급히 전화를 걸었다.

"여보세요? 카페 블루죠? 정훈희씨 부탁합니다. 아, 사장님요."

아, 그래. 맞아. 한 사람쯤은 시내 그 자리에 남아 있었다는 기억은 이제 확실해졌다. 몇 년 전 광주에 내려올 일이 있어 알게 된 사실이었는데 이제 겨우 거리를 몇 바퀴나 돈 후에야 생각이 난 것이었다. 먼저 카페라는 것이 생각났고, 영화 블루와 함께 블루라는 단어가 떠올랐으며, 맨 마지막으로 훈희라는 이름이 생각났고, 그녀의 성은 전화를 거는 순간 떠오른 것이다.

훈희는 우리 패거리들 중 하나였지만 나하고 별 친분관계는 없었다. 그가 내 뒤를 졸졸 따라오던 밤 같이 있었던 미옥이나 란이 외에는 그닥 친구가 없었다. 훈희도 그저 그 그룹의 멤버였을 뿐 자세히 아는 것이 없던 아이였다.

언젠가 우 몰려서 법주사에 갔던 일요일 아침 수많은 관광객과 등산객들과 나란히 법주사를 향해 걸어들어 가는데 낯익은 남녀가 반대로 법주사 호텔 쪽에서 걸어 나오고 있었다. 비척비척 피하고 얼굴이 붉어지는 두 남녀를 보고 어디서 많이 봤다 했는데, 도둑이 제 발 저려서 딱 발을 멈춰버린 것 때문에 우리는 그들이 우리가 아는 사람들이라는 걸 확인해 버렸고, 웬일인지 참으로 어색해서 웃고는 그냥 지나쳐 버렸다. 그들이 그냥 모르는 척 얼굴을 돌리고 지나쳐버렸다면 우리는 영원히 그 사실을 몰랐을 것이다. 왜냐하면 무척 사람이 많았고 걸음이 빨랐기 때문에 누군가를 눈여겨 볼 겨를이 없었다. 그들은 속리산까지 가서 토요일 밤을 은밀하고 달콤하게 보내고 나오다가 하필이면 패거리인 우리한테 들켜버려서 당황했던 게 분명했다. 하필 우리는 또 왜 속리산엘 갔을까. 그날.

그 둘 중의 하나가 훈희였고, 그 남자 또한 우리 멤버였으며, 그들은 그 후 맨 먼저 결혼을 했다. 졸업도 하기 전 일이었다. 혹 그 성당에서 그들이 결혼식을 했던 건가? 모르겠다. 그리고는 헤어졌다는 소식을 들었고 몇 년 전 누군가에게 카페소식을 들었다. 나는 훈희 얼굴을 떠올려보려 했지만 생각이 나지 않았다. 이제는 방송에서도 만나기 힘든 나이든 여가수 얼굴만 떠오를 뿐이었다.

5

나는 카페에 가기 전 근처에 있는 분식집에서 따뜻한 팥죽 한 그릇을 사먹었다. 온몸의 차가움이 순식간에 사라졌고 더 이상 추위 같은 건 없는 것 같았다. 팥죽은 정말 맛있었다.

거리가 예전과 판이하게 달라졌으므로 낯익은 곳은 한 군데도 없었다. 천변에 있는 큼지막한 호텔까지 차를 몰고 가서 우선 방을 잡아볼까 하는 생각이 들었다. 올 때와는 다른 느긋함이었다. 하지만 나는 천변 근처의 리버사이드 호텔 옆에 어딘가 있다는 훈희의 카페를 찾기 위해 천변으로 달렸을 뿐이다. 나는 리버사이드호텔을 쉽게 찾아서 차를 파킹시켰다. 자게 되면 자고, 그런 생각이었다.

주변이 많이 변했지만 주 도로가 일직선인 점은 그대로였다. 천변의 상가들도 그 모습 그대로는 아니었지만 그 자리에 다들 있었다. 다만 커지고 화려해지고 새로 생겨나서 옛 모습이 자취를 감춰버렸을 뿐 주인들은 그대로인지도 몰랐다.

날은 아직 어두워지지 않았지만 잔뜩 찌푸려 있어서 어두컴컴했다. 곧 남쪽에도 눈이 내릴 기세였다. 폭설이 내리면 큰일이었다. 하늘이 낮게 내려앉아있는 걸 보니 큰 눈이 올 것 같은 예감이 들었고, 밤사이에 눈이 내린다면 고속도로를 달려가기 힘들 것이다. 나는 심야를 달려갈 계획이었다.

나는 블루를 쉽게 찾지 못했다. 뜻 그대로 blue란 간판은 푸르스름했는데 노랗고 붉은 수많은 간판들 사이에는 끼어있지 않았다. 나는 호텔 뒷골목을 몇 번 돌고나서야 먼 곳에서 푸르게 빛나고 있는 blue란 간판을 발견할 수 있었다. 시계를 보니 여섯시가 다 되어있었다.

나는 골목을 가로질러 작은 골목의 삼 층짜리 음식점과 기타 가게가 들어있는 건물의 지하로 내려갔다. 나는 별로 크지 않은 오밀조밀한 홀에 노랗고 푸른 조명이 켜있는 카페에서 종업원 두 명과 함께 있는 훈희를 만났다.

그들은 냅킨으로 컵을 닦고 있었다. 훈희는 담배를 태우며 나를 기다리고 있었다고 했다. 그녀가 앉은 둥근 테이블의 재떨이 속엔 세 개의 꽁초가 짓눌린 채 뒹굴고 있었다. 오래 전 일요일 아침 만났던 그 두 사람을 떠올릴 수 있었다. 그땐 젊었는데…. 훈희가 카페를 한다는 건 상상도 못했고. 나는 잘못 들어온 손님처럼 훈희 앞에 서 있었다.

"앉아. 몇 년 만이니. 못 알아보겠다. 넌 여전히 화장도 하지 않고. 나는 많이 변했는데 그치?"

나는 고개를 끄덕였다. 그래 많이 변했구나. 그 심심한 얼굴이 화려해졌고.

내가 카페에 있는 동안 손님이 들지 않았다. 훈희와 얘기를 나누는 동안 나는 줄곧 그를 생각하고 있었다. '혹시 너 기억하니? 그 작은 키에 까무잡잡한, 우리 옆자리에 늘 와서 앉았던 사람 말이야." 그렇게 묻고 싶었다. '이름은 임병진이고….그림을 하고 있을지도 몰라. 여기 이 광주에서.'

하지만 나와 그의 역사를 전혀 모르는 훈희가 그를 기억할 리 없다. 일찍 연애에 빠져서 모임을 빠져나가기도 했고. 나는 그의 생각을 몰아내기 위해 자꾸 술을 마신다.

"너 술 잘하는구나. 참 얌전한 애였는데. 직장은 계속 다닌 거니?"

그래. 난 얌전하고 말이 없던 애였다. 란이에게 끌려서 많이 돌아다녔을 뿐 내 스스로 뭔가를 하려 한 적이 없을 정도였다. 그런데도 결혼이 나를 떠다밀었다. 훈희도 이혼을 했고 나도 이혼을 했다.

그렇다면 어떤 여자들이 이혼을 하지 않고 잘 살고 있는 걸까. 란이도 그 중 하나지만 호주로 떠나버리고 없다. 그런 생각들이 생의 쓸쓸함을 느끼게 한다. 그것이 또 술을 자꾸 마시게 한다.

"인생에 정도는 없어. 예부터 듣는 말 아니었니. 니가 이혼을 하고 혼자 살 줄 누가 알았겠어."

훈희는 담배를 피워 문다. 나는 술을 들이킨다. 두 명의 젊은 남자가 스탠드에 들어와 앉는다. 어느새 짙은 음악이 흐르고 있었다.

"서점을 하고 있어, 자그마한."

"그래. 나는 이곳에 못 박은 지 오륙 년 된다. 벌써. 이젠 다른 일은 생각도 못해. 돈은 좀 벌어놨는데 아이들 더 크기 전에 업종 변경할 생각이란다. 의류대리점이나 할까 한다만."

"그래. 아이가 둘?"

"응. 중학생들이다. 아주 내가 조심을 해. 봄쯤으로 계획을 세웠다. 빠를수록 좋겠다 싶은데 가게가 잘 안 나가는 때라서. 오늘 밤 우리 집에 가자."

나는 망설인다. 오늘, 지금, 잠시 후에 올라갈 생각이었다. 헌데 술을 마셨고, 길은 얼어있고 차는 리버사이드 옆에 서 있다.

"너 영업 해야잖니. 방해하기 싫어. 여기서 좀 얘기하다 나갈게. 옆에 리버사이드 호텔 있던데 뭘."

"그래. 내가 가게에 있어야 되니까 오히려 니가 불편하겠다. 그럼 내가 방 잡아줄게. 여기 그대로 있어."

훈희는 전화를 건다.

"네. 육층 8호실로요. 그 방이요. 네, 지배인님. 한번 나오세요. 잠시 후에 갈 겁니다. 여자분 혼자니까 잘 부탁드려요. 네."

나는 한 시간쯤 훈희의 가게에 더 머물렀다.

"그런데 무슨 일이니? 친정집에 내려온 것은 아닌 것 같고. 누구 만나러 온 거야?"

술을 꽤 마신 후였다. 손님이 들고 날 때마다 훈희는 일어났다가 다시 내 자리로 돌아와서 내 앞에 앉곤 했는데 그제서야 생각난 듯 물었다. 그녀는 술을 한두 잔 마시곤 더 이상 마시지 않았다. 장사를 해야 하니까 그런가보다 했는데 그게 아니었다.

"위가 나빠. 장도 그렇고. 장사한다고 초기에 설쳤는데 그때 이미 버린 것 같아. 통 밥을 먹지 못했었거든. 사람 하나 이별하고 새로 일어선다는 게 그렇게 어렵더라. 한

일 년은 밥을 못 먹었어."

그나저나 넌? 하고 훈희가 다시 물었다. 나는 고개를 주억거리며 아, 그랬구나, 하다가 뭘? 하고 되물었다.

"무슨 일로 이 추운 겨울에 왔냐는 말이지."

"아, 별 거 아냐. 우리 집은 벌써 없어졌고. 누구 좀 만나러 왔는데 광주에 없는 것 같아. 저녁에 돌아갈 계획이었어."

나는 좀 취했다. 훈희가 얼음물 한잔을 갖다 주었다.

"그만 마시자. 아직 아홉 시밖에 안됐는데 취하면 안 되지. 커피나 한잔 할까? 미정아, 여기 커피 두 잔만 줘."

커피 이야기를 하니 남휘 생각이 났다. 저녁에 이별주 할 시간 있으면 전화하라고 툭 던진 내 말도 기억이 났다. 시계를 보니 아홉 시가 다 되어 있었다.

"잠깐 전화 좀 하고."

나는 남휘의 전화번호를 누르면서 까닭 모를 그리움과 친밀감을 느꼈다. 남휘에게 그리움을 느낀다는 일, 그의 전화번호를 누르면서 남휘를 느낀다는 일이 가당키나 한 것일까. 한번도 느껴보지 못한, 전혀 상상키 어려운 감정의 변이였다. 나는 전화번호를 누르다가 깜짝 놀랐고, 남휘가 아직 귀가 전이기를 바랬다.

"여보세요?" 하는 남휘의 굵은 목소리를 듣고는 종료 버튼을 눌러 버렸다. 왜? 하고 훈희가 물었다.

"통화가 안 돼. 나 이제 가봐야겠다. 아침 일찍 가야 하니까. 너도 장사해야지. 시간 많이 뺏었어."

"아냐. 피곤하지 않으면 더 있다 가. 몇 년 만이니. 십 년도 넘은 것 같은데. 밖에서 보면 못 알아볼 거야. 우리. 아무튼 고맙다. 이렇게 와줘서."

내가 일어서는 순간 남자 서너 명이 우르르 몰려들어 왔다. 그들은 온통 하얀 눈을 뒤집어쓰고 있었다. 차가운 외기와 외투 위에 내려앉은 하얀 눈의 신비로움이 카페 안을 문득 신선함으로 가득 차게 했고 그 안에 있던 모든 사람들이 탄성을 지르며 그 흰 사람들을 바라보았다.

그들은 이내 눈을 털어버렸지만 순식간에 카페 안이 소란스러워졌다. 밖에 눈이 오고 있기 때문이다. 그들은 얼마나 눈이 펑펑 쏟아지고 있는지 어린애들처럼 큰소리로 떠들어댔다. 나는 눈 때문에 분위기가 확 바뀌어버린 카페를 서둘러 나갔다. 훈희가 눈 내리는 지상으로 나와 손을 흔들어주었고, 나는 빠르게 자동차를 향해 걸어갔다.

밖은 눈이 펑펑 쏟아지는 중이었다. 담벼락에 세워두었던 차를 몰고 올 수가 없어서 호텔 직원에게 부탁해두었다. 물론 좀 떨어져 있으니 팁을 두둑이 주어야 했다. 나는 남휘에게 다시 전화를 걸었다.

"여보세요."

아까의 톤 그대로 남휘의 목소리가 흘러나온다.

"나 유진. 이별주 하기로 했는데 어때, 나올 수 있어?"
"어딘데? 가게 문 닫았어?"
"여기가 어디냐면. 실은 광주야. 나 광주에 와버렸어."
"에이, 그럼 어떻게 술을 마시냐. 누구랑 같이 있는 거야?"
"아냐. 옛 친구가 하는 카페에서 술을 마셨는데 문득 남휘 선배 생각이 나서. 아침에 이별주 얘기 했잖아."
"언제 광주에 갔어. 그 친구 찾으러 간 거 아냐? 무작정."
"글쎄, 나도 모르겠어. 아무튼 와야 했으니까 하지만 난 지금 아무 것도 볼 수 없어. 눈이 펑펑 오거든. 그리고 난 혼자 방안에 갇혀있고."
"남쪽에 눈 내린다는 뉴스 나오더라. 운전 조심해. 언제 올 건데?"
"내일 아침 혹은 오후에."

창밖은 여전히 눈이 펑펑 쏟아지고 있다. 남휘는 아쉬운 듯 전화를 끊었다.

"여행 잘 갔다 와."
"그래. 술 그만 마셔라. 밖에 나가지 말고."

뭔가 아쉬웠다. 남휘는 유일한 내 친구였다. 그것뿐이었던가? 오늘 밤 갑자기 그런 생각들이 들기 시작했다. 나는 외투를 입고 비니를 쓴 다음 호텔을 나왔다. 눈 내리는 거리에 사람들이 우우 몰려다니고 있다. 그들은 큰 소리로 떠들며 아이들처럼 시끄럽다.

나는 시내 쪽으로 빠르게 걸었다. 유네스코화랑이 있었고, 골목 깊숙한 곳에 삐걱거리는 나무계단을 오르면 이층에 로얄다방이 있었다. 어쩌면 YMCA건물 옆인지 커다란 대형약국의 이층이었는지…. 기억이 안 났다. 유네스코화랑 건물의 그 골목에 있는 것은 분명했지만 화랑이 어디에 있었는지도 모르겠다. 나는 무작정 걷는다.

그와 만나서 차 한잔 마신 적도 없다. 말을 건넨 적도 없다. 그저 몇 번 보고 웃고 그가 하는 몇 마디 말을 들었을 뿐이다. 나는 휑 달아나 버렸고, 나는 오랜 세월 동안 아무렇지도 않았다.

내게는 아직 그의 삼년 동안의 고백이 남아있다. 그것은 무엇일까. 그것은 아무것도 아닐까. 나는 아직도 그의, 차 한잔 같이 마셔보지 않은 남자의 편지를 고스란히 갖고 있고 버리지 못한다. 그리고 나는 그를 찾고 싶어 한다.

그러나 이것은 내 영혼의 방황에 불과한 것은 아닐까. 너는 진정으로 그를 찾으려하는 것이 아니다. 단지 감정의 잉여가 너를 이곳까지 오게 한 것일 뿐. 진정 그를 만나고 싶은 것이 아니라 문득 떠오른 지난날의 추억을 그저 더듬고 싶은 것일 뿐이다.

내 속에서 누군가 그렇게 말했다. 그를 진정으로 찾고 싶어 한다면 다른 방법을 찾아야 한다는 것을 너는 알고 있다. 하지만 너는 그것을 하지 않고 방황을 택했다. 감상적인 여행길에 오른 것이 그렇다.

나는 길을 헤맸다. 골목마다 사람들이 가득 찼고 거리는 시끄러웠다. 갤러리도 무척 많았다. 하지만 이 시간에 열려있는 곳은 술집과 슈퍼마켓 그리고 편의점뿐이었다. 나는 수도 없는 골목을 헤매다가 목이 말라서 작고 예쁜 찻집으로 들어갔다.

찻집은 꽉 차 있어서 도로 나와야 했다. 나는 계단 아래에서 그 예쁜 찻집을 바라보며 외투에 쌓인 눈을 털어내고 다시 걸었다. 이번엔 지하에 있는 카페에 들어갔다. 좁고 긴 스탠드가 있는 칵테일 바였다.

그곳엔 손님이 없었다. 지상에 내리는 눈이 보이지 않는 탓일까. 스탠드 끝에 한 남자가 술을 홀짝거리고 있을 뿐이었다. 나는 마가리타를 시켰다. 느린 재즈가 흘렀다. 딱 좋다. 나는 그렇게 생각했다.

지상의 모든 불빛 훤한 곳엔 젊은 애들이 가득 차 있었다. 우린 이미 밝은 불빛에서 멀리 떠나와 버린 걸까. 가까이 갈 자리가 없다. 내가 추억을 찾아 헤맬 뿐 돌이킬 수 없는 것과 같이? 나는 저 지상의 작은 찻집 안으로도 들어갈 수 없다. 나는 멀리 서서 밝은 장소의 아이들을 바라볼 수밖에 없게 되었다.

그 스탠드바는 참으로 편했다. 음악도 조용하고 손님도

조용하고 주인도 조용했다. 밖의 눈 내리는 소리까지 들리는 것 같은, 소란스런 소리는 다 빼버린 오직 사각사각 눈 내리는 소리만 들려올 것 같은. 그 세 사람은 각자 생각에 빠져서 술을 마시고 일을 하고 있다.

바텐더는 컵을 닦고 있고 끝의 남자는 술잔을 바라보며 술을 마시고 나는 칵테일을 홀짝거린다. 끝의 남자는 위스키를 언더락으로 마시고 있다. 얼음조각 부딪는 소리가 살짝 들린다. 나는 마가리타를 세 잔 마셨다.

카페를 나와 또다시 거리를 걸었다. 그가 따라오고 있었다. 그는 줄곧 몇 미터 뒤에서 나를 따르고 있었다. 사람들이 많았기 때문에 나는 한참 후에야 그가 따라온다는 것을 눈치 챘다.

눈이 좀 뜸했다. 왠지 머리가 허전해서 만져보니 모자가 없었다. 나는 당황해서 멍청히 서 있었다. 다시 그 카페를 찾아간다는 것은 불가능하다, 카페 이름도 기억할 수 없었고, 어느 골목인지도 모르겠다. 나는 머리를 훌훌 털고 다시 걷기 시작했다. 어디가 어딘지 통 모르겠어서 큰길에 나가 택시를 잡아야겠다는 생각이었다.

그때 그가 불쑥 내 앞에 나타났다. 그는 모자를 쑥 내밀었다.

"이걸 두고 가셨더군요."

아, 그가 따라온 데는 이유가 있었다. "고맙습니다." 나는 모자를 받아썼다. 그리고는 잠시 서 있었다. 그는 갈 생각을 하지 않았다. 키가 크고 잘 생긴 삼십대 후반쯤의 남자. 스틱을 들고 있는 것이 눈에 띈다.

사람들이 뜸했다. 그가 천천히 발을 떼었고 나는 그 옆을 걸었다. 나는 그가 왜 뛰어오지 않았는가를 그때서야 깨달았다. 그는 다리를 약간 절고 있었다. 내 마음이 왠지 편안해졌다.

사실은 낯선 밤거리의 사람들 속에서 홀로 걷는다는 것에 잔뜩 경계심을 갖고 있었음에 틀림없다. 술기운도 약간 있었고 내 마음속의 무엇이 충동을 했기에 여태 느끼진 못했지만 그 다리를 저는 사람의 옆을 따르는 순간, 뭔가 푸근히 무너지는 소리를 냈다.

헌데 이 모르는 남자는 왜 이리 편한가. 나는 큰 거리로 가서 택시를 잡아야겠다고 생각했다. 그래서 느릿느릿 걸어가는 그의 뒤에 잠시 이별하듯 서있었는데 그가 뒤를 돌아보았다.

"아, 집에 들어가시게요? 그럼….”

그는 미련 없이 걸음을 뗀다. 나는 답 없이 그저 서있었다. 그냥 이대로 호텔로 돌아갈 것인가. 뭔가 끄는 것이 있었다. 무얼까. 그냥 같이 있어도 편안할 것 같은, 전혀 생경스럽지 않은 그런 것이. 나는 그의 옆에 다시 섰다.

"저는 지금 마지막 술집을 가는 중인데 같이 가실래요?

거긴 녹차도 주고 레몬티도 줍니다. 아주 편안한 집이죠. 이십년 전부터 있던 곳이라서 좀 낡긴 했지만 분위기가 있죠. 따라오세요."

나는 이십년 전이라는 말에 가슴이 덜컹 내려앉는다. 그런 곳이 남아있었던가. 그도 추억을 간직하고 있는가. 나는 혹시 로얄다방을 아세요? 라고 물을 뻔 했다. 그 유네스코화랑이 있는 골목의 어디쯤, 혹은 대형약국의 이층에 있던, 목조계단을 삐걱거리며 올라가면 어두컴컴한, 그리고 그곳에 앉아있던 까무잡잡한 얼굴에 부리부리한 눈을 하고 도수 높은 안경을 쓴 바바리코트의 남자를.

나는 눈물을 훔쳐냈다. 알 수 없는 눈물이 두 볼을 타고 흘러내린다. 짭짤한 눈물을 손등으로 훔으며 나는 웃었다. 흐흐, 흐흐흐…. 그가 힐끗 돌아보았다. 나는 얼른 손수건으로 얼굴을 닦았다. 한두 점씩 내리는 눈을 닦아내듯.

이런 집이 남아 있구나, 할 정도로 낡은 일본식 이 층 건물이었다. 아래층은 꽃가게였고, 그곳은 이층에 있었다. 사방을 둘러보아도 그처럼 낡은 건물은 없었다. 하지만 밤의 묘한 분위기가 그 집을 낡은 집처럼 생각하게 하지 않는다. 유럽의 오래된 집들처럼 품위가 있다는 느낌도 들었다. 꽃가게는 문을 닫았고 옆 팬시가게는 눈부시게 훤했다. 그밖에는 뒷골목이라는 생각이 들게 한산했다. 가게도 올망졸망했고 다른 술집 간판은 보이지 않았다. 철거대

상의 골목일까 싶은 묘한 느낌이 있었다.

 술집이라는 느낌도 없었다. 노란 불빛아래 둥글고 낡은 원목테이블, 그리고 좀 특이한 옛 난로. 스탠드 의자가 다섯 개 있고 작은 테이블이 몇 개. 한쪽 벽은 온통 손자국이었다. 특이하다면 그 벽이 그랬다. 노랗고 검고 희고 푸른 손들이 벽을 가득 채우고 있었다.

"저거요. 저것이 이십 년의 손자취입니다. 이곳을 거쳐 간 청춘들의 손바닥이래요."

"아~."

나는 탄성을 질렀다.

"지금도 하나요?"

"지금은 멈췄습니다. 가끔 원하는 사람이 있지만 이제 더 이상 손 댈 곳이 없대요. 주인은 바뀌었지만 그 시대를 이은 사람으로 바뀌어서 분위기는 그대로 있죠. 여기 오는 사람은 옛날사람이 많아요. 전에 이곳을 드나들던 사람. 이쪽 분이 아니시죠?"

"네. 전에 나도 여기 살았었지만 이런 곳이 있는 줄도 몰랐네요."

"그럴 겁니다. 이쪽 동네는 워낙 술집이 없어서 잘 안 되죠. 이곳은 천변의 동쪽에다 뒤쪽이거든요. 거의 상가의 끝이에요."

 나는 따뜻한 난로 옆에서 레몬티를 마셨다. 그는 이곳에도 자신의 술병을 갖고 있었다. 그는 코냑을 마셨다. 그가 레몬티에 살짝 코냑 한 방울을 떨어뜨렸다. 나는 미소를 지었다.

아주 오랜 시간이 지나간 것 같았다. 시간은 아까 밖의 풍경과는 사뭇 다르게 느릿느릿 가고 있었는데 나는 매우 오랫동안 그곳에 앉아있었던 듯한 착각에 빠져 있었다. 음악도 느리고 난로의 타는 불빛도 느리고 노란 불빛도 차분했다.

"어디 사십니까?"

그가 문득 물었다.

"여긴 아니에요."

"아, 여행 중이신가요?"

"여행? 맞아요. 일종의 여행이죠. 내일 아침 갈 거예요."

그가 고개를 끄덕였다. 나는 마주보이는 벽의 손들을 바라보았다. 그는 말없이 술잔을 기울인다. 아까 처음 카페에서 봤을 때의 모습과 같은 포즈였다. 그것이 왠지 몹시 낯이 익었다. 하지만 뭔지는 생각이 나지 않았다. 이제 돌아가야 할 시간이었다. 헌데 일어나지지가 않았다. 그냥 앉아서 날밤을 새울 수도 있을 것 같았다.

"그것이 이 집의 분위기죠. 시간이 흐르는 걸 느낄 수가 없어요. 너무 편한 느낌 때문일 겁니다. 하지만 자정이 되면 문을 닫아요. 그때 택시 잡아드릴게요. 괜찮죠?"

글쎄요. 나는 모호하게 고개를 흔든다. 지금 일어나야 한다는 생각과 그대로 그곳에 나를 잡아두는 무엇이 시소게임을 하고 있다. 아마도 그곳에 눌러앉아 있게 하는 무엇이 더 힘이 센 듯하다. 나는 일어나지 못하고 있기 때문이다. 나는 술도 마시지 않고 레몬티를 두잔 째 마시면서 그저 앉아 있다. 그 남자도 그저 앉아 있다.

"옛날엔 말이죠. 이곳에서 생음악을 했었죠. 손님들 중에 노래하고 싶은 사람이 있으면 기타를 들고 나가서 부르는 겁니다. 단 기타를 칠 줄 모르면 안 된다, 그것뿐이었죠. 안 된다는 이유로는. 거의 매일 밤 같은 사람이 부르곤 했어요. 그리고 모두 따라했죠. 목가적이라고나 할까요. 자유스러웠다고 할까. 지금은 그게 없는 모양이지만."

남자는 가끔 침묵 도중에 옛이야기를 꺼내놓는다. 나는 넋을 놓고 앉아있다가도 용케 남자의 이야기를 이어 듣는다. 잘 알아듣는다. 아마도 내가 그와 같은 옛사람이기 때문일 것이다. 로얄다방에 몇 시간이고 처박혀 음악을 듣던. 마침내 나는 용기를 내어 일어선다.

"저 가봐야겠네요."

나는 목례를 하고 불쑥 일어서서 나온다. 그는 붙잡을 기세는 아니지만 서운해 하는 표정이었다. 나는 레몬티 값을 치루고 계단을 내려갔다. 골목에 사람 기척이 없었으므로 골목을 빠져나가 큰길로 나가기 위해 뛰다시피 걸었다.

사람이 없는 깊은 밤 두려움이 엄습했기 때문이다. 다행히 옆을 돌아드니 큰길이 나왔다. 나는 한숨을 푹 쉬고 여기까지 온 것을 후회하는 심정이 되었다. 간신히 택시를 잡고 몸을 의자에 뉘는데 퍼뜩 모자 생각이 났다. 기어이 잃어버릴 모자였군.

나는 지쳐서 중얼거렸다. 그가 붙잡을 것도 아닌데 그렇게 도망치듯 나올 필요가 있었을까. 하지만 급히 일어선 건 나 자신의 느긋함을 차버리기 위해서였지 그 남자 때문은 아니었다. 언제까지고 거기 앉아있을 것 같은 무기력함을 차버리기 위해서였다. 간신히 나는 그 추억의 장소에서 빠져나왔다.

호텔에서 한밤에 유정에게 전화를 넣었다. 유정은 용케도 집에 들어와 있었다.

"언니 무슨 일이야?"

유정은 대뜸 그렇게 물었다. 별 이유도 없이 지방에 내려가서 온다던 사람이 오지도 않고 호텔에 혼자 묵느냐고. 나는 내일 오후엔 도착할 테니 걱정 말라고 이르고 유정의 질문을 묵과한 채 전화를 끊었다.

잠이 오지 않았다. 호텔방이 낯설기도 했지만 끊임없는 안타까움이 나를 내리누르고 있었다. 거릴 헤맬 시간도 아닌데 다시 거리로 나가고 싶은 생각도 간절했다. 나는 그런 혼란스런 시간과 실랑이하다가 소파에 구부리고 앉아 잠이 들었다.

"눈이 많이 내렸습니다. 하루 더 묵으시겠습니까?"
 아침에 로비에 내려갔을 때 호텔 지배인이 정중히 물었다.
 "글쎄요. 오전 중에 출발하기가 힘들겠군요. 하지만 오늘 가기는 가야겠어요. 눈이 녹기를 기다렸다가."
 나는 로비에서 잠시 서성이다가 아직 깨어나지 않은 것 같은 언 거리로 나갔다. 다시는 광주에 올 일이 없을 것이다. 나는 다리를 건너 공원 쪽으로 발을 옮겼다. 공원 끝쪽에 성당이 있다는 것을 어렴풋 기억해 낸 것이다.
 나는 그곳에서 추억과의 이별식을 갖고 광주를 떠나기로 했다. 어차피 그는 이 세상에 없는 사람이다. 내가 그를 찾아낼 수 없는 한 그는 내게 존재하지 않는 사람이었다. 그는 애초 추억 속에만 있는 사람이었으므로.
 어느 정도 홀가분해진 마음으로 나는 모자가 없는 머리를 만지작거리다가 공원 옆을 걸었다. 부지런한 사람들이 눈 쌓인 공원 안에서 놀고 있었다. 나는 어젯밤 깊은 잠을 잔 후 아침에 갈 생각이었으므로 좀 일찍 일어났을 뿐 부지런해서 그런 건 아니었다. 눈길이 걱정되었을 뿐이다.
 날씨가 무척 좋았다. 밝은 해가 하얀 눈 위로 불쑥 솟아올랐고 공기도 그리 찬 편은 아니었다. 눈이 곧 녹겠군. 남쪽의 날씨답게 포근한 아름다운 겨울날 아침이었다.

공원 끝에 있는 성당은 문이 잠겨 있었다. 일요일도 아니었고, 특별한 날도 아니었으니 당연한 일이었다. 하지만 나는 몹시 슬펐다. 눈에 덮인 둥근 지붕과 나무들 그리고 넓은 정원사이로 난 계단. 지붕 끝이 날카롭게 은빛으로 빛났다.

나는 낮은 철책들 위에 쌓인 고운 눈들을 만져보다가 다시 공원 앞을 지나 호텔로 돌아왔다. 공원에 들어갈 마음은 없었다. 아무것에도 마음이 쏠리지 않았다. 이제 빨리 이곳을 뜨자, 그런 생각이었다.

나는 호텔라운지에서 커피 한 잔과 토스트 한 쪽을 먹고 한 시간 후에 광주를 떠났다. 길들은 녹기 시작했고 도로의 가운데는 이미 녹은 상태였다. 고속도로는 충분히 조심해야만 했다. 아직 오전 중이었다. 나는 잃어버린 모자 생각을 하고 있었다. 서점 일 같은 것은 걱정도 되지 않았다. 유정이 나보다 더 잘하니까. 이제 유정을 결혼시킬 일만 남아있었다.

모자는 그 남자가 가져갔을까. 아니면 그 카페에 그냥 있을까. 평일이라선지 고속도로는 매우 한산했지만 느릿느릿 달렸기 때문에 서울에 도착한 시간은 네 시가 다 되어 있었다. 중간에 유정에게 전화를 걸기 위해서 여산휴게소에서 잠시 쉰 것 외에는 쉬지 않고 달렸다. 유정은 밤사이에 감기에 걸렸다.

"혼자 자니까 바로 감기가 드네. 나 결혼하면 언니 어떻게 살지? 맨날 감기 들면."

"쓸데없는 소리. 나는 감기 안 드는 거 잘 알잖니. 무리해서 그런가 보다. 나 집에 들렀다가 나갈 테니까 따뜻하게 목욕하고 푹 쉬어라."

서울은 엄동설한이었다. 나는 집에 들어가 뜨거운 물로 오랫동안 샤워를 하고 한 시간 동안 잤다. 그런 후는 서점에 나갈 시간이었다. 약간 피곤하긴 했지만 컨디션은 좋았다. 라디오에서 올 크리스마스엔 눈이 많이 올 거라고 예상하고 있었다.

점심에 뭘 먹은 기억이 안 났으므로 배가 무척 고팠다. 생각해보니 휴게실에서 커피 한잔 홀짝거린 기억이 났다. 부엌을 살펴보니 유정이 끓여놓은 미역국이 있어서 밥통에 남아있는 밥을 말아 한 그릇 먹었다.

나는 서점에 나갈 준비를 끝내고 편지보따리를 꺼냈다. 그리고는 삼십분 정도 오래된 그 편지봉투들을 바라보고 앉아 있었다. 윤셀비아, 윤셀비아, 요셉, 임병진.

나는 외투를 걸치고 그 편지묶음이 든 비닐봉지를 들고 아파트 뒤편 주차장 끝에 있는 약간의 빈 땅으로 갔다. 늘 그늘진 그곳은 꽁꽁 얼어 있었다. 나는 편지 묶음에서 엽서 한 장을 쑥 뽑아 외투 주머니에 넣고 편지들을 꺼내 쌓아 놓았다. 그런 다음 성냥에 불을 그어 그 무질서한 사열

자들에 불을 붙였다.

푸석푸석 언 땅 위에 빨갛게 타는 불. 접혀있는 속지들 때문에 불은 꽤나 짜증스러운 듯했다. 활활 타다가 속으로 스며들고 활활 타다 스며들고. 이윽고 여한이 없단 듯 불은 붉은 색을 감추고 사그라졌다.

나는 약간의 아쉬움을 느꼈다. 재들이 푸석 가라앉고 녹던 땅이 다시 굳어져 경직되는 것을 보면서, 일어서 손을 탈탈 털 때 그 아쉬움은 내 온몸을 찌르르 관통하고 지나갔다.

6

나는 서점에 들어가기 전 서랑에 들렀다. 서랑은 서점 옆 건물에 있는 바로 그 레스토랑 이름이다. 나는 이른 저녁의, 휴지기같이 텅 빈, 낮은 음악만 쫙 깔린 레스토랑에서 카푸치노를 마셨다. 향이 무척 좋았다. 유정이 기다리고 있을 터였다. 여섯 시가 한참 지나 있었으므로. 잘 생긴 지배인이 오랜만이라는 듯 미소를 지어보였다.

나는 고개를 끄덕이며 대답하는 미소를 보내고 외투 호주머니에 손을 집어넣었다. 무엇이 손에 잡혔다. 불과 한 시간 전의 일이었는데 까맣게 잊고 있었다. 나는 손에 잡히는 그것을 집어 올렸다.

　유진, 유진, 유진, 유진, 유진, 유진, 유진…. 엽서는 전체가 유진이라는 낱말로 꽉 채워져 있었다. 두 여자와 두 남자가 레스토랑 안으로 들어섰다. 이제 손님들이 몰려올 시간이었다. 나는 서점으로 가기 위해 자리에서 일어났다.

　내 귀는 언젠가 우연히 본 그 두 중년 여인의 속삭임을 향해 열려 있었고, 그들은 여전히 낮게 속삭이고 있었다. 하이클래스…. 나는 누렇게 바랜 그 엽서, 마치 두 자리 글자로 이어진 판화 같은 그 작은 엽서 한 장을 가슴에 품고 반짝거리는 유리문을 밀고 나갔다.

겨울로 가는 길

1

어느 날 문득 아내가 말했다.

"당신이 지긋지긋해. 십칠 년간 참고 살아왔는데 이제는 더 못 참겠어."

나는 한순간에 감전된 것처럼 경악, 놀람, 아득한 절망, 치욕, 나락을 동시에 경험했다. 그리고 세상은 순식간에 지옥으로 바뀌었다. 지금까지 내가 살아왔던 생이 완전히 산산조각 나는 순간이었다.

나는 그 생각에서 빠져나오기 위해 머리를 흔들다가 컴퓨터 모니터를 뚫어지게 바라보았다. S자를 친다. 아주 천천히 그녀의 이름을 친다. yiiss. 이스, 라고? 처음엔 그게 무슨 뜻일까 생각했다. 그러나 아무리 글자를 조합해 봐도 별 뜻이 없어보였다.

어쩌다 이스를 발견한 것일까. 신이 있다면 분명 그 순간에 내 손에 내려와 있지 않았을까. 슬픔으로 어둑했던 내 눈의 푸른 안개가 벗겨지는 느낌이었다. 아주 짧은 순간, 나는 환한 빛을 보았다. 빛이 반짝, 하고 지나가는 자리에 yiiss라는 알파벳이 놓여 있었다.

비가 와서 아름답습니다.

나는 한동안 그 짧고 아름답고 간결한 한 줄의 문장 앞에서 넋을 놓고 앉아 있었다. 자꾸 읽어보니 아무런 뜻도 없어 보였다. 그러나 잠시 눈을 감았다가 떠서 모니터를 바라보니 그 문장이 내 가슴으로 쑥 들어와 버렸고, 나는 매혹당했다.

비가 와서 아름답습니다.

나는 그 문장에서 풍기는 따뜻함으로 보아 그 문장의 주인은 틀림없이 여자일 거라 장담해 버렸다. 나는 한동안 순간적으로 그 문장이 뿜어내는 푸르고 싱싱한, 비 온 뒤의 햇살 같은 빛 속에 머물러 있었다. 그리고 삼십 분이나 족히 지난 다음 자판을 더듬더듬 눌렀다.

비를 보는 당신의 마음이 더 아름다운 것 같군요.

어쩌다 이런 답을 찾아냈을까. 참으로 신기했다. 평소에 편지라곤 써본 적이 없는 사람이었다. 나는 내가 쓴 한 줄의 문장을 읽어보고 신기해서 또 한동안 모니터를 쳐다보고 앉아 있었다. 그러다가 천천히 보내기를 클릭했다. 뭔가 숙제를 하고 난 것 같은 느낌이었다. 나는 사무실 복도로 나와 잘 피우지 않는 담배 한 대를 다 피웠다.

답은 내일이나 올 것이다. 확실치 않다. 지금으로선 개의치 않는다. 일하다가 문득 머리가 아파서 메일 동아리에 들어가 본 거고 문득 한 문장을 발견했을 뿐. 그러나 오후 내내 그 간결한 한 줄의 문장이 머릿속을 맴돌았다.

지금의 나로 말하면 일은 그럭저럭 잘 하고 있는 중이었지만 내 영혼은 줄이 확확 그어진 것처럼 생채기가 나 있었다. 간신히 나는 버티고 있는 중이었다.

지난해 겨울. 크리스마스를 열흘 앞둔 저녁.

웬 일로 아내 숙희에게서 사무실로 전화가 왔다. 아내와 난 사이가 좋지 않았다. 사실로 말하면 지난여름부터 별거하고 있는 거나 마찬가지였다.

"당신 몇 시에 들어와요?"

나는 가슴이 떨렸다. 이제 그녀가 말문을 여는구나 하고.

"열 시쯤."

"그럼 집 앞 카페에서 좀 만나요."

"……"

나는 대답을 할 수가 없었다. 그녀가 재촉했다.

"할 이야기가 있어요."

"알았어. 열시 반으로 하지."

"좋아요."

그렇게 그해 겨울의 스토리는 시작되었다.

작년 여름. 큰 아이 침대를 바꾸던 날이었다. 쓰던 침대를 우선 베란다에 내어놓고 출근을 했다. 화요일이었던가. 퇴근 후 돌아와 보니 거실 소파가 놓여있던 자리에 베란다에 내놓았던 큰애 침대가 놓여 있었다.

화요일은 미용실에서 일하는 그녀의 휴일이었는데 아내는 집에 없었고, 몇 시에 들어왔는지 알 수 없었다. 그녀는 내 옆에 오지 않았다. 그리고 그날 밤부터 숙희는 거실의 침대에서 자기 시작했다. 아무런 언급도 없이.

처음 며칠 동안은 그저 그러려니 했다. 그러나 며칠이 지나자 그녀가 의도적으로 잠자리를 거실로 옮긴 게 분명해졌다. 그 시점에서부터 그녀는 입을 다물어 버렸으며 내 말에도 대꾸를 하지 않았다. 평소에도 잘 웃지 않던 그녀의 얼굴에서 미소 같은 건 완전히 사라져 버렸다. 나는 가슴이 턱 막히고 고통스러운 걸 참으며 도대체 무엇 때문인지 몇 번이고 물었다. 그러나 그럴 때마다 묵묵부답, 성난 눈빛뿐이었다.

당신은 여자를 때릴 수 있는가? 아니면 쫓아내버릴 수 있는가? 아니면 협박을, 혹은 강간을, 그렇게 해서라도 그녀의 입을 열게 할 수 있다고 생각하는가? 그때 나는 그런 심정이었다. 한밤중 거실 침대에서 가증스럽게도 다리를 벌리고 잠들어 있는 여자의 몸속으로 들어가 그녀를 능욕하고픈 충동에 시달렸으며, 혹은 머리카락을 질질 끌고 문밖으로 나가 복도에 내던져버리고 싶은 충동을 느끼곤 몸서리를 쳤다.

숨이 막혔다. 숨이 막혔지만 이내 나는 적응하기 시작했다. 말을 하고 지내던 평상시에도 열정적인 관계를 했던 것은 아니었다. 오히려 간혹 거부하는 때가 더 많았고, 원래부터 그랬기 때문에 그러려니 하고 살았다.

대화와 섹스의 단절. 거의 일방적인. 그것에도 나는 길들여지고 있었던가? 속으로 곪아가고 있었으면서도 나는 화를 내지 않았으며 그저 기다렸다. 어떻게든지 그녀와 대화를 해서 문제를 풀어야겠다는 일념으로. 사실 왜 그런지도 모르고 성난 얼굴과 찌뿌듯한 침묵에 대처한다는 것은 상상을 초월하는 고통이었다.

혹 그녀에게 남자가 생긴 것일까. 나는 그녀가 간다면 보내기라도 할 심정이 되어 있었다. 이런 숨 막히는 침묵과 소통 없는 부부생활보다는 그녀를 보내버리는 게 홀가분할 것 같았다. 도대체 그녀의 불만은 무엇이었을까. 지금도 정확하게 답을 찾을 순 없지만 명확한 답이 없는 상태로 세월이 흘러갔고, 나는 사면초가였다.

그날, 갑자기 밖에서 만나자는 전화가 온 날.

숨통이 트이는 기분이었으나 그 다음 순간 감당 못할 아픔이 찾아들었다. 곧 크리스마스였다. 나는 아내 숙희가 마음이 바뀌어서 혹 크리스마스 선물에 대해 얘기할지도 모른다고 생각했다. 아이들 몰래 얘기하기 위해서 카페에서 만나자고 하는 걸로. 우리는 작년까지만 해도 늘 아이들 몰래 선물 준비를 하느라고 밖에서 잠깐 만나곤 했었으니까.

사실을 말하면 별 기대를 하고 있는 건 아니었다. 아내와 말을 하지 않고 지낸지 일곱 달이 지났으니까. 나는 아내와 대화하기 위해 많은 노력을 기울였지만 아내는 나를 거들떠보지도 않았다.

하지만 이번 크리스마스 땐 어떻게 보낼까 하는 눈물겨운 생각까지 하며 나는 지하철을 탔고, 집 앞에 당도했다. 집 앞 카페 레노마는 동네 카페지만 제법 잘 꾸며놓아서 가끔 들러 칵테일 한잔씩 하던 곳이었다. 하지만 그때가 언제였을까. 아내와 희희낙락하던 때가. 나는 눈을 부비면서 레노마에 들어섰다. 아내는 노란 등이 벽에 깜찍하게 붙어있는 구석자리에 앉아 있었다.

"술 마실까?"

이렇다 저렇다 말이 없는 숙희를 보고 물었다.

"그래요. 아무 거나 시켜요."

말투가 좀 이상했지만 나는 신경 쓰지 않았다. 그녀는 종종 저자세였고 결코 부드러운 여자는 아니었다. 그보다 그녀는 예뻤으니까. 냉랭함을 덮어버리고도 남을 만큼. 그러나 종종 속이 쓰리고 아팠던 기억들이 문득 되살아났다. 숙희의 냉랭하고 뭔가 거친 분노까지 깔려있는 표정이 파노라마처럼 스쳐가면서 가슴을 뭉클하게 찔렀다.

"어쩌면 그럴 수 있는 거야?"

"……?"

나는 어안이 벙벙해서 멍하니 그녀의 얼굴을 쳐다보았다.

숙희가 나를 빤히 바라보았다. 그 눈에 분노가 서려있었다. 나에 대한? 왜? 종업원이 버드와이저 두 병을 가져왔다. 숙희는 말없이 담배 한 대를 꼼짝 않고 앉아 피워댄 뒤 술 한 병을 단숨에 마셔버렸고 그리고 입을 열었다.

"한번이라도 밖으로 불러내서 물어봐 줄 줄 알았어."

무엇을? 기가 막혔다.

그때 나도 담배를 피우고 있었다. 꾸역꾸역 하얀 담배연기가 두 사람 사이를 맴돌았다. 나는 마지막 담배연기를 뱉다가 얼어붙어버렸다. 어떻게 하면 이야기를 할 수 있을까 호시탐탐 기회를 엿보다가 접근하여 이야기라도 하려 하면 묵묵부답인 사람이 나였을까. 나는 기가 막혀서 할 말을 잃었다.

그녀는 여태까지의 자신의 행동의 이유가 나라고 얘기하고 있었다. 내가 아이들에게도 관심이 없고, 자신에게도 관심이 없으며 스킨십도 안 하고……. 나의 답답한 성격이 진저리처지며, 정이 안 가고 성격도 화끈하지 않아 싫다. 십칠 년 동안 참고 살아왔지만 이젠 더 이상 못 참겠다. 이젠 그런 당신이 지긋지긋하다.

내 영혼이 무너져 내리는 소리가 들렸다.

-이젠 당신이 지긋지긋하다!

나는 잘못 들었기를 바랬다. 그러나 그 소리는 숙희의 입이 발한 그 순간부터 내 귓가를 울려대기 시작했다. 벼랑에서 떨어지는 내가 보였다. 눈에서 별이 번쩍 빛났다. 나는 오랫동안 침묵했다. 그리고……. 붉으락푸르락해지는 얼굴을 감싸 쥐었다가 조용히 손을 내려놓았다.

나는 딱 한 마디만 물었다.

"혹 그 사람 때문에 아직도 그런 건가?"

그녀는 거리낌 없이 "그렇다."라고 대답했다.

"그럼 아직도 그 사람을 만나고 있느냐?"

"아니. 만나지는 않는다. 어디에 사는지도 모른다."

"그렇다면 여태 살아온 세월은 뭐였느냐."

그녀는 대답을 피했다.

"그렇게 정이 없었다면서 둘째 애는 왜 낳자고 했는가."

그런 질문을 하면서도 내 머릿속에서는 당신이 지긋지긋해, 라는 끔찍한 말이 회오리처럼 맴돌았다. 나는 온 힘을 다해 탁자를 차버리고 일어서서 뛰쳐나가려는 내 몸을 누르고 침착하려고 애썼다. 그녀의 이야기를 다 들어야만 했으므로.

"애가 하나 더 있으면 괜찮아질 것 같아서……."

그녀의 말이 이제 귀에 들리지 않는다. 이제는 자유롭게 해달라고? 자기를 조금이라도 사랑한다면 풀어달라고? 그렇다면 내가 붙잡고 있었단 말인가? 서로를 선택해서 같이 산 게 아니고?

기가 막혔다. 이혼하자고 한다. 그런데 왜 이혼이라는 말에 그렇듯 당황했을까. 나는 얼굴이 빨개져서 이혼만은 하지 말자, 더 노력해 보자, 라고 더듬거렸다. 그러나 성질 급한 숙희는 말 나온 김에 뿌리 뽑을 생각인지 빨리 이혼해 달라, 아이들은 자신이 키울 테니 양육비만 달라. 마치 그 자리에서 다 끝내버릴 듯 덤볐다.

아이들의 얼굴이 스쳐 지나갔다. 십칠 년간의 결혼생활을 깨버리려는 여자의 얼굴을 노려보았다. 그러나 숙희는 기가 죽지 않았다. 마치 화두를 외듯 계속 이혼해달라는 소리만 하고 있었다. 대책이 없었다. 나는 우선 신중히 생각해보자고 말하고 자리에서 일어났다. 이후로 내 머릿속은 백지처럼 하얗게 비어버렸다.

 소백산.
 내가 택한 건 산이었다.
 심야열차를 타고 새벽 세시에 도착한 풍기에서 잠들 수 없는 잠을 청한 뒤, 무릎까지 빠지는 눈 쌓인 소백을 기를 쓰고 올랐다. 산은 온통 흰 눈뿐 텅 비어 있었다. 나는 그곳에 내 뜨거운 눈물을 쫙쫙 쏟아내었다.
 당신이 지긋지긋해!
 이혼해줘!
 나를 사랑한다면 자유롭게 풀어 달라!
 귀를 틀어막고 하늘을 올려다보니 하늘은 온통 시리게 푸르고 구름 한 점 없었다. 그 하늘에서 넓이와 깊이를 알 수 없는 외로움이 쏟아져 내려왔다. 나는 숨이 막힐 정도로 겁이 났다. 외롭고 두려웠다. 숙희, 나의 아내였던 여자가 겁이 났다. 난 이렇게 버림받는구나. 고개도 들지 않고 앞만 보고 살아왔는데……. 보기 좋게 나를 한 방 먹인 여자가 증오스러웠다.

2

 통 잠을 못 이룬다.
 집으로 들어서는 순간부터 안절부절못하는 나를 느낀다. 늦은 시간 집으로 걸어 들어가는 발걸음이 자꾸 되돌아 가버리고 싶은 욕망으로 더뎠다. 어떤 날은 숙희가 없는 날도 있었다. 열한시가 넘은 시각에도 어디서 무얼 하는지 돌아오지 않는 아내. 아이들은 그때까지 서로의 컴퓨터에 매달려 있거나 숙제를 한다고 늦은 시간에 난리고, 집은 늘 엉망이었다.
 나는 아이들에게 한두 마디 던지고 피곤한 몸을 침대에 누인다. 숙희가 오는 소리를 듣지 못하고 잠들기를 원했지만 대부분 나는 숙희가 현관문을 열고 들어와 화장실 문을 열고 씻는 소리, 아이들에게 하는 소리, 옷 갈아입는 소리까지 다 들어버린다.
 숙희는 조심성이 없는 여자였다. 원래가 그랬다. 청소라든가 그 밖의 일들이 제대로 되어 있은 적도 없었다. 숙희가 미용실을 나가면서부터는 더 엉망이 되어서 내가 치우지 않으면 집안은 쓰레기통이었다.
 내 잘못도 있긴 하다. 신혼 때부터 내가 너무 많은 집안일을 도와준 것이다. 나는 아내와 아이들을 위해 몸을 아끼지 않았던 가장이었고, 깔끔하고 부지런했다. 그러던 내가 움직이지 않으니 집안 꼴이 엉망인 것이다.

 어느 날 사람들이 내게 말했다. 어이, 안 형. 왜 얼굴이 그렇게 늙어버린 거야? 몇 달 사이에 변했어. 동안이었는데 말이야. 나는 얼굴이 붉어져서 어쩔 줄을 몰랐다. 그런 말을 들으면 가슴에 슬픔이 차올라서 숨이 멎을 지경이었다. 심연의 한 구석엔 숙희에 대한 증오가 자라고 있었다. 너, 니가 이렇게 나를 만들었다.

 숙희로 말하면 느닷없이 한번씩 당신 왜 그렇게 결단을 못 내리고 있어. 빨리 결정을 해, 라고 말하면서 내 속을 긁어댔다. 내 머리는 움직임이 멎어버린 로봇 같았다. 숙희는 그런 내가 더 미운 모양이었다.

 그러던 어느 날. 살다보면 그런 날도 있는 법이다. 신기하게도 나란히 엘리베이터 앞에서 숙희와 같이 서 있었다. 나는 얼굴이 붉어질 지경이었다. 당황해서 눈을 어디다 두어야 할지 굴리고 있는데 당돌한 목소리가 날아들었다.

 "우리 얘기 좀 해요."

 나는 숙희를 바라보았다.

 "무슨 얘길?"

 "얘기를 해야 할 거 아네요? 응? 계속 이렇게 살 순 없어."

 "해봐. 무슨 얘기인지."

 우리는 다시 레노마로 갔다. 나는 아직도 도통 머릿속에 해결책을 그려볼 수 있는 여유를 갖지 못한 상태였다.

"내가 아이들을 키울 테니까 당신 원룸이라도 얻어 나가. 얼굴 보기도 민망하고 혹시 떨어져 있어보면……."

떨어져 있어보면 새로운 정이 생길 수도 있겠다는 말인가. 나는 숙희를 가만히 바라보았다. 왠지 마음이 편안해졌다. 그렇구나. 내가 나가살면 되겠구나. 얼굴 부딪히지 않아도 되고 저도 편하겠지.

"그래. 생각해 보겠어."

나는 그렇게 확실하게 대답했다. 그러자 숙희의 얼굴이 활짝 펴졌다. 예전의 모습을 보는 느낌이었다. 왜 그런지 내 마음도 밝아졌다. 무언가 해결책을 찾은 기분.

"그래요. 떨어져 살다보면 잘 될 수도 있을 거야. 좋다. 이제 맘이 좀 편해."

숙희는 유난스럽게 술을 주문했고 우리는 술을 마셨다. 숙희의 태도가 백팔십도로 바뀌었다. 사이좋을 때처럼 그녀는 내 팔짱을 끼고 집으로 돌아왔다. 그러나 그뿐. 나는 그러려니 했기 때문에 숙희의 변덕을 그리 신경 쓰지 않았다. 그래. 결국은 내가 나가야 되는구나. 나는 왜 니가 나가! 라고 말하지 못하는가?

다시 나는 나락을 헤매면서 집 나가는 걸 자꾸 미루고 있었다. 이제 기회만 있으면 왜 당신 그렇게 하기로 해놓고 실행할 생각을 하지 않느냐는 숙희의 총알을 귓전으로 흘리며.

3

yiiss.

나는 그녀에게 매달린다. 비록 몇 줄의 짧은 글이었으나 어쩌다 숲속을 걷다가 발견한 작은 옹달샘마냥 편지는 말라서 쫙쫙 갈라진 나의 영혼을 매번 적셔주었으므로.

여름이 지나가고 있었다. 이른 장마가 며칠씩 계속되다가 그치고 계속되곤 했다.

나는 매번 놀란다. 짧은 두 줄의 편지를 쓰면서 거기에 목매달고 있다는 걸. 무얼 기대하는 걸까. 그러나 y는 너무 아름답다. 그녀의 아름다운 영혼이 느껴진다. 엉망진창인 속을 들키지 않기 위해서 나는 편지를 쓸 것이다. 그녀를 따라서.

비는 갰는데
비의 노래는 흐르네.
그래선지
다시 하늘이 흐려.
아일랜드의 바다가 생각났다네.

*드센 바람과 라이언의 딸과, 숨은 새벽의 폭풍 같은 사랑과
해변에 지천으로 깔린 노란 들꽃
그곳에 가보고 싶네.
욕망이 먼저 달려가서 바다를 휘돌다
파도로 돌아와
이제 나는 바람이 되었네.
yiiss.*

나는 정말 놀란다. y는 보통 여자가 아니다. 무슨 말인지는 모르겠지만 어쩌면 그녀는 시인일 것이다. 그녀의 감수성이 나의 짓눌린 영혼을 깜짝 깜짝 깨우려 하고 있다. 나는 당황하기 시작한다. 그녀를 따라 하기로 했지만 나의 짧은 필치로 그녀를 따라갈 수 있을까. 여하튼 내가 y에게 매달리고 있다는 것은 확실하다.

월요일이었다.
말을 하지 않고 지내면서도 나는 여전히 일요일 아내의 출근길 기사노릇을 했다.
미용실에 다니는 숙희에게 차를 내어 준 것은 일 년 전이었다. 쉬는 토요일과 일요일엔 내가 차를 쓰기로 했으므로 일요일 아침 미용실에 데려다 주곤 돌아온다.
그녀를 내려주고 나면 답답했던 가슴이 아우성한다. 나

는 그 길로 대부도로 달려가곤 했다. 볼품없는 해변가를 서성이면서 눈물을 삼키다가 돌아오면 아이들은 교회에서 돌아와 컴퓨터 게임을 하고 있거나 아직 귀가 전이었다.

어제도 그렇게 비 오는 일요일을 보내면서 딸아이의 옷을 사는 데 시간을 보냈고, 저녁시간엔 집안 청소를 하는 데 보냈다. 오랜만에 하는 집안 정리가 끝도 없어서, 숙희에 대한 미움, 분노 같은 것이 더욱 커졌고 마음이 무지무지 아팠다.

월요일의 아침은 그래서 더 피곤했다. 아침부터 편지 쓰고 싶은 충동을 누르면서 매우 바쁘게 시간을 보내고 나니 온 몸이 축 처지는 느낌이었다. 사실 회사에 가면 집안일을 생각할 틈도 없었다. 하도 속이 어수선하고 바람소리만 숭숭 나서 도저히 일을 할 수 없는 심정이 나를 업무 중 인터넷 모모 사이트로 불러들인 것이다.

하지만 y에게 나의 구질한 일상을 얘기하고 싶진 않다. 그냥 좀 바쁜 샐러리맨 정도로만 비쳤으면 싶었다.

안개의 능선.
안개에 젖은 산이 아름답습니다.
하얀 구름들은 뭉싯거리며
자꾸 옆으로 도망갑니다.
이제야 비가 갰어요.

하지만 구름은
하늘 아래 낮게 떠서 서성입니다.
음악 때문에 잠깐 행복했어요.
yiiss

저는…….

나는 무얼 말하려고 하는 것일까. 나는 지난겨울의 아픔을 자꾸 얘기하고 싶어하는 나를 느낀다. 그러면서 꾸짖는다. 바보.

아, 좋아하는 아티스트의 곡을 적어주세요. 오랫동안 보내드릴게요. 아주 바쁘지만!

나는 선심을 쓴다. 그녀를 따라잡기 위해선 다른 수를 쓰는 수밖에 없다. 그녀는 시를, 시 같은 편지를, 나는 음악을 그녀에게 흘려보내 주리라.

바비 맥퍼린, 케빈 건, 컬렉티브 솔의 연주.
그리고 가슴을 찢는 바이올린 한 곡. 또 가슴을 뒤흔드는 피아졸라의 탱고 한 곡.
너무 많은가?

맨 위의 아티스트들은 내가 사려했으나 아직 못 구한 사람들이고,
컬렉티브 솔은 팝 밴드. 생명력이 꿈틀꿈틀하는.
아, 한 가지 더.
가끔 일상 얘기도 조금씩 해주세요.
괜찮죠?
예를 들면 내가 있는 곳에선 북악터널이 보인다든가.
yiiss

그녀를 능가할 순 없다. 나는 일하는 틈틈이 y가 원하는 음악을 찾아 나선다. 쉽지가 않았다. 케빈 건 외에는 잘 알 수도 없고. 주말에 시작되는 리더십 교육 때문에 또 마음이 바빴다.

y께서 듣고 싶어 하는 아티스트를 모두 찾지 못했어요.
케빈 건 외에는.
원하시는 아티스트들의 스펠링을 적어주시면 찾는 데 도움이 되겠는데요.
전 주말에 리더십 교육 들어갑니다.
그동안 메일은 힘들겠어요.
방금 지사의 우리 직원과 통화했는데
비가 내리는 밖의 풍경이 너무 좋다는군요.

*y*가 계시는 곳에서도 보이나요? 비에 빛나는 숲들이!
hoo

아, 바비 멕퍼린은 스켓송을 부르는 사람인데, *bach swinging*이라는 공연에서 바하의 곡을 스켓송으로 불렀어요.
혹 *Bobby Mcperlin?* 모르겠어요.
컬렉티브 솔은 *collective sol*(혹은 *soul?*) 아닐지.
락밴드인데.
*hoo*께서 좋아하는 음악 그냥 보내주세요. 락발라드나 뉴 에이지류.
전 *Queen*의 노래 좋아해요.
리더십트레이닝 잘 받고 오세요.
yiiss

눈을 감고 님이 이야기 한 숲 이야기를 생각했습니다.
제 아파트와 비슷한 뒷 숲 이야기를.
그러나 앞쪽은 눈을 찡그리게 하는 정돈되지 않은 건물들과
전철의 소음으로 가득 차 있죠.
고맙습니다.
경기도 이천의 새벽 정원에 내리는 이슬을 받으십시오.

hoo

비가 지나갔습니다.
C. saul의 음악 잘 들었어요.
참 궁금했는데 고맙습니다.
오늘은 케빈 건의 음악이 맞는 것 같아 다시 들었습니다.
비가 내리고 개이는 사이로 잠깐 비추는
햇살의 투명함이 마치 시 같습니다.
오늘 밤의 산책은 시원하게 할 수 있으리라는 생각…….
잠도 잘 오구요. 아, 전 동화를 써요.
안녕. *yiiss*

아, 역시. y는 동화를 쓴다. 잠깐 가슴이 설렌다.

칠월이 성큼 와버렸다. 이천에서 보낸 이틀간의 강도 높은 리더십트레이닝도 별 효과가 없었다. 내게는. 영혼에 무거운 공 하나가 얹혀 있어서 아무것도 그것을 들어 올려주지 못하고 있다는 생각. 그저 나는 일 속에 파묻혀 있어야만 그 생각을 벗어날 수 있었다.

난 y에게 꽃을 보낸다. 물론 그림으로.

그녀가 발하는 향기에 기가 죽는다. 그녀의 곁에 있는 음악, 글, 눈부신 광채를 지닌 언어들에. 내가 잊고 살아온 것들을 깨우치는. 나는 조금씩 그녀에 의해 기지개를 켜기 시작하는 내 죽어있던 것들의 소리를 듣는다.

 며칠 동안 무척 바빠서 편지를 쓰지 못했다. 그 다음엔 감기에 걸렸다. 나는 끙끙 앓으면서 출근한다. 그리고 부엉이처럼 내 자리에 웅크리고 앉아서 화장실 가는 일 외엔 꿈쩍도 하지 않고 모니터를 멍하니 지켜보며 들어온 메일에 답하는 일을 계속했다.

 나는 정말 부엉이 같다. 눈은 크고 겁에 질려 있고, 얼굴은 핼쑥하고 볼은 감기로 붉으레하지만 야위어서 병색이 돈다. 키만 덜렁 크고 어깨는 왜소해서, 아마도 숙희는 그런 나를 싫어하는 모양이었다. 부쩍 나 자신에 대한 혐오감이 생겨난다.

 감기란 일종의 바이러스다. 나는 내 무거운 영혼이 온통 감염되어버린 것처럼 느껴졌다. 아파도 밤 열시까지 나는 회사에 남아 있었다. 야근은 내 생리와 같다. 몇 명이 아홉시 반까지 같이 있다가 썰물처럼 다 빠져나가면 열시 근처엔 늘 나 혼자였다.

 비는 여전히 장마의 자락을 펼치고 계속 내리고 있다. 썰물처럼 사람들이 빠져나간 뒤에야 그 빗소리가 들린다. 그때가 되면 온갖 상념이 머릿속으로 들어와서 나를 괴롭히기 시작한다. 아, 어디로 갈 것인가. 어디로 나가서 내 방을 마련할 것인가에 끊임없이 매달려야 한다.

 나는 눈을 감은 채 누에처럼 의자에 둥글게 몸을 말고 빗소리를 들으며 숙희와의 첫 만남 속으로 들어간다. 무엇이 잘못되었는지 풀어내야만 하는 시간 속으로.

4

스물다섯의 봄.

난 그때 인천 수변공원 아래 하숙집에 있었다. 막 군에서 제대하고 복학한 복학생이었다. 대여섯 명 되는 하숙생들 사이에선 당연히 대장노릇을 했는데, 나는 새벽마다 애들을 깨워 공원으로 몰고 갔다.

공원에서 새벽운동을 하는 사람들과 낯이 익을 무렵, 우연히 배드민턴을 치는 아주머니를 알게 되었다. 아직 젊은 삼십대 후반의 아주머니와 금세 친해진 나는 배드민턴을 같이 치는 일이 많아졌고 때로 하숙집 후배들과 시합을 벌이기도 했다. 그녀는 유난히 내게 잘 했는데, 혼자 살면서 동네에서 미용실을 운영하고 있었다.

어느 날 아침, 어떤 예쁜 여자가 그 아주머니와 배드민턴을 치고 있는 것을 보았다.

"민후씨, 내 막내동생이야."

나는 얼굴을 붉히며 그 예쁜 여자와 인사했다.

숙희, 라고 언니가 말해주었는데, 숙희는 별 관심도 없는 눈초리로 나를 바라보고 목례를 했을 뿐이었다. 그녀들과 번갈아가며 배드민턴을 치는 동안 나는 숙희에게 점점 마음을 빼앗기고 있는 것을 깨달았다. 나는 망설인 끝에 미용실을 찾아가서 숙희와 교제하고 싶다고 말했고, 그분은 흔쾌히 허락을 해주었다.

하지만 숙희는 미용실로 찾아가서 언니에게 그런 얘기를 한 것을 못마땅하게 여겼고, 더 한 점은 내게 통 관심이 없어 보인다는 것이었다. 숙희의 태도가 그러니 말은 꺼내놨지만 데이트 신청 한번 못하고 새벽 배드민턴만 열심히 칠 뿐이었다.

이내 여름 그리고 가을이 왔다. 그때쯤 숙희의 언니와 배드민턴을 가끔 치던 어떤 아저씨와 가까워졌다. 그는 숙희 언니의 정부쯤 되는 사람으로 쾌활하고 등치가 큰 남자였는데, 그날도 그 남자와 배드민턴을 치다가 나는 갑자기 넘어졌다.

발이 점점 아파오기 시작했고, 곧 나는 주저앉아버렸다. 그때 다행히 옆에 있던 하숙집 후배들의 부축을 받고 겨우 산을 내려왔다. 잠깐 쉬면 될 줄 알고 줄곧 누워만 있었는데, 발등이 부어올랐고, 점점 통증이 심해졌다. 어쩔 수 없이 발을 질질 끌고 병원에 갔을 때, 엑스레이 결과를 보면서 의사가 혀를 찼다.

"젊은 학생이 이렇게 판단을 못하고, 발병신 되고 싶어요?"

의사는 내 오른쪽 발등 뼈 한 개가 부러져 약간 어긋난 필름을 보여주었다. 그때도 나는 얼굴이 빨개졌다. 아마도 훗날 숙희가 지겹다고 말한 그 부분, 망설임, 쉽게 결정하지 못하는 미약한 판단력, 뭐 그런 것들의 일부분이 그날 의사에게 비치지 않았을까. 나는 무릎까지 올라오는 깁스를 하고, 간호사가 건네주는 목발을 짚고 하숙집으로 돌아왔다.

그 당시 나는 정말 가난한 대학생이었다. 주머니에 돈이 한 푼도 없어서 그나마 간호사의 호의로 나을 때까지 목발을 빌려 쓰고 다녔다.

그런 어느 날이었다.

"차민후씨, 전화 왔어요."

그날은 시월의 토요일이었다. 직장에서 막 돌아온 하숙집 딸이 나를 불렀다. 나는 목발을 짚고 천천히 안방 마루로 가 전화기를 건네받았다.

"차민후입니다."

알 수 없는 여자 목소리였다.

"저, 누구신지?"

"저 이숙희에요. 미용실 언니 동생."

"아,······".

내 가슴이 뛰기 시작했다. 목발을 짚고 병원을 다니다가 우연히 그녀를 만난 적이 있었다. 그러나 그냥 스쳐갔을 뿐 그녀가 나에게 관심을 보이지 않았으므로 섭섭한 마음을 접고 돌아섰었다. 그런 그녀가 전화를 한 것이다. 그 순간 머릿속에 각인된 그녀의 목소리는 절대 잊어버릴 수 없는 것이었다.

"네, 네."

나는 그저 네, 네만 외우고 있었다. 전화를 끊은 후엔 하늘로 붕 날아오르는 느낌 속에서 목발을 내던지는 근사한 장면을 상상했다. 그녀와 함께 손을 잡고 어디든 달려가고 있는 내 모습을. 약속 날까지 어떻게 보냈는지 알 수가 없다.

드디어 그녀와 약속한 날.

나는 거의 한 시간 전에 약속장소에 나가 앉아 있었다. 가슴은 뛰고 목이 타서 냉수만 자꾸 마셨다. 깁스한 발이 자꾸 간지러웠다. 나는 자꾸만 다리를 긁어댔다. 순간 눈앞에 서 있는 그녀.

그날의 숙희를 잊을 수 없다. 어쩌면 그날이 우리의 첫 만남이었다. 숙희는 회색빛 타이트스커트와 감색 상의를 입고 안개꽃에 섞인 붉은 장미꽃다발을 들고 내 앞에 불쑥 나타났다. 말없이 싱긋 웃으며 꽃다발을 내미는 그녀의 모습은 천사처럼 예쁘고 단아했다. 산에서 아침 운동 때 잠깐씩 보던 추리닝 차림의 그녀와는 너무도 다른 인상이었다.

나는 한참이나 멍하니 그녀를 쳐다보다가 얼굴을 붉히고 꽃다발을 받았다. 당황해서 말도 할 수 없을 지경이었지만 웬일인지 그녀의 눈에 서린 우수를 보았다. 하지만 곧 나는 그 눈의 우수를 잊어버렸고, 한눈에 반해버린 여자와 무슨 얘기를 해야 하나, 고민하면서 아무튼 무슨 이야기인가를 서로 나누기 시작했다.

그 눈에 서린 우수에 대하여……. 나중에야 그 이유를 알게 되었지만 그것은 내가 어떻게 할 수 없는 그녀의 문제였고, 그녀의 과거였다. 그 우수에 서린 눈매가 가지고 있던 이유에 대해서 그때 확실히 알았어야 했다. 그러나 그때는 아무 것도 눈에 보이지 않았다. 다만 황홀한 그녀의 모습만이 내 앞에 있었다.

아무튼 나는 그녀와 첫 데이트를 무사히 마쳤다. 그 데이트는 나에게 많은 것을 안겨주었다. 나는 그때까지 갖지 못했던 여자에 대한 용기를 가졌고, 다리도 금방 나아버렸다. 그렇게 그녀와의 관계가 시작되었다.

그 후 그녀와 나눈 시간들은 내 생애 가장 황홀한 순간들이었다. 몇 주 동안 밀착된 시간들을 보내고 어느 날 밤 나는 그녀와 첫 키스를 했다. 건축 중인 어두운 공사장에서 키스를 나누다가 바닥에 널려있는 벽돌에 걸려 넘어지려던 숙희를 꽉 부둥켜안았던 기억.

그 후로는 자연스럽게 그녀의 자취방으로 가서 밤을 보

내는 날이 많아졌다. 그렇게 봄, 여름 그리고 가을과 겨울이 지나갔고 대학을 졸업했다. 그리고는 몇 달간의 준비 끝에 드디어 지금까지도 내 밥줄이 되고 있는 컴퓨터 회사에 입사했다.

그런 어느 날이었다. 그녀의 방에서 우연히 어떤 편지를 발견한 것은. 그것은 바로 그녀의 눈에 서린 우수의 근원이었다. 그러나 그 편지를 보면서도 나는 그걸 깨닫지 못했고 단지 그녀에게 약간의 화를 냈을 뿐이다.

"이 사람은 민후씨와 알기 전부터 교제하던 사이였어요. 이제 편지만 올 뿐 별 사이 아니에요."

편지 속엔 얼굴색이 검고 성깔 있게 생긴 전투경찰복을 입은 남자 사진이 들어있었다. 국상운이라는 이름까지 쓰여 있는. 나는 화를 냈지만 곧 그녀의 말을 믿었다. 하지만 그때 알았어야 했다. 나는 바보처럼 거기 널려있는 증거를 보고서도 그녀의 말을 믿었다.

나는 부엉이처럼 눈을 크게 뜨고 창문을 노려본다. 창문을 열 수 없는 건물이다. 비가 오는지 눈이 오는지 바람이 부는지 알 수 없는 창문. 일을 하자. 나는 허리를 편다. 우두둑 뼈 소리가 났고, 빗소리가 들렸다.

'그 사람 때문에 그런가?'

'그렇다.'

'그 사람을 만나지도 않는다면서.'
'당신이 싫어졌다. 무척.'
나는 입을 앙 다물고 자판을 친다. 외부에 출장 갔다 온 부하직원이 쌍화탕 한 병을 책상 위에 놓고 간다.
"고마워." 나는 뒷등에다 대고 소리친다.
"부장님 아프면 우리도 아파요."
뒤도 안 돌아보고 자기 자리로 가면서 하는 말. 나는 아직 따끈한 쌍화차를 단숨에 마신다. 그리고 어찌어찌 저녁이 왔다. 아주 어렵게. 졸다가 다시 눈을 뜨고 다시 졸고 하는 사이에 저녁이 와 있다. 나는 한숨 돌리고 텅 빈 사무실에 앉아 y를 찾아간다.
바빠서, 감기 때문에 며칠 간 쓰지 못했다. 그녀, y가 무슨 일이 있느냐고 묻는다.

괜찮으신가요?

y. 미안해요.
그리고 고맙고. 회사 일이 바빠서 잠시 혼란스러웠습니다.
아직도 약간 여유가 없어요.
거기에 심한 감기까지……
말을 제대로 하지 못하고 있습니다.

아, 감기에 걸리셨군요.
비가 잠시 개었는데…….
전 지리산에 갑니다. 친구 둘하고.
주말 동안 감기 나으시기를,
아, 산의 정기를 보낼게요.

y. 그녀는 지리산에 갔다.
사암재의 바람.
나는 눈을 감고 그녀를 따라간다.
나는 지리산의 그녀 곁에 가 있다.

덥습니다.

 나는 그렇게 쓴다. 칠월이 중순을 넘기고 있었다. 나는 여름날 소금에 절여놓은 배추처럼 무력하고 힘이 없다. 오직 그녀의 인력에 이끌려 간신히 편지를 쓰고 그 열정으로 그녀에게 들려 줄 음악을 찾을 수 있을 뿐. 장마는 계속 된다.
 그녀에게 마이클 호페의 곡을 보낸다.

이제 바쁜 시간 지났나요?
언젠가 대학로에 있는 커다란 CD전문점에 간 적이 있는

데, 재즈곡이 무척 많았어요. 거기 시디를 고르고 있는 한 남자를 떠올리며.

아, 마이클 호페 못 들었어요.

그러나 다른 두 곡으로 충분해요.

그녀는 연꽃편지를 보낸다. 나는 그녀의 연꽃잎이 풍기는 향을 맡으면서 마이클 호페를 몇 번이나 다시 보낸다.

아, 호페가 들리질 않아요.

유키 구라모토를 보냈던 라인으로 하시면 어떨지……. 동분서주하는 모습이 눈에 가득 찹니다.

더우니 바다 생각나죠?

저는 며칠 후 제주에 갑니다.

팔월 초에 돌아올 예정이니까 두 주 동안 제가 초록바다를 보내드릴게요.

월요일 비행기를 타야하니까 지금 미리 월요일의 편지를 씁니다.

y.

아, 제주. 그녀는 제주에 갔다. 제주에서의 이런저런 얘기들이 나를 끌어당겼다. 나는 어이없게도 제주에 있는 지사에 전화를 걸어 날씨를 물어본다. 웃음이 픽 나왔다. 그리곤 그녀가 머물고 있다는 숙소를 찾는다. 그녀가 말한 것들을 종합해서 공들여 더듬다 보니 그림이 나왔다. 그녀는 한라산 자락 아래 어느 단체의 수련기관에 묵고 있다.

나는 눈을 감고 그녀가 앉아있었다던 돌계단을 그려본다. 그녀는 제주에 오실래요? 라고 썼다. 제주에 오실래요? 라는 말은 귓속을 간질이면서 나를 무척 외롭게 만들었다.

글로리아 에스테반 들으셨나요?

이제 나는 y를 경계해야 되는 거 아닐까. 나는 자꾸 y에게 의존하기 시작한다. 내가 그녀를 위안 대상으로 삼을까 겁이 난다. 나의 뻥 뚫린 영혼을 채우기 위해서. 그러나 자꾸 y에게 가까이 가고 싶다. 그녀가 나를 이끈다. 비발디를 초스피드로 날려 보냈다. 그리고 바비 맥퍼린을 찾아 인터넷 음반가게를 뒤진다.

이제 오늘밤은 Queen의 노랠 들려주실래요?
그럼 꿈을 꿀 겁니다.
퀸의 하모니처럼 부드럽고 깊고 아름다운.

나는 그녀를 따라가고 있다. 자꾸 뒤돌아보지만 숙희는

보이지 않았다. 이제 나는 조금씩 집을 떠나고 있는 중일까. 오리무중이다. 나는 떠나는 것을 결정하지도 남아있는 것을 고려하지도 못한다. 그냥 속수무책일 뿐이었다. 그런 와중에 그녀, y가 미풍처럼 나를 이끈다. 그녀만이 나를 사람으로 느끼게 한다. 나는 머리를 흔들며 현실의 모든 것들을 털어내 버리려는 듯 그녀에게 몰입해가고 있다.

이제 내가 바다, 제주의 바다에 왜 이렇듯 민감한지를 말해야겠다.

그때 눈에 콩꺼풀이 씌우지 않았다면 바로 이런 불행은 내게 오지 않았을지도 모르는 일이었다. 그러나 그때 나는 다른 아무 것도 생각하지 않았다. 오로지 다친 다리 앞으로 다가온 천사 같았던 그녀, 숙희만을 생각했을 뿐이다. 나는 순수하게 한 여자를 사랑했다.

입사하고 어렵게 석 달의 지독한 교육을 견디고 난 후, 회사에 익숙해질 무렵 느닷없이 제주도로 발령이 났다. 난 겁이 났고 두려웠다. 숙희와 떨어져 지내야 한다는 사실이 무엇보다 가슴이 아팠다.

비행기를 타던 그날 하늘은 눈이 올 것처럼 흐릿했다. 숙희가 배웅을 해주길 기대했지만 그녀는 직장에 있었고, 잘 내려가라는 말뿐이었다. 돌이켜보니까 그렇게 가까이 붙어 지냈으면서도 때로 생경할 때가 있구나, 하는 걸 느낄 때가 가끔 있었는데, 그날도 그랬다. 그러나 그날은 생전 처음 타보는 비행기에다 혼자 내려가는 곳에 대한 불안감 때문에 그런 느낌을 깨닫지 못했다. 돌이켜보니 그런 섭섭함이 있었음직하다는 얘기일 뿐.

제주공항에 내려서 짐을 찾아 나서는데 까닭 없이 눈물이 났다. 상공회의소에 있는 거래업체 안에 간신히 책상 하나를 놓고 업무를 시작해야 하는 난감함.

그렇게 나는 제주생활을 시작했다. 직접 거래처와 연결시켜야 하는 일의 성질상 모든 것이 새로운 시도였기 때문에 무척 힘이 들었다. 나는 긴장으로 몸이 굳은 채 일했고, 나머지 시간은 외로워서 바닷물에 빠지고 싶을 지경이었다.

처음 시작하는 일이라 업무 보고하는 것도 힘든 일이었다. 나는 방법을 생각하다가 결국 서류보고와 병행해서 편지글 형식으로 나머지 사항들을 상사에게 날마다 올려 보냈다. 상사는 여섯 달밖에 안 된 놈을 제주까지 내려 보내고 걱정했는데 참 잘 하고 있다며 격려를 해주었다.

일단은 편지보고가 성공을 했다는 생각에 마음도 안정이 될 그 시점이 바로 내려간 지 한 달 무렵이었다. 한 달이 지날 즈음부터는 어느 정도 업무에 익숙해졌고 마음의 여유도 생겼다. 사무실도 거래처 근처에 얻어서 드디어 나가게 되던 날, 본사에서 컴퓨터를 비롯한 집기들이 내려왔고 나는 잠시 왕이 된 듯한 기분이었다. 모든 일을 혼자 해야 한다는 것만 빼면 모든 것을 내 마음대로 할 수 있었으니까.

그제서야 바다생각이 났다. 한번 가본 탑동이 맘에 들어서 가끔 밤의 방파제를 찾아갔다. 그리고 멀어져버린 숙희 생각을 했다. 그즈음 하숙집을 나가야겠다는 생각을 했다. 음식도 입에 맞지 않았고, 다른 상황들도 그랬다. 나는 거래처 직원들에게 정보를 수집해 작은 아파트를 얻었다.

그런 어느 날이었다. 숙희의 언니에게서 전화가 왔다. 숙희가 며칠 전에 사라져서 나타나지 않는다고. 일이 손에 잡히지 않았다. 나는 주말의 항공권을 예약했고, 도착 즉시 서울을 거쳐 숙희의 자취집으로 달려갔다. 그때까지도 숙희는 소식이 없었다. 숙희의 언니와 나는 부평의 허름한 자취방에서 막연하게 그녀를 기다렸다.

기다란 허리를 벽에 기대고 말없이 몇 시간을 기다렸을까. 내가 제주로 내려가기 전까지 오지 않을까 겁이 났다. 그러나 다행히 오후 다섯 시쯤 어스름이 내릴 무렵 숙희가 나타났다. 초췌한 모습으로. 아주 형편없는 꼬락서니였다.

홍분한 숙희의 언니는 다짜고짜 질문을 퍼부어댔지만 숙희로부터 나온 건 묵묵부답이었다. 그만 쓰러져서 잠들어버릴 것 같은 지친 표정이었다. 숙희 언니는 마침내 지쳐서 포기를 한 듯, 다음 날 아침 인천으로 같이 오라는 말을 남기고 방을 나가버렸다.

 가슴이 탔다. 나는 막연히 국상운이라는 이름을 떠올렸다. 어떻게 말문을 틀지 몰라 하다가 그녀 언니처럼 질문을 시작했다. 속에서는 열불이 났지만 그녀의 대답을 끌어내기 위해서 나는 아주 차근차근 물었다.

"어디 갔었어?"

"어디 있다 온 거야?"

"일주일씩이나……. 뭘 했길래 이런 모습으로…….〞

 거지꼴이었다. 머리는 헝클어졌고 얼굴은 떼국물이 번져있고 이상한 냄새까지 풍기는 숙희의 꼬락서니는 거지 같았다. 한참을 눈을 내리깔고 고집스럽게 입을 다물고 있던 숙희가 마침내 입을 열었다.

"그 사람과 같이 있었어요. 국상운."

"그 사람이 휴가를 나와서 만났는데 강제로 나를 끌고 강원도로 갔어요."

"같이 안 있어주면 죽여 버리겠다고 총알을 내보이며 협박했어요."

"그래서 세수도 안 하고 음식도 제대로 못 먹고 함께 지냈어요."

"그냥 같이 보내기만 했어요."

"그 사람을 받아들이지 않았어요."

"그 사람이 탈영이라도 했단 말인가?"

그러나 다시 묵묵부답. 탈영했다면 벌써 신문에 났겠지. 나는 그녀의 행색과 그녀의 말을 일치시키려 무진 애를 썼다. 나는 한참동안 나 자신과 싸웠다. 그녀를 사랑한다면……. 그녀의 말을 믿어야 해. 저 꼴을 하고 거짓말을 하겠어? 강제로 잡혀 있었다지 않은가? 아니 설사 그녀가 그놈과 무슨 짓을 저질렀건 나는 그녀를 사랑한다. 그녀를 놓치고 싶지 않다.

이윽고 거지꼴인 그녀의 모습이 내 마음 속의 의혹을 이겼다. 아니 의혹은 남아있었지만 애써 모른 척하고 흙으로 똥을 덮어버리듯 한쪽으로 밀쳐내 버렸다. 그녀 스스로 나를 떠나지 않는다면, 지난 일주일간의 행적 같은 것은 문제 삼지 않을 것이라는 다짐, 그리고 다시 시작할 수 있다는 용기까지 끄집어냈다. 무슨 일이 생겼건 그녀를 놓치고 싶지 않다는 게 그때 나의 심정이었을 것이다.

나는 그 순간부터 숙희를 달래기 시작했다.

"우선 목욕부터 하러 가자."

숙희는 고분고분 말을 잘 들었다. 그날 밤. 내가 만났던 어떤 밤보다 더 뜨거운 밤을 나는 가졌다. 숙희는 울면서 뜨겁고 강렬한 키스를 퍼부으며 내게 안겼다. 나는 숨을 쉴 수 없을 정도로 흥분해서 쉽게 사정을 해버렸지만, 그녀는 화를 내지 않았다.

나는 숙희가 깊은 입맞춤을 하며 내게 안기는 것에 놀랐는지도 모른다. 놀랍고 흥분된 밤이었다. 나는 잠을 이루지 못했고, 이윽고 깊은 잠에 빠져 쌔근쌔근 잠이 든 숙희의 얼굴을 내려다보다가, 그녀가 잠깐 깨면 다시 그녀와 사랑을 나누곤 했다. 그렇게 놀라운 밤이 지나갔다.

이튿날 아침 늦은 잠에서 깨어나자마자 우리는 숙희의 언니 집으로 갔다. 일요일이었다. 밝아진 숙희의 모습과 그 곁에 있는 나를 번갈아 보던 언니의 눈에 안도의 빛이 스쳐 지나갔다.

"앞으로 어떻게 할 거냐?"

숙희에게 한 건지 나에게 한 건지 모르는 언니의 질문에 숙희는 나를 바라보았고, 나는 망설이다가 "제주에서 같이 지내겠습니다."라고 말해버렸다. 그러자 내 마음이 갑자기 가벼워지는 걸 느꼈고, 내 스스로 아주 대견스러웠다. 그때까지 생각하지 못했던 대답이었다. 그러나 나는 빠르게 그 대답에 대응하는 내 마음을 읽을 수 있었다. 숙희의 언니는 안도의 한숨을 내쉬었다.

일단 그 순간은 지나갔다. 나는 더 이상은 숙희에 대해 알려고 노력하지 않았다. 단지 숙희와 같이 지낼 수 있게 되었다는 것, 그것만 생각했을 뿐. 그녀가 말하지 않은 나머지 것들에 대해서 더 알고 싶지도 않았다.

모든 게 빠르게 진행되었다. 나는 밤비행기를 타고 제주로 내려갔다가, 일주일 후 다시 경기도에 계시는 부모님을 찾아뵙고 사정이야기를 했다. 물론 숙희를 데리고 갔다. 제주라는 특수상황 때문이었을까. 혼전 동거라는 말 꺼내기 힘든 상황에 대해서 부모님은 반대하지 않으셨고, 오히려 혼자 객지에서 고생하는 아들에 대한 걱정을 덜게 되었다는 듯한 반응이었다.

아무런 걱정도 아무런 우려도 하지 않았다. 숙희가 내포한 거친 열정에 대해서도, 그것들이 삐져나온 전 날의 사건에 대해서도. 다행히 제주는 그런 상흔을 지워버리기엔 안성맞춤인 곳이었다.

나는 퇴근하기가 바쁘게 내 작은 아파트로 달려갔다. 숙희는 나를 기다리고 있다가 음식을 만들었다. 주말이면 제주도 이곳저곳을 돌아다니느라 바빴다. 마침 숙희의 오빠 중 하나가 제주에 내려와 감귤장사를 하고 있었는데, 우리는 가끔 서귀포까지 처남이 될 그를 만나러 가곤 했다.

꿈같은 시간들. 하지만 시간이 지날수록 가끔 이해 못할 일들이 일어났다. 숙희는 저녁을 먹는다든가 잠을 자다가 갑자기 돌변해서 집을 뛰쳐나가는 일이 빈번해졌다. 한밤중에 자려고 누웠다가, 잠을 자다가 새벽에 느닷없이 벌떡 일어나서 답답하다며 해변 쪽으로 미친 사람처럼 달려나가는 사람을 어찌 이해할 수 있겠는가. 왜 그러는지 물으면 대답도 없이 그저 답답하다는 말 뿐이었다.

나는 가끔씩 벌어지는 느닷없는 그녀의 태도에 속수무

책이었고, 무언가 순탄치 않을 거라는 예감에 마음이 무거워지곤 했다. 그러나 그녀의 속에서 꿈틀대는 무엇인지도 모르는 미친 상념에 대해서 내 식대로 이해해버리기로 작정했다. 아주 고전적인 방식의 사고를 동원해서. 가령 예를 들면, 여자 입장에서 혼전동거라는 방식을 택할 수밖에 없었던 그녀의 마음은 흔들리고 있었을 거라는 것, 첫사랑에 대한 미련도 아직 남아있을 거고……등등.

그러나 나는 몰랐다. 그때 이미 그녀가 나를 미워하기 시작했다는 걸. 돌이켜 보니 이런 저런 언행들에서 돌출되었던 이해하기 힘든 태도들이 그런 것이었구나, 할 뿐. 나쁜 것.

석 달이 지나면서 나는 다시 본사로 올라왔고, 숙희는 그녀의 언니 집으로 돌아갔다. 나는 회사 앞에 다시 하숙을 얻었고, 그녀와의 데이트로 남는 시간을 다 보냈다. 여전히 나의 월급은 적자였고 하숙비 낼 돈조차 부족할 때가 많아서 빨리 결혼을 해야겠다고 생각했다.

신록이 무르익기 시작하는 오월. 부모님이 계신 고향에서 나는 마침내 숙희와 결혼식을 올렸다. 입사한 지 열 달 만이었다. 그날, 나의 결혼식 날 무척이나 많은 비가 내렸다.

5

비. 비가 계속 내리는데 y는 아직 제주에 있다. 나는 바비 맥퍼린을 찾아 인터넷을 항해한다. 그녀가 원하는 bach swinging 공연실황 앨범은 보이지 않는다. 그러나 바비의 다른 앨범들을 찾아냈다.

나는 주문하기를 클릭하고 잠시 눈을 감고 앉아 있었다. 그리곤 눈을 감고 바비의 음악을 들어본다. 마치 그녀, y를 느끼듯이. 그는 물방울을 튕기듯이 노래한다. 종횡무진 음계를 누비고 다니는구나. 스캣송으로 이어지는 그의 연주는 마치 바람 같다.

울고 있어요.
마당과 숙소를 잇는 돌계단에 앉아서 무섭게 깜깜한 하늘을 올려다보며 깊은 밤 울었습니다. 별과 바람과 숨죽인 풀벌레들의 잠을 깨우지 않으려고
가만가만 눈물만 흘렸습니다.
y.

y가 울고 있다. 왜? 외로움 때문에? 그녀 역시 나처럼 혼자다. 왜 혼자인지 물어볼 수 없다. 그녀가 나의 신변에 대해 묻지 않듯이. 우리는 그저 사이버 공간의 말들을 날리

고 있을 뿐. 음악이 그 이상의 줄을 연결해주고 있지만 여전히 모든 것이 미지수다. 그녀는 공간 저 너머에서 울고 있다. 내 가슴이 아리다.

문득 그녀의 눈물이 나의 엉망진창인 현실을 깨우쳐서 깜짝 놀란다. 그녀가 쓸쓸해 하는 게 좋지 않다. 바로 나의 현실의 아픔과 직결되니까. 그러면 내가 그녀에게 기댈 수 없지 않은가.

왜? 우울해하지 마십시오.

그녀는 답이 없다. 나는 다시 쓴다.

y의 눈물이 나의 존재를 생각하게 합니다.
y는 자유롭고 힘 있는 바람입니다. 그러니 울지 마세요.
y. 제가 잊어버렸던 생의 중요한 어떤 부분들을 당신이 일깨워주고 있다고
말했던가요?
Queen을 들려드릴게요.
팅커벨의 요술지팡이를 찾았습니다. 아마도 갈매기가 곧 날아갈 겁니다.
hoo.

그녀의 눈물은 그쳤다.
그녀는 눈물에 대해서 다시 말하지 않는다.

정말 바비가 오나요?
y.

아마도. 아니 확실히. y가 제주를 떠나기 전 갈매기는 반드시 뜰 겁니다.
저도 휴가계획을 세웠습니다.
식구 중 한 명이 빠지게 돼서 실망스럽지만
아이들을 데리고 바다로 갈 겁니다.
hoo.

속이 아리다. 그래도 나는 숙희에게 물어보았다.
"당신 휴가 갈 건가?"
"안 간다."
"내가 싫더라도 아이들 위해서 가야 하지 않겠어?"
"싫어. 그냥 아이들 데리고 갔다 와."
끝났다. 휴가 계획은 그래서 고무풍선에 바람이 빠지듯 힘이 쑤욱 빠져 버렸다. 그래도 나는 아이들한테 그런 모습을 보일 수 없었다. 일요일, 아들 녀석을 데리고 휴가용품을 사러 백화점엘 다녀오고, 수영복을 사고, 그리고 텐트가게를 기웃거렸다.

 고등학교 일학년 아들 녀석은 진즉부터 엄마 아빠 사이의 터널을 알고 있는 듯하다. 그러나 묻지 않는다. 이제 초등학교 오학년인 딸아이는 낌새는 챘겠지만 알려고 하지 않는 듯한 태도. 다행히 아이들은 휴가 가는 것에 약간은 들뜬 표정이다. 아직은 괜찮다, 나는 그렇게 나를 다독이며 집 밖으로 나와 늦은 밤들을 헤맨다.

 어느 날 느닷없이 숙희한테서 전화가 걸려온 적이 있었다. 통 없던 일이었다. 나는 바깥을 서성이다가 숙희의 그런 전화를 두어 번 받았는데, 딴 여자 만나고 다니는지 묻고 싶어하는 듯한 어투여서 화가 났다. 헤어지자고 한 사람이 누군데. 얼굴도 쳐다보지 않는 사람이. 눈물까지 흐를 정도로 분노가 솟았다.

 주문한 인터넷 가게에서 물건이 왔다. 바비가 칙코리와 함께 연주한 앨범과 다른 한개. 나는 그녀를 만난 듯 기뻤다. 오랜만에, 정말 오랜만에 인간적인 기쁨 같은 걸 느꼈다. 나는 달디단 과즙을 마신 기분이었다. 잠시였지만 그녀에게 보내기 위해 늦은 밤 텅 빈 사무실에 앉아서 캐빈 건을 크게 틀어놓고 작은 박스를 만드는 일을 오래오래 즐겼다.

 '아, 맞아. 향수를 하나 사야겠어. 그녀에게 향수를 같이 보내고 싶다.' 나는 박스 만드는 일을 그만두었다. 백화점에 갈 시간이 날까? 하지만 사흘 후면 주말이니까 그때 사서 보내면 된다. 그녀는 다음 주 말쯤에 제주를 떠난다고 했으니까. 나는 달력을 본다. 나는 그녀가 온 다음날에나 휴가를 갈 것이다.

빨리 보내고 싶은, 그래서 그녀의 기뻐하는 모습을 보고 싶은 조바심을 밀어내고, 마음을 가라앉히며 캐빈 건의 summerday dream을 그녀에게 보내고 늦은 밤의 사무실을 나와 거리로 나선다.

내가 항상 앉는 자리, 검은 색의 바윗돌.
야영장의 주변에 나부끼는 초록의 풀들(마치 합창을 하고 있는 것처럼)이 신선하고 기분 좋습니다.
오늘은 구름도 약간 있고 시원해서
숙소 뒤쪽의 언덕을 오를 수 있겠어요.
언덕 저편은 끝없는 초원입니다.
폭풍의 언덕에 나옴직한 목동의 움막도 있어요.
거기 오르면 바다가 하늘처럼 보이죠.
섬머타임 들려주세요.
y.

제니스 조프린의 섬머타임입니다.

바람 부는 언덕. 멀리 바다가 내려다보이고
말들이 유유히 풀을 뜯는…….
상상을 해봅니다.
섬의 휴가 동안 y와 함께 했던 거리, 옥빛 바다, 언덕, 칵테일, 갈매기, 바람, 돌풍, 밤바다, 주먹별과 달빛선율, 그리고 재즈.
눈을 감으면 마치 상상에서 현실로 쑤욱 들어가는 듯한 그런 느낌.
상상이니까 제가 손을 좀 잡아도 괜찮겠죠?
이제 카루소를 들으세요.
hoo.

나는 엘리자베스 아덴의 향수를 구했다. 백화점은 만원이었다. 천천히. 나는 서둘지 않는다. 향수를 가방에 넣고 바캉스용품점을 기웃거렸다. 텐트를 사야 할지 말아야 할지 아직 결정을 못했다. 하루 이틀 사용할 용도로는 텐트가 너무 비쌌다.

방갈로를 알아보는 게 낫겠다는 생각이었다. 딸애가 텐트를 사자고 졸랐지만 바쁘면 휴가도 반납해야 할 상황이 발생할 수도 있고, 일박으로 줄어들 가능성도 크다. 나는 비싼 텐트에서 눈을 돌린다. 숙희가 간다면 얼마든지 상황을 바꿀 수 있다.

텐트에 대한 생각을 접고 나오면서 아직도 내 가슴에 숙희에 대한 사랑이 꿈틀거리고 있음을 깨닫고 몸서리가 쳐진다. 그녀가 같이 간다면 텐트를 사리라는 생각이 강하게 자리 잡고 있음을, 순간적으로 벌레를 밟고 소스라치게 놀라듯 놀라움에 사로잡혀 깨달은 것이다.

니가 참아라. 니가 참아라.

부모님 말씀이었다. 모든 걸 참았지만 내 자리를 찾을 수 없다. 그녀의 증오심이 나의 인내심보다 더욱 강하기 때문이다. 무엇 때문인지 모르지만 나는 그녀의 증오심이다. 내가 그녀의 앞길을 막았다고 생각하는 여자. 자신이 한 행동은 다 잊고 마치 내가 그런 상황을 설정했다는 듯이 나를 원망하며 탓하고, 이제는 저를 놔달라고 한다. 나더러 집을 나가라고 한다.

숙희를 만나게 한 당사자인 처형도 자네가 참게, 한다. 결혼을 결심하고 처형에게 갔을 때였다.

"저 애는 어렸을 때부터 유별났어. 막내에다가 줄곧 자취를 하며 보냈기 때문에 제멋대로 살았다네. 버릇도 없고, 성질도 제멋대로야. 그런 것을 다 감수할 자신이 있으면 결혼하고……. 내 동생이지만 자네가 견뎌낼지 걱정이 되네."

"결혼하면 나아지겠지요."

그게 그때의 내 생각이었다. 그건 아주 커다란 착각이었다. 그러나 오랫동안, 아이들이 다 클 때까지 나는 그것을 알지 못했다. 집안일의 많은 부분을 내가 갈무리하고 살았기 때문에 그녀의 그런 부분들이 드러나지 않았을 뿐이었음을.

치졸한 이야기지만 한번도 그녀가 차려 준 아침밥을 먹어 본 적이 없다. 그것은 아이들이 태어나서 학교에 갈 때도 마찬가지였다. 아이들을 깨우는 일도 내 몫이었고, 집안 정돈, 청소…….

나는 그것들이 모두 당연한 일인 줄만 알았다. 그것이 아내의 버릇을 단단히 잘못 길들인 것이라는 걸 나중에야 깨달았지만, 그 깨달음은 쓸모가 없었다. 아내가 이미 나를 우습게 알고 코웃음치고 발로 차버렸기 때문이다.

그런 와중에 구덩이에 빠져있는 내가 텐트를 보면서 숙희에 대한 사랑이 아직도 남아있음을 깨닫다니. 순간적으로 나 자신에 대한 혐오감과 연민에 사로잡힌다. 사람들이 거리를 꽉 매우고 있다.

애월……
애월바다는 가슴이 시리네
넘치도록 푸른 너울
나를 넘어뜨리고
내 가슴을 홍수로 덮어

나는 허리케인에 휩쓸렸다가
어디 하얀 모래 위에 남겨진 조개껍질처럼
정신을 잃고.
말간 밀물의 기척에 눈을 뜨면.
또 다시 바다가 넘친다.
저 초록과 백색의 완벽한
미美를 봐.
눈부신 파도가 옥색을 부시고
하하하 웃는
장대한 흐름을 봐.
아침 애월은 가슴 시린 슬픔과 같아.
나는 오래도록 그 가슴 시린 옥빛 푸르름에 잠겨
떠날 수 없네.
바람은 나를 떠나라 하고
푸른 슬픔은 자꾸
나를 바다에 빠뜨려.
나는 바다에 빠진다.
애월의 시린 물빛에 빠진다.
don't worry
I'm be happy…
y.

y의 제주는 시와 같다. 나는 그녀에 의해서 정화되고 비로소 숨을 쉴 수 있었다. 그러나 나의 현실은 버거웠다. 휴가가 반납될까봐 사실은 겁을 낸다. 아이들 때문에. 엄마와의 불화를 눈치 채고 있는 아이들에게 제발 서투른 아빠가 되지 않게 해달라고 나는 기도한다. 다행히 휴가가 늦어지긴 했지만 반납할 상황은 발생하지 않을 것 같다. 나는 꽃지의 방갈로를 예약했다. 방갈로를 예약하면서도 숙희 생각에 가슴이 미어졌다. 아니 아이들 생각에.

나는 y에게 집중하려고 늦은 밤의 사무실을 오래도록 지킨다. 집에 가면 아이들 때문에 컴퓨터를 쓰지 못하거나 더워서 견디기 힘들다. 늦은 밤 숙희와 부딪히지 않게 들어가는 시간을 조율하는 것도 큰 문제고.

나는 그녀가 제니스 조플린을 좋아한다는 걸 생각하고 파일을 뒤지다가 그림처럼 그려진 몇 개의 글들을 찾아냈다.

제니스 조플린JANIS JOPLIN

화이트 블루스 마마란 칭호를 받으며 사랑받던 그녀는 자신의 요절을 예견이나 한 듯 평소 이런 이야기를 했다는군요. "아마도 다른 가수들처럼 오래 살지 못할 것이다. 하지만 나는 당신이 내일을 걱정하느라고 오늘을 망치고 있다고 생각한다" 고요. 정말 우리는 내일 걱정으로 하루하루를 망치고 있는 것은 아닐까요?

…올디스 벗 구디스가 가득 녹음된 테이프에서 제니스

조플린의 '나와 바비 맥기'가 흘러나올 때쯤, 우리는 자리에 누운 채 서로의 허리를 껴안고 있었다. 그녀가 몸을 뒤척여 담배를 피며 물었다.

'성녀가 노래를 해'

바깥에서는 토독, 토독 빗물이 떨어지고 있었다.

> 빈털터리로 기차를 기다리고 있었지만 기분은 청바지처럼 너덜너덜. 비가 오기 전에 바비가 트럭을 잡았네. 덕분에 젖지 않고 뉴올리안즈까지 올 수 있었지. 나는 더러워진 헝겊에서 하모니카를 꺼내 불었네.
> 와이퍼는 찰각찰각 시간을 맞추고 우리는 운전사가 좋아하는 노래를 모두 불렀네. 자유란 잃는 것이 없다는 것. 자유로워질 수 있다는 거 외에는 가치가 있는 것이란 무엇 하나 있지도 않네.
> 자유란 잃는 것이 아무 것도 없다는 것. 그게 그녀가 남겨 준 것이지요.
>
> -장정일의 아담이 눈뜰 때 중에서-

y덕분에 나는 내가 얼마나 많은 것을 모르고 살아왔는지 깨닫는다. 그리고 모든 것이 처음인 것처럼 느껴진다. 내가 알지 못하던 단어와 그것들이 풍기는 세계를 조금씩 알아가고 있다는 느낌은 매우 신선한 희열을 주었다. 나

는 망설이지만 y의 손에 이끌려 조금씩 앞으로 나아가고 있다.

사실 일요일에 나는 여전히 숙희를 데려다 주고 돌아와 아이들이 교회에 간 텅 빈 집에서 멍하니 앉아 있었다. 주변을 둘러보니 집안 구석구석이 온통 어질러져 있고, 먼지투성이였다. 너무 슬퍼 꼼짝 할 수 없었다. 나는 울컥 올라오는 가슴의 울분을 삭이기 위해 한동안 숨을 죽이고 울었다. 그리고는 거실부터 청소를 시작했다.

그리고는 차를 몰고 인천까지 가서 자장면을 사먹고 돌아와 잠을 잤다. 일어나 보니 아이들은 돌아와 컴퓨터에 매달려 있었고 저녁이 다 되어 있었다.

아이들이 배달음식에 길이 들어 있어서 밖으로 나갈 필요도 없이 피자를 주문했다. 저녁엔 집을 나와 아파트 옆을 어슬렁거리다가 피시방에 가서 y에게 보낼 음악을 찾았고, 그리고 편지를 썼다. 내 엿 같은 일요일에 대해서. 그리고 결심을 했다. 휴가를 갔다 와서는 나가 살 집을 찾아보리라. 더 이상은 이 집에서 견딜 수 없다는 생각이 들었다.

피시방에서 돌아오니 숙희가 돌아와 거실에 누워 있었다. 사람이 들어가도 아는 척을 하지 않으니 또 기분이 상했지만 애써 초연하려고 노력했다. 매번 숙희라는 벽과 부딪히면 나는 가슴이 얼얼하다. 막막하고 숨이 막힌다. 그래, 나도 더 이상은 견디지 못하겠다.

나는 아이들이 방으로 들어간 사이 거실에 나가 아직도 텔레비전을 보고 있는 숙희에게 가만히 말했다.

"휴가 갔다 와서 집을 알아보겠다."

숙희는 대답이 없었다. 그 대신 힐끔 나를 보더니 빨리 그러는 게 좋겠다고 던지듯 말했다. 나는 말없이 다시 방으로 들어왔다.

잠이 오지 않는다. 내가 집을 나가다니. 싫다고 지긋지긋하다고 한 사람은 내가 아니고 숙희다. 그런데 왜 나는 그녀에게 나가라고 하지 못하는가. 아이들 때문에? 그러고도 숙희는 왜 당당하고 나는 오그라들어 있는가?

나는 몸부림을 친다. 결국 내가 나가는 게 마음 편하지, 하는 똑같은 결론. 잠은 오지 않고 몸을 뒤채다가 나는 수렁에 빠지듯 다시 지난 시절에 빠져든다. 무엇이, 언제부터 잘못되었는지 되짚어보아야 한다는 강박관념에 묶인 채.

6

나는 숙희와 부천에 둥지를 틀었다. 숙희의 언니가 살던 옆집이었다. 나는 회사 옆으로 갈 생각이었지만 숙희가 언니 옆에 살고 싶어 한다는 걸 알고는 그냥 그곳으로 정했다.

 집은 부엌 딸린 방 한 칸, 그것도 부엌을 통해 들어가야 하는 전형적인 셋방이었다. 숙희는 물론 그녀의 부모들도 셋방 하나 달랑 얻어들어가는 것을 마뜩찮게 생각했지만, 어쩔 수 없는 상황이었다. 그때까지 모아 놓은 돈도 없었고 집에서 약속한 아파트는 형의 사업 실패로 좌절되어버렸다.

 내 급여 수준은 그때나 지금이나 형편없었지만 일은 무척 많았다. 그러나 지금처럼 늦게 퇴근하는 일은 드물었다. 나는 퇴근하면 곧바로 집에 돌아오는 일에 익숙했고, 숙희와 장을 보고, 장난하면서 길거리를 돌아다녔으며, 행복해서 죽을 지경이었다.

 밤이면 기대에 찬 내 몸은 달아올라있기 일쑤였다. 퇴근해서 그녀가 해 주는 밥을 먹고, 그리곤 텔레비전을 껴안고 보다가 이불 속으로 들어간다. 허나 숙희는 매번 키스를 거부했다. 그러나 왜? 라는 생각은 하지 않았다. 나는 그녀의 몸을 가질 수 있었으니까. 나 혼자만 달아오르기 일쑤였지만 그것에 대해서도 별로 생각해보지 않았다.

 그러다가 어쩌다 숙희가 먼저 달아올라 있는 때가 있었다. 나는 그 순간을 아직도 또렷이 기억한다. 어느 날 잠을 자려고 이불을 들췄는데 거기 전라의 몸이 누워 있었다. 나는 기뻐서 어쩔 줄을 몰랐는데, 그 순간 숙희가 내 몸을 휘어감고 열렬한 키스를 퍼붓기 시작했다. 그날 밤 숙희는 대단했고, 열정적인 섹스로 나를 함몰시켜 버렸다. 나는 거의 감동했다.

그러나 섹스가 끝났을 때 숙희는 이전과 똑같이 차가운 인형으로 돌아와 있었다. 언제 그랬느냐는 듯이. 그리고 그런 인형 같은 모습은 밤마다 계속되었다. 나는 혼자 달아올라 숙희를 어루만졌고, 따뜻해지지 않는 그녀의 몸을 열기 위해 진땀을 흘렸다.

그날 밤의 열정은 무엇이었을까. 어쩌다 간혹 먼저 몸을 열고 남자를 갈구하던 그녀의 그 검은 열정의 정체는 무엇이었는가. 그때도 지금도 나는 숙희를 알 수 없다. 내 의견을 내세울 기세라도 보이면 숙희는 토라지거나 입을 다물어 버렸으므로 모든 것을 그녀의 생각대로 그녀가 바라는 대로 했다. 밤의 성적인 문제 말고는 사실상 그 무렵엔 별 문제가 없었다.

결혼한 지 여섯 달 만에 지방 발령을 받았다. 나는 부천을 떠나 대전으로 갔다. 방이 전보다 작았지만 화장실과 부엌이 딸린 이층을 얻게 되어 숙희는 무척 기뻐했다. 회사는 근처에 있었고, 나는 퇴근하면 총알처럼 돌아와 숙희와 시내를 돌아다녔다.

숙희는 주말이면 대전 곳곳을 쏘다니며 쇼핑하는 걸 즐겼고, 밖에서 저녁 먹는 걸 좋아했다. 나로 말하면 솜씨가 없어도 숙희가 만들어 주는 음식을 먹고 싶어 했지만 나는 늘 숙희가 하자는 대로 해주었다. 그래서 월급은 저축이 쉽게 되지 않았다.

그러다가 일정 기간이 지나 다시 서울로 돌아왔다. 회사 근처에 얻은 집은 전의 집보다는 조금 나은 방이었기 때문에 숙희의 불평은 없었다. 생각해 보니 나는 늘 숙희가 불평할까봐 전전긍긍했던 것 같다. 바보처럼.

그리고 예상했던 대로 숙희는 임신을 했고, 임신을 핑계로 나의 밤은 더욱 답답해졌다. 숙희는 이제 편리한 대로 임신 중 섹스의 위험함에 대해서 공공연히 얘기했고, 아침엔 언제나 골아 떨어져 있었다. 나는 한숨을 쉬면서도 남편 출근하는 것도 아랑곳없이 늘어져 자고 있는 여자를 사랑스럽게 바라보았다.

아이가 태어났다. 숙희는 아이 키우는 것은 잘 했던가? 모르겠다. 숙희는 모유를 먹였는데, 그렇게 스스로 잘 행하는 것도 있었다. 엄마로서의 모성애만큼은 충분히 소유한 여자였는지도 모르겠다.

7

늦은 휴가를 간다.

팔월의 반을 넘긴 여행은 휴가 기분을 이미 제거해버린 재미없는 일이었다. 엄마가 빠진 늦은 여름휴가라는 것이 아이들에게도 서먹한 모양이다. 작은 애, 딸은 그래도 재잘거렸지만 큰 아들 녀석은 말이 없었다.

나는 속이 짜다. 원래는 당진에 내려갈 예정이었다. 아이들 외갓집에 처가 식구들이 모이는 때를 맞춰 휴가일정도 사실상 잡아놓았다. 그러나 숙희가 딴지를 걸었다. 가지 말라고. 지가 안 가니까 가지 말라는 것도 아니고, 너 이제 우리 집에 갈 생각 하지 마, 그런 식의 어법이었다. 슬펐다. 나는 왜 숙희처럼 독하지 못한가. 온 가족이 나더러만 참으라고 한다. 집에 발걸음을 끊어버린 숙희에게 어머니는 아무 말씀도 못하신다.

나는 이런 생각을 한다. 마치 강도를 쫓는 형사가 조금만 수를 쓰면 충분히 잡을 수 있는데도 법대로만 하느라고 다 잡은 범인을 바라보고만 있고, 범인은 그런 형사를 비웃으며 유유히 달아나 버리는 저질 수사물 스토리 같다고.

애써 나는 생각을 지우고 지도를 펼쳐놓고 지도 속으로 들어가려고 발버둥한다. 거기에 아이들이 합세하니 그런대로 휴가 분위기가 만들어지는 느낌이었다.

아이들은 금세 즐거워졌다. 큰 아이도 제법 입이 열리는 것이 보였다. 우리는 예정대로 꽃지로 가는 길이었다. 서해안고속도로를 달려 아이들에게도 익숙한 그곳으로 갈 것이다. 방갈로에서 아이들이 잠들면 혼자 밤 바닷길을 달려보리라. y, 그녀와 같이 시크릿가든을 들을 것이다.

꽃지는 그대로였다. 방갈로에 짐을 놓자마자 아이들은 바다로 달려간다. 물 빠진 바다에 오후의 해가 이글거린다. 사람들이 조금 있었다. 나는 반바지에 런닝티를 걸치고 땀을 흘리며 짐정리를 한 다음, 튜브를 불어 딸아이에게 갖다 주었다. 아들 녀석은 물에 한번 들어갔다가 밀물이 찰박거리는 물과 모래의 경계선에 앉아 있었다.

나는 튜브를 밀고 목까지 차오르는 곳으로 들어가서 딸과 놀면서 아들 녀석을 힐끔힐끔 본다. 재미없다는 표정이었다. 친구들과 놀 나이인 것이다. 나는 한참을 딸의 옆에서 물장난을 돕다가 방갈로로 돌아왔다.

나는 아이들을 위해서 저녁을 준비하기 시작했다. 방갈로 앞쪽에 돗자리를 깔고 해가 지기 전에 저녁 준비를 끝낼 참이다. 감자를 썰고 고추장을 풀고 식당에 주문해 얼린 양념고기를 프라이팬에 꺼내놓는다. 도시락 두 개가 놓여 있다. 그것들은 숙희가 아이들 반찬으로 만들어 준 것이다. 만들었는지 사다 도시락에다 넣기만 한 건지 나로서는 모른다. 찌개 뚜껑을 덮고 프라이팬의 고기를 버너에 올려놓는데 불쑥 아들 녀석이 달려왔다.

"아빠, 제가 뭐 해요?"
"아, 이거 볶을래? 버너가 작으니까 손잡이 잘 잡고 넘어지지 않게 해. 휘젓지 말고 살살."

"알았어요."

찌개가 끓고 고기가 지글거리고, 나는 딸아이를 부르러 간다.

"벌써 저녁 밥 먹어? 아직 해도 안 졌는데? 아, 해 지네, 아빠."

물에서 나와 들어오는 물에 발을 적시며, 모래사장을 걸어 나오면서 자꾸 아이는 수평선을 뒤돌아본다. 붉은 해가 어느새 붉게 넘실대는 수평선 너머로 쑤욱 들어가고 있다.

"노을이 근사하네. 그치 아빠?"

"그래. 해가 지니까 선선하구나."

아이는 몸을 부르르 떤다. 입술이 새파랗다. 수영복 입을 새도 없이 반바지에 소매 없는 티셔츠 그대로 물속으로 들어가서 영락없는 비에 젖은 생쥐 꼴이다.

"빨리 옷 갈아입고 밥 먹자."

여행지여선지 몰라도 그런대로 저녁은 성공이었다. 아이들이 재잘대며 밥을 먹는 건 집에서는 가능하지 않던 일이었다. 오랜만에 마음이 푸근해져서 울컥했지만 나는 웃을 수 있었다. 그렇게 저녁이 지나갔다.

어두운 저녁바다를 보고 앉아 있다가 아이들과 함께 한동안 바닷가를 걸었다.

젖은 모래를 밟으면 별처럼 반짝거린대요. 그녀가 한 말이었다. 그녀 말대로 젖은 모래를 밟으니 발아래서 별이 반짝, 하고 빛났다. 아이들은 신이 나서 떠들었다. "아빠, 진짜 모래가 별처럼 부서져요."

아이들이 꼭 가져가야 한다고 해서 준비한 폭죽을 팡팡 터뜨릴 때는 눈물이 났다. 나는 팡팡 터지는 환한 불꽃들과 아이들 소리에 현실의 깊은 어둠이 묻혀버리기를 소원했다.

아이들이 방갈로에 들어간 다음 나는 차를 몰고 안면도 시내를 휘돌다 피시방에 들어가 그녀에게 편지를 썼다.

시크릿가든을 들으며 달리고 있습니다.
바다 냄새가 납니다. 아이들이 잠든 틈을 타 피시방을 뒤졌습니다.
결국 안면도 읍내까지 나오게 되었습니다.
y가 알려주신 대로 젖은 모래를 밟으니
밤바다에 흩어진 별이 발에 밟히더군요.
아이들은 아이들대로 마구 달리고, 까불고.
이제 아이들과 하루를 보내고, 보채지만 않는다면 내일 밤까지 보내고서 돌아갈 생각입니다.
아, 우연히 찾았습니다. farewell이란 노래.
여기, 안면도의 침침한 피시방에서

y, 당신에게 음악을 보내드릴 수 있다는 것이 정말 행복합니다!

hoo.

지금 바다는 사람도 뜸하고 물도 깨끗하고
갈매기와 젖은 모래
그리고 바위틈에 숨어있는 물벌레들뿐이겠군요.
별을 밟으셨어요?
젖은 모래를 밟고 아, 별이 부서진다! 라고 소리치셨는지…….

아, 저는 hoo가 노을에 젖어 황홀해 있고, 별에 취해있는 동안
강의 준비 하느라 온통 책을 읽으며 보냈습니다.
아, 그리고 hoo가 있는 곳에 갈 것 같군요. 팔월 말쯤에. 강의는 마지막 주에 시작된다는데……. 마지막 주의 토요일에 올라갈 예정입니다.
인사동에 들러 잠시 쉴 생각인데 그쪽에 오시겠어요?
크라운베이커리 옆의 쉼터에 앉아있을 겁니다.
재밌는 발상이라고 생각하는데 동감이시면 사인을 보내주세요.
그러면 시간을 알려드리겠습니다. 그냥 앉아만 있어볼게요.

편하게 생각하세요.

y.

8

놀라운 일이 일어났다.

휴가에서 돌아와 밀린 업무를 처리한 후 메일을 열어보니 그녀가 온다고 한다. 그녀가 온다니. 너무 놀라웠다. 나는 몸 둘 바를 모른다. 내 처지를 생각한다. 아내에게 버림받은 한 남자를. 나는 처량하다. 그래서 y에게 매달리게 될지도 모른다는 불안감이 그녀가 옆에 온다는 소리에 쿵 소리나게 떨어진다.

그녀는 종종 나를 실험한다. 제주에 가 있을 때도 제주에 오실래요? 하고 써서 나를 놀라게 했었다. 이번에도 나는 가슴이 쿵 할 정도로 놀란다.

정말 그녀가 올까?

어디에 사는지, 지금 무엇을 하고 있을지, 상상할 수는 있지만······.

나는 쓰다가 지운다. 현실적인 이야기를 연결시키려니

어색하기만 하다. 왜 그녀처럼 자연스럽게 되지 않을까. 아마도 내 감추어진 무거운 현실 때문일 것이다. 나는 고구려의 혼을 찾기 위해 분투한다. 그녀는 유진 박이 연주한 것을 듣고 싶어 하는데 찾을 수가 없다. 결국 슬기둥의 연주를 보냈다.

아, 고구려의 혼 고마워요. 울림이 큰 북소리.
고구려의 도전적인 정신이 훨씬 강하게 느껴지죠.
문학 사이트 찾아보고 있는 hoo의 모습이 보이네요.
너무 애쓰지 마세요. 우리가 혹 만나게 되면 그때 제 동화책 드릴게요.
저도 궁금증을 애써 지웁니다.
한 마디만 하면 금방 찾을 수 있겠지만……. 참으세요.
그 대신 파일 생각해 볼게요.
잘 생기셨나요?
y.

그녀의 마지막 구절이 웃음을 자아낸다. 그녀는 묘하게 자기표현을 잘 하고 있다. 나처럼 유치하지 않고. 나는 다시 쓴다.

그래요. 애쓰지 않을게요.

파일 정도면 만족할 수 있을 겁니다.

저는.

키만 크고, 잘 생기진 못했습니다.

음악에 대해서는 군대 시절 우연히 클래식을 접한 게 전부입니다.

y를 만나고 나서

제가 모르는 분야의 음악을 많이 알게 됐죠.

정말 고맙고 행복합니다.

아, 정말 근사한 음악을 찾았어요. 외로움 덕분인지.

조지윈스턴입니다.

queen's jubilee.

다들 내보낸 텅 빈 밤의 사무실에 울려 퍼지는 조지윈스턴의 피아노 음이 너무 좋습니다.

6분이 넘는 곡인데 지금 몇 번을 들었는지 모르겠습니다.

외로움도, 피로도 말끔히 가시게 하네요.

떨리지만 인사동의 밤을 그려보겠습니다.

hoo.

나는 사소한 실수들을 저질렀다.

y가 온다는 생각 때문이었을까. 금방 처리한 문건에 다시 매달린다거나 회의하러 회의실에 들어갈 때 핸드폰을 끄지 않아서 눈총을 샀고, 컴퓨터 볼륨을 줄이지 않고 점

심시간의 사무실에 앉아서 그녀에게 보낼 음악을 뒤지다가 갑자기 커다랗게 음악이 터져 나와 주변 직원들이 휘둥그레 쳐다본 일 따위.

평소에는 전혀 그런 문제가 없는 사람이 나였다. 나로 말하면 음성도 아주 조용했고, 일처리도 정확했으며, 미리 모든 걸 점검해서 실수가 없기로 유명한 사람이었다.

"부장님, 요즘 왜 그러세요?"

주변 직원들이 질문을 해왔다. 나는 피식 웃어버렸다.

"그래. 무슨 일 있다. 멀리 있던 친구가 온대서 가슴이 설레서 그래."

그 말은 사실이다. 단지 메일 친구라는 것만 빼면.

나는 큰 맘 먹고 금요일 저녁 일찍 퇴근해서 집안 청소를 했다. 마치 y가 내 집으로 오기나 하는 것처럼. 아이들을 일찍 보는 것도 오랜만이었다. 딸은 아빠가 일찍 왔다고 좋아했고, 아들은 무표정했다. 나는 딸과 함께 거실과 부엌 청소를 시작했다. 아들은 여기저기 널린 쓰레기를 주어 모아 버리고 돌아와서는 싱긋 웃었다.

두 시간이 걸렸지만 비교적 집안은 깨끗해졌다. 맘이 편해졌다. 아이들과 냉장고에 있던 사과를 꺼내먹고 있을 때 숙희가 돌아왔다. 딸이 자랑스레 팔을 펼쳐보였다. 숙희의 눈이 둥그레지다가 다시 닫히는 것을 나는 보았다. 그러나 싸늘한 눈은 아니었다. 청소에 대한 고마움을 느꼈나?

피곤했다. 뭐라 한 마디만 해준대도 나는 감격할 것이다. 그러나 끝내 말이 없다.
끝이다. 나는 절망적으로 끝을 느꼈다. 어떤 상황에서도 회복하기 힘든. 아무리 내가 모든 걸 다 양보하고 모든 걸 다 하고 모든 걸 다 접는다 해도.
나는 어깨를 늘어뜨리고 어두운 방으로 들어간다.

9

그녀는 일곱 시, 라고 말했다.

일곱 시에 거기 쉼터에 앉아있을게요. 금방 알아보실 거예요. 곱슬거리는 긴 파머머리를 늘어뜨리고 있으니까.

곱슬거리는 긴 파머머리. 크고 강렬한 눈. 시원스런 입매. 감성이 느껴지는 목소리. 내가 상상하는 그녀.

아, 눈이 커요.

눈이 큰 건 맞았다.
쉬는 토요일이었다. 나는 집에서 휴식을 취하다가 점심

을 먹고 이른 오후에 안국동으로 갔다. 지하철에서 내려 인사동으로 천천히 걸어 들어가 쉼터를 스쳐 지나갔고, 크라운 베이커리에 들어가서 도넛을 한 개 먹었다. 그리고는 사람 많은 오후의 인사동 거리를 휘적휘적 걸었다. 사람이 무척 많았다.

얼마만일까. 이런 호사가. y가 아니면 도저히 누릴 수 없는 나의 호사. 인사동에 와본 지도 얼마만인지 모르겠고, 갤러리에 들어가 본 것은 거의 처음이었다. 나무꾼 어쩌고 하는 찻집에 들어가서 향 좋은 냉솔잎차를 오래오래 마셨다. 나는 정말 딴 세상에 와 있는 기분이었다. 생각해보니 몇십 년 동안 집과 사무실을 오가며 로봇처럼 살아온 꼴이었다.

눈을 감고 y를 생각한다. 시간이 점점 다가오고 있다. 찻집 벽에 걸린 허수아비 모양의 괴상한 시계를 간신히 읽어보니 삼십 분 전이었다. 나는 십 분쯤 더 앉아 있다가 찻집을 나와 천천히 쉼터로 갔다. 쉼터엔 자리가 없었다. 어둠이 내려앉기 시작한다. 젊은 연인들 두 명이 벤치를 비웠다. 나는 얼른 올라가서 벤치를 점거했다.

잠시 시간이 정지한 듯싶었다. 네온이 켜지고 지나가는 사람들은 모두 행복해 보였다. 뭔가 이상하다는 생각이 든 건, 꽤 시간이 지났다는 느낌과 동시에 왔다. 그녀는 오지 않을 것이다, 란 생각. 그녀는 오지 않았다. 한 시간이 지나고 또 한 시간이 지났다. 배가 고팠다. 나는 휴대폰을 손에 쥐고 고픈 배를 움츠리고 지하철을 타기 위해 안국동 로터리 쪽으로 걸어갔다. 전화벨이 울린 건 지하철 안에서였다. 이미 세 시간 가까이 지난 시간이었다.

"아, 저 y입니다."

나는 깜짝 놀라 눈을 번쩍 떴다. 사람들이 모두 졸고 있다. 도심을 벗어난 지하철엔 사람이 그리 많지 않았다. 나는 한참을 대답하지 못했다.

"여보세요?"

"네. 차민후입니다."

"안녕하세요……. 깜짝 놀랐어요. 대답이 없으셔서."

"네. 안녕하세요. 왜……? 못 올라오신 건가요?"

"네. 죄송해요. 바로 전화를 드렸어야 됐는데, 전화하기가 너무 힘들어서. 용기가 나지 않았어요. 아무튼 죄송합니다."

"괜찮습니다. 섭섭하군요. 방금 인사동에서 돌아오는 길입니다."

"아, 인사동. 정말 가고 싶었는데……."

"무슨 사정이 생기신 건가요?"

"네. 갑자기 갈 수 없게 되었어요. 집이신가요?"

"아닙니다. 집이 좀 멀어서 아직 전철 안입니다."

"저녁은 드셨는지……."

"네. 간단하게 우동 먹었습니다. 같이 저녁식사 하려고 했는데……."

"정말 죄송해요. 펑크를 내서."

"덕분에 인사동 구경은 잘 했습니다. 오랜만에 가봤거든요. 진심입니다."

"아이, 참……."

그녀는 목소리가 예뻤다. 나는 상상했다. 그녀의 큰 눈과 곱슬거리는 긴 머리, 그리고 서글서글한 목소리. 나는 메일에 전화번호를 남겨놓았었다.

그녀는 다시 전화하지 않는다. 나 또한 그녀의 번호를 보기만 할 뿐 걸 생각은 하지 못한다. 아직은. 그렇다. 아직은, 이다.

여름이 다 지나가 버렸다. 한 가지 진전이 있었다. 그녀의 편지가 성큼 다가온 것이다. 나는 그녀의 목소리와 체취, 그리고 따뜻한 마음을 이제 편지에서 느낄 수 있었다.

이제 come september를 들어야겠군요.

사실은 거기까지 갔었습니다.

그러나 쉼터엔 가까이 가지 못했고. 가다가 되돌아오고 말았어요.

낮에 일은 다 봤었기 때문에 그냥 차만 타면 되었습니다.

전화를 건 건 휴게소였습니다.
뵌다는 게 왠지 겁이 났습니다. 이해해주시겠지요?
y.

저를 또 놀라게 하시는군요.
저는 거기 두 시간 동안 앉아 있었습니다. 그런 줄도 모르고.
스쳐지나갈 수도 있었을 텐데. 그냥 가버리셨군요.
안타깝습니다.
이제 구월이 왔습니다. 저는 뭔가 결정을 해야만 하는
어려운 시기가 될 것 같군요.
겨울이 오기 전에 결정을 해야 할 것이 있습니다.
hoo.

나는 come september를 보낸다.

  한동안 인사동의 미련이 남아 있었다. 그리고. 겨울이 오기 전에, 가을이 다 지나가기 전에 결정해야 할 것이 있었다. 나는 사무실에 밤늦게까지 홀로 남아서 기거할 집을 찾기 시작했다. 작은 상자 같은 원룸. 수도 없이 많았다. 그러나 회사 가까운 원룸은 거의 방이 나와 있지 않았다. 나는 정보를 뒤지다가 피우지 않던 담배를 찾아 꼬나물고 멍하니 새 집을 찾아다니던 때를 떠올렸다.

  결혼생활이 안정권에 접어들었다고 생각되던 때였다.

아이는 다섯 살이 되어 있었고, 숙희는 아파트로 이사 가자고 졸라대기 시작했다.

"이제 남의 집에 사는 거 지쳤어."

대부분의 다른 사람들처럼 나도 주택부금 같은 건 하나 들어놓고 있었지만 돈이 없는 게 문제였다. 그때 마침 회사에서 퇴직금 중간정산 발표를 했는데, 원하면 지금까지 일한 대가의 퇴직금을 정산받을 수 있었다. 그렇게 해서 다행스럽게도 이년 후엔 스물다섯 평 아파트에 들어갈 수 있었다.

가솔을 위해 뭔가를 해낸다는 게 그런 것이다. 아무것도 없이 시작한 결혼에 은근히 불안감을 갖고 살았던 게 사실이다. 가끔 일어나는 숙희의 변덕 때문에 그건 지병처럼 늘 나를 맘 졸이게 했는데 한숨 던 느낌이었다. 아이와 집까지 생겼으니 울타리는 더욱 튼실해졌고 나는 조금은 의기양양해졌다.

집을 산 다음엔 사람들이 차를 산다. 나는 차를 살 생각은 물론 하고 있었지만 몇 년 후에나 가능한 얘기였다. 그러나 숙희는 아니었던 모양이다. 아이 데리고 나가려면 힘들고…… 등의 이유를 들먹이며 빨리 차를 사고 싶어 안달했다. 그렇게 해서 차가 생겼다.

어느 날 갑자기 숙희가 말했다.

"우리 둘째아이를 갖자."

나는 황당했다. 숙희가 원해서 아이를 더 이상 갖지 않기로 하고 수술을 해버린 처지였다. 내가 난감해 하거나 말거나 숙희는 병원에 가서 정관수술 한 부위를 다시 살릴 수 있는지 묻고 다녔다. 그리고 다시 회복시킬 수 있다는 답을 가지고 와서 나를 설득했다. 그렇게 해서 둘째 아이가 태어났다. 딸이었다.

10

가을이 깊어가고 있다. 나는 자꾸 미궁 속으로 빨려 들어가는 느낌이었다. 겨울이 두려운 것인지도 모른다. 나는 지난겨울의 망령이 나를 잡아채기 시작했음을 깨달았다. 아직도 집은 찾지 못하고 있고, 숙희는 앙칼진 눈으로 나를 몰아붙인다.

나는 자꾸 얘기하고 싶은 충동에 사로잡힌다.

저는……. 지난겨울 어느 날 갑자기 아내가 말했습니다. 당신이 지긋지긋하다. 결혼했을 때부터 그랬지만 참고 살아왔다. 이제는 더 이상 참지 못하겠다. 박력도 없고 남자다움도 없고 무능력하게 보이는 당신이 싫다. 이혼해 달라. 그 다음부터는 모든 것이 제게 지옥이었습니다. 아내는 나를 쳐다보지도 않고 말을 하지도 않습니다. 집에 들어가면 못 본 척합니다. 얼마나 불편하고 속이 끓는지……. 아이들을 생각해서 참고 살았습니다. 그리고 가능하면 내 쪽에서 대화를 해보려고 무수히 노력했습니다. 그러나 아내는 들은 척도 하지 않다가 문득 문득 다시 그 말을 꺼내곤 합니다. 빨리 결정해라. 나는 엄두가 나지 않았습니다. 그런 내 꼴이 아내의 비위를 계속 건드리는 모양이었지만 어쩔 수 없는 일이었지요. 이혼할 준비가 도대체 되지 않았으니까.

그러자 안 되겠던지 당신이 당분간 나가서 살아라, 혹 떨어져 살다 보면 달라질 수도 있을지도 모른다. 그러니 빨리 나가서 살 집을 구하시오. 그러더군요. 기가 막혔습니다. 그러나 나는 아내와 부딪히는 게 끔찍하게 싫어서 알았다, 알아보겠다 했습니다. 혹 떨어져 지내다보면 회생 가능성이 생길수도 있지 않을까 하는 막연한 기대감 같은 것이 내게도 있었으니까요.

그렇게 일 년을 보냈습니다. 끔찍하게. 집에 들어가는 일이 한없이 싫습니다. 그러나. 이제 때가 왔나 봅니다. 제가 살 집을 밤마다 찾고 있으니. 저 끔찍하지요? 사실은 이런 사람입니다.

나는 보내지 못한다. 내가 초라해 보이는 건 싫다. 그러나 나는 맘을 고쳐먹는다. y에게 털어놓는다. 지금 나는 궁지에 몰린 쥐 같다고. 지금 들어가 살 집을 찾고 있는데 잘 찾아지지 않는다고.

나는 y가 무척 보고 싶었다. 이제 내게는 가느다란 끈으로 연결된 y뿐이었다. 시공을 넘어선 어느 땅에 있는 곱슬거리는 긴 머리를 하고 커다란 눈을 가진 y를 찾아서 가보고 싶었다. 나는 기도하듯이 autumn leaves를 찾아 보낸다.

제대로 된 재즈를 찾아냈군요.
미안합니다.
그동안 hoo의 사정을 몰라서 자신도 모르게 아프게 한 말들도 있었을 거예요.
얘기해 주시니 오히려 맘이 편하군요.
전 이렇게 생각해요.
살다보면 헤어져야 하는 경우도 있고, 싸우는 경우도 있고, 둘이 살다가 혼자가 되는 경우도 있고.
쓸데없는 말이었어요. 위로가 안 되죠.
한 가지 말씀드리고 싶은 것은, hoo의 사정이 어떻든 저는 아직 이곳에 있습니다. hoo의 친구로서.

나는 어쩐지 횡설수설하고 있다는 느낌 때문에 그녀에게 편지를 더 쓰지 못한다.

얼마나 내가 정서불안인지 그녀에게 편지를 쓰다 읽어보면 깨달아지곤 했다. 그녀의 편지를 받지 못하면 집으로 돌아갈 수 없을 지경이었다. 나는 그녀의 편지를 속으로 더듬으며 늦은 밤 버스에서, 혹은 전철에서 내려 무거운 발걸음을 옮기곤 한다.

그리고 집에 돌아가니 거실에서 나의 변심한 아내 숙희가 동화 같은 드라마를 보고 있었다. 나는 숙희가 대답을 않더라도 아직도 한 마디씩은 던져보는 것을 멈추지 않았다. 아직도 내 맘에 저 빌어먹을, 여자를 사랑하는 구석이 있는 모양이었다.

"교육 있다면서?"

그냥 교육에 불참했노라는 대답이 돌아왔다. 나는 거실에 선 채로 한참이나 모니터에 펼쳐지는 아름다운 풍경을 보고 서 있었다.

본격적으로 원룸을 알아보고 있는 지금은 십일월이 사흘이나 지나 있었다. 아이들을 볼 때마다 죄책감에 시달리며, 동료들을 볼 때마다 속으로 얼굴이 붉어지며, y의 편지를 대할 때마다 나의 인생과 그녀, y의 인생이 얼마나 다른가를 느끼며 나는 기를 쓰고 인터넷을 뒤졌다. 동료들이 퇴근하기 시작하는 밤 아홉시부터.

드디어 찾았다. 회사 가까이 얻으려니 선택의 폭이 좁아졌지만 이미 지어진 원룸들에 비해 값도 약간 싼 새 아파트였다. 입주시기가 문제였는데 십일월 중순 입주라고 쓰여 있었다. 일곱 평. 나는 망설인다. 내가 숨어들 공간이 기껏 일곱 평짜리라니. 숨이 막힌다. 그것마저도 지불할 돈이 마련되어 있을 리 없다.

아무튼 나는 그곳에 들어가기를 희망하는 난에 클릭을 했고 내 인적사항을 적어 넣었고, 마침내 접수확인을 마쳤다. 이제 일 주일 안에 계약금만 넣으면 되었고 나머지 잔금은 입주 시기에 맞추기만 하면 된다.

나는 수요일 수협에 출장 가는 시간을 앞당겨 은행으로 갔다. 대출신청은 쉽게 끝났고 곧장 수협으로 일을 보러 떠났다. 왠지 마음이 홀가분했다. 나는 밤에 돌아가 숙희를 만나 무뚝뚝하게 "집을 구했다."고 얘기했다. 숙희는 미소를 띠며 그래? 하고 반색을 했다.

"언제 들어가는데?"

"십일월 중순."

"그래?"

그러나 그리고는 끝이었다. 우리는 다시 냉랭한 인형들로 돌아갔다. 아이들에겐 비밀이었다. 그때, 짐을 싸들고 나가야 할 때 얘기할 것이다.

y가 무척 보고 싶었다. 나는 사실 그녀에게 모든 걸 털어 놓았다. 그녀의 마술이었다. 나는 슬슬 나의 못된 아내에 대해서 얘기했고, 그 속에서 살고 있는 나의 답답한 삶에 대해 털어놓았고, 아이들에 대한 연민과 걱정, 그리고 앞

으로의 막막함에 대해 털어놓았다.

그녀는 한동안 답이 없더니 이윽고 말했다.

그래서 그렇게 힘들어했군요. 무슨 이유인가 있을 거라 짐작은 했어요. 그럼 왜 그녀가 나가지 않고 당신이 나가죠?

아무래도 아이들 때문에 집이 필요해요. 내가 아이들을 키울 순 없으니까.

그녀도 늦게 온다면서요? 주말도 없고.

그래도 엄마가 옆에 있어야 할 겁니다. 아이들은 사랑하니까.

어떻게 더 다른 길은 없나보군요.

네. 집사람이 원하질 않아요. 저는 헤어진다는 건 생각도 못하겠는데, 그쪽은 기회만 있으면 왜 결정을 못하느냐고 따지고 있어요. 그래서 잠시 집을 나가 있어보면 어떻겠냐고 이야기가 된 거고. 저도 이젠 집에서 더 이상 견디기 힘들 거 같고. 숨이 막힙니다.

정말 힘드시겠군요. 오히려 빨리 집을 나오시는 게 나을지도 모르겠어요. 마음을 편하게 하고 이사하세요. 오히려 자기 시간을 가질 기회라고 생각하면 어떨까요? 늘 일만 하고 살았다고 하셨으니까.

그녀와 이야기하면 그녀의 말처럼 마음이 편해진다. 그래, 내 인생에 있어 내 스스로를 위한 시간을 갖게 된 거라고 생각해봐. 지금까지 한번도 나 자신을 위해 살아본 적이 없다. 결혼 후 숙희를 위해 나를 통째로 바쳤고, 회사를 위해 나의 모든 걸 바치고 있으며 거기 나를 위한 공간은 없었다.

　그럼에도 숙희는 나를 발로 차버렸으며 그러고도 당당하다. 나는 얼굴을 붉히며 매달리고 있고. 마침내 그녀는 나의 속을 간파한다. 그녀는 다시 나의 속마음을 꼬집는다.

　아, 후는 아직 아내를 사랑하는 거군요. 그래서 자신을 싫다고 하는 아내를 놓지 못하는 거고. 맞죠?

　나는 생각한다. 정말 그런가? 아내가 마음을 돌려주기를 기다리는가? 맞다. 나는 고개를 끄덕인다.

　모르겠어요. 그런 것 같아요. 맞아요.
　그렇다면 별 수 없는 거죠. 하지만 그쪽이 워낙 강하다면서요. 강하게 이혼을 요구하고 있고. 그래도?
　조금씩 싫어질 때가 있어요. 이젠. 증오심도 생긴 것 같고. 아니 많이 싫어진 것 같습니다. 이젠 저도 얘기하고 싶은 마음도 없어요. 이걸 어떻게 추슬러야 하나 하는 막연

한 생각뿐이죠.

나는 나 자신의 상황을 너무 얘기한 게 아닌가 우려했다. y가 불편해 할 수도 있는 가정사를 다 까발렸으니, 속물이다. 그러나 y는 단지 자신의 방식대로 나를 바라보고 있을 뿐이다. 어딘지 그녀가 사는 곳으로 달려가서 만나 같이 커피를 마시고 싶었다.

나는 원룸 계약이 끝났으므로 그녀와 만날 구실이 없을까 자꾸 고심하면서 인터넷을 뒤진다. 공연, 음악회, 오페라 그리고 영화. 아 Chicago. 마침내 나는 그녀가 환한 미소를 지을 만한 제목을 찾아냈다. 그래, Chicago다.

11

십일월 중순. 어느 일요일 아침, 아이들이 교회로 떠난 뒤 며칠간 밤마다 몰래 싸놓은 캐리어를 밀고 현관문을 나선다.

새삼 뒤돌아보니 아내도 아이들도 없는 고요한 집안이 낯설었다. 오늘 아이들은 교회에서 가는 여행 때문에 일찍 나갔고, 숙희 역시 일터에 일찍 나갔다. 나는 일부러 이런 주말을 택했고, 아직 아이들에게 말도 꺼내지 못했다. 도

저희 아빠는 당분간 집을 나가기로 했다, 고 말할 용기가 나지 않았다. 아이들이 필시 나를 원망할 것 같았다.

그런 이유로 나는 이렇게 몰래 소리 없이 모든 것을 놔두고 가방 하나만을 챙겨서 도망치듯 나서는 것이다. 차도 숙희에게 주었다. 시 외곽까지 다녀야 하는 여자였고, 아이들도 옆에 있으니까. 필요할 때만 쓰기로 했다.

발길이 떨어지지 않았다. 다시 오지 않을 곳이 아니지만 알 수 없는 죄책감과 아픔, 슬픔 같은 것이 아득히 몰려와서 곧 주저앉을 것 같은 심정이었다. 허랑한 내 눈빛을 누군가에게 들키고 싶지 않았다. 콜택시를 불러놓았으니 어서 내려가야 했다.

현관문을 무겁게 닫고 등 뒤로 번호키가 작동하는 소리를 들으며 나는 엘리베이터 버튼을 길게 눌렀다. y의 글자들이 날아들어 온다. *잘하셨어요.*

나는 엘리베이터의 거울에 비친 키 껑충한 마른 남자의 퀭한 눈을 보기가 민망해 눈을 감고 y의 글자를 따라 외웠다. *잘하셨어요……*

일곱 날의 새벽

1

"계세요?"

 대답이 없다. 두어 번 더 나는 낮은 지붕을 올려다보며 계세요? 라고 불러보았다. 계세요… 살림채의 측면 위로 올라 서있는 언덕 같은 산에서 그 소리가 되돌아온다.

 나는 둥근 마당을 걸어 나와 탁구대가 세워져있는 법당의 계단 맨 위에 앉는다. 세 개의 계단은 차디찬 회색으로 그늘져 있다. 건물의 앞부분 상단 가운데에 '법당'이라고 써 있었다.

 뒷산에서 가을벌레들의 소란스러움이 속삭임처럼 들려온다. 마치 비단옷자락이 사각이듯. 나는 그 소리에서 은밀하고 서늘한 가을 밤 냄새를 맡는다. 계세요? 나는 다시 속으로 묻는다. 아무도 없다. 잎을 한둘 떨군 오동나무와 불그레 물든 단풍나무 그리고 잎이 울긋불긋 물든 감나무와 은행나무들이 마당가에 둘러서서 바람에 흔들릴 뿐 교당은 비어있는 게 분명하다.

나는 옛 기억을 더듬어 이곳까지 왔다. 외할머니의 손을 잡고 지금 법당이라고 쓰여 있는 건물이 허름한 한옥이었던 때 몇 번 온 적 있었다. 십대에도 두어 번 이모를 따라서 혹은 이종사촌들을 따라서 와 본 적이 있다. 그때 탁구를 치곤 했던 기억이 나를 이곳으로 이끌었다.

쓸쓸하게 나뭇잎이 뒹군다. 오늘은 탁구를 칠 운이 없는 것 같다. 나는 허리를 구부리고 대굴거리는 노란 은행잎을 집어 들어 입에 물고 교당 철대문을 나선다. 뒤돌아보니 교당은 마을길 맨 위에 우뚝 서 있다.

마을은 교당의 오른쪽 낮은 지대에 있어서 대문 앞에서 보면 지붕만 내려다보인다. 대문 앞으로 죽 내려가는 길이 가파르게 나 있다. 그 길의 끝은 들판이고 읍으로 가는 차를 타러 나가는 길이 들판과 내려가는 길을 가로지른다. 그 길은 좀 넓다.

내 머릿속의 생각을 정리하듯이 어디서 나타났는지 쌩- 하고 검은 승용차 한 대가 그 길 오른쪽으로 스쳐지나간다. 그 쪽으로는 또 다른 마을이 있었다.

나는 텅 빈 길들과 마찬가지로 텅 빈 들판을 내려다보며 백양나무가 심어진 교당 담벼락 옆을 왼쪽으로 돌아 걷는다. 길은 좁고 풀들이 밟히고 옆으로는 바로 너른 밭이다. 밭은 능선처럼 아래쪽으로 곡선을 긋는다. 담벼락이 끝난 곳에 풀들이 제멋대로 자라나 어수선한 빈터가 보였다.

나는 공터를 지나 오래된 집들 옆으로 난 길을 두 번 우회전해서 다시 왼쪽으로 돌아 시멘트담 너머로 억센 가지를 늘어뜨린 감나무 잎을 따 던져버리곤 담장 끝에 난 초록대문을 밀고 들어선다. 대문 역시 칠이 다 벗겨지고 우그러진 오래된 양철대문이지만 왠지 정갈한 느낌이 나고 회화적 분위기도 나서 나는 이모집의 초록대문이 좋았다.

"이모."

나는 아까처럼 마당에 서서 늙은 이모를 부른다. 대답이 없다. 개가 크으윽하며 꼬리를 흔든다. 이모는 개를 묶어놓았다. 노랗고 커다란 개다.

"이모."

다시 소리쳐 불렀지만 이모 모습은 보이지 않았다. 나는 황금빛 나는 마루에 걸터앉아 해가 지는 모습을, 마당에 들여놓은 하얀 내 승용차 위에 쏟아지는 햇빛을 보았다. 나뭇잎들이 몸을 뒤집는다. 개는 바람을 잡을 듯 노려보다가 목을 움츠리고 땅위에 앉는다.

눈이 부셨다. 눈을 감으니 온통 빛이 가득 차 왔다. 눈부시구나. 눈부시구나. 나는 꼬꾸라질 듯이 노란 마루 위에 누워버렸다. 그리고 자꾸 중얼거렸다. 눈부시다. 눈부시다.

"혜진아, 일어나 감기 들라. 어찌 여기서 잠들었냐."

외출했던 이모가 돌아와 나를 깨웠다. 나는 잔뜩 몸을 웅크렸다가 개가 몸을 털 듯 몸을 한번 흔들고 일어났다. 해가 지고 있었다. 어쩐지 으스스해서 일어나려 했지만 몸이 말을 듣지 않았다.

"금방 왔다. 큰동네 회갑잔치에 갔다 왔다. 니가 먹을 복이 있나보구나. 아주 푸짐하게 싸주더라."

이모는 방으로 들어가며 손짓한다. 큰방에 면한 유리문 저쪽이 부엌이다. 나는 이모가 가져온 전과 떡과 나물을 차려 상에 놓고 밥을 먹는다. 이모는 시골에 내려온 지 이십년 넘었는데도 여전히 표준말을 쓰고 있다.

이모는 명문여고를 졸업한 엘리트여성이었다. 그래선지 독특한 품격이 얼굴 가득 담겨져 있다. 나는 어려서부터 이모를 좋아했다. 이모도 딸들 못지않게 나를 이뻐해 주었다.

일곱 날. 그래서 이곳에 왔다. 단 일곱 날 안에 나를 바라볼 수 있다고 믿어서는 아니다. 적어도 나는 조금은 평온을 되찾아서 이곳을 떠나게 되리란 기대를 갖고 왔다. 이모가 도와줄 수도 있다.

이모는 지금 아무 말도 묻지 않는다. 내 휴가에 대해서.

느닷없이 홀로 찾아온 것에 대해서. 떠도는 소문에 대해서. 하지만 이모는 들어서 알고 있다. 이미 나의 일은 친척들 간에 쫙 퍼져버렸으니까.

내 아파트 옆에 살고 있는 이모의 쌍둥이 딸들, 내 이종사촌들의 입으로 이미 전해졌을 것이다. 사촌들은 이모를 닮지 않고 입이 싸다. 그녀들은 둘 다 약국을 경영하는 노처녀들이었다. 나와 나이가 같은 그녀들의 오빠만이 결혼을 해서 살고 있다.

"이모, 나 잘래요."

나는 이모가 뭐라 묻기 전에 마루 끝에 있는 건넌방으로 건너갈 요량으로 말한다. 이모는 텔레비전 앞에 앉아서 꾸벅꾸벅 졸다가 내 말에 깜짝 놀라 손사래를 쳤다. 이모도 늙었구나. 나는 마루를 걸으면서 생각한다.

달도 없는 밤이었다. 사방에서 풀벌레들이 울었다. 이모는 어쩌면 듣고도 잊었는지도 모른다. 그러다가 문득 생각해낼지도. 하지만 나는 상관없다. 물으면 대답하고 묻지 않으면 입을 다물었다가 가리라.

나는 불도 켜지 않고 이불 속으로 쑥 들어가 눕는다. 몸이 천근으로 느껴진다. 평화롭지 못한 마음 때문이다. 갑자기 어둠 속을 걸어 나가서 물속에 빠져죽고 싶은 충동을 느낀다. 나는 벌떡 일어났다가 엎드렸다. 그리고 다시 일어났다. 마루에 켜놓은 백열등에 비친 기다란 그림자가 괴물처럼 벽과 방바닥에 휘어져 흔들린다. 나는 마루로 나가서 전등을 꺼버렸다.

2

 병실은 소란스럽다. 지영은 잠들어 있었다. 지영의 동생이 앉아 있다가 일어나며 꾸벅 고개를 숙인다. 그녀는 폐쇄적인 경계심을 감춘다. 그녀는 지영이 아프기 전까진 집 밖으로 나오지 않던 아이였다. 그녀를 집 밖으로 끄집어낸 건 언니의 병이었다. 언니의 병으로 지숙은 밖으로 나올 용기를 얻었다. 지숙이 자신을 간호하는 걸 보고 놀랐다고 지영이 말했다.
 지영의 어머니가 삼 년 전 교통사고로 사망한 후부터 지숙은 집 밖으로 나오려 하지 않았다. 지영의 어머니는 삼십대에 홀로 되어 두 딸을 키우며 살던 분이었다. 지영이 교수가 된 후부터서야 일을 놓고 편하게 살기 시작했는데 그 기간은 겨우 사오 년 정도였다.
 지숙은 왜 어머니의 죽음을 받아들이지 못했을까. 언니가 어머니와 같은 교통사고로 응급실에 있다는 전화를 받자마자 지숙은 다른 사람처럼 집을 뛰쳐나왔고 그때부터 쭉 다른 사람이었다.

나는 이십여 분쯤 잠들어있는 친구를 들여다보고 언니 손을 쓰다듬으며 책을 보고 있는 지숙을 다독여 준 다음 병실을 나왔다. 모두 다 혼자로구나. 지영이도 나도 명애도. 다른 친구들은 다 짝이 있었다. 왜 우린 힘들까, 그런 생각을 하며 걷고 있었다. 뭔가 나를 스쳐지나가는 것 같았지만 생각에 잠겨있느라 의식하지 못했다.

엘리베이터에서 내려 병동의 일층 현관을 향해 걸으면서 내내 무언가 나를 바라보고 있다는 느낌을 벗어나지 못했지만 그저 흰 가운을 걸친 인턴이나 레지던트, 간호사 또는 병문안을 오는 사람들, 그런 뭇 사람들이려니 하고 뒤돌아보거나 쳐다볼 생각은 하지 않았다.

나는 주차장으로 가기 전 커피 한잔을 빼고 벤치에 앉았다. 오후의 해가 지기 시작했고, 벤치는 그늘져 있었다. 가게에 들어가기 싫은, 그래서 들어가지 않아도 될 구실을 생각해내려 애쓰며 쓴 커피를 마셨다. 커피는 맛이 없고 썼다.

주위는 부산하고 때때로 누군가를 호출하는 방송소리가 밖으로 퍼져 나왔다. 모두 급하다고 소리하고 있었다. 사람들은 손에 보자기 혹은 이불보따리 같은 걸 들고 총총히 들고 났다.

나는 마시다 만 커피를 벤치 한쪽에 놓고 핸드폰을 꺼내느라 핸드백을 여는 중이었다.

"저…."

인기척을 느낄 사이도 없었다. 하얀 가운을 입은 의사가 내 옆에 와 섰다. 그의 등뒤로 지는 해가 발하는 광채가 눈부셨다. 나는 그가 누군지 알 수 없었다. 내 또래 혹은 나보다 나이가 많아 보이는 잘 생긴 남자였다. 나는 혹 지영의 친구인지도 모르겠다고 생각했다. 지영은 언젠가 의사 친구가 있노라고 했고, 바로 그 병원이었으며 내가 그녀의 병실에서 나올 때 무슨 이유에선가 보고 따라 나왔는지도 모른다는 생각이었다.

"혹시…?"

나는 두 팔을 들고 의아한 표정을 지으며 말했다. 혹시 지영의 친구냐고 물을 참이었다.

"역시 절 몰라보는군요. 난, 저…. 뭐라고 해야 할지 모르겠군. 우리 만난 적이 있어요. 그러니까."

남자는 내 옆에 다가와 섰다. 그러니까…. 남자가 설명을 하려 했을 때 나는 잠깐, 잠깐만요. 실례할게요. 급히 전화를 해야 하거든요, 하고 제지시켰다. 그리고 가게에 전화를 넣었다.

"나야. 별 일 없지? 병원에서 좀 늦을 것 같다. 그래. 괜찮아. 아직 걷진 못해. 응. 끊어."

내가 모르는 남자의 얼굴을 바라보기 시작했을 때 그는 말문을 열었다.

"재작년 구월이었어요. 선운사의 상사화를 보러가지 않으셨나요?"

나는 깜짝 놀랐다. 선운사의 상사화라니. 그가 마치 옛날이야기 같은 걸 꺼내고 있다고 생각했다. 나는 잠시 생각하고 대답했다.

"가긴 갔는데요. 작년인가? 잘 모르겠네요. 재작년인가 혹은 그 전 해인가…."

"재작년이에요. 모두 자기소개들을 했는데 그땐 학교에 계신다고 하셨고 저는 늦깎이 의사라고 말하기 뭐해 그냥 놀고 있다고 해서 아내의 핀잔을 받았죠. 아내는 그때 병원을 개업했거든요. 난 이제야 겨우 전문의를 땄는데 말이죠."

"아, 하지만 잘 기억이 나지 않는데 죄송하네요."

나는 노을을 바라보았다. 그가 수작을 걸고 있는 것 같진 않았다. 그는 병원을 개업한 근사한 아내가 있는 몸이고 나는 작은 서점 하나에 의지하고 사는 서른여섯의 노처녀에 불과하지 않은가. 그가 무엇 때문에 수작을 걸겠는가. 혹 내가 뛰어난 미인이라면 몰라도. 그는 그것 때문에 여기까지 따라 나왔을까. 단지 선운사에서 본 적이 있는 것 같다는 것만 가지고?

"지금도 교직에 계시죠?"

"아, 아니에요. 그 해 십이월에 학교를 그만 뒀죠. 지금은 작은 서점을 해요. 책 좋아하세요?"

"그럼요. 많이 읽진 못해요. 잘 아시다시피 시간이 부족해서. 전공서적 읽을 시간도 부족하죠. 하지만 가끔 에세이를 읽습니다. 소설도 읽구요. 그때 가을 들꽃을 보러간 것처럼 가끔, 어쩌다 가끔요."

가운 왼쪽 가슴에 의사 이병진이라는 명찰이 눈에 띄었다. 가을들꽃이란 말에 문득 그때 생각이 머릿속에 되살아났다. '가을들꽃과 상사화' 맞아. 선운사 상사화의 슬픈 전설을 아시나요? 일 년에 일주일밖에 피지 않는다는 상사화….

그때 아이들도 있었는데 나는 동생의 아이, 즉 열 살 난 조카딸을 데리고 갔었다. 그는 아이를 데리고 왔던가?. 모르겠다. 숫자가 많진 않았지만 커플 아니면 부부가 대부분이었기 때문에 일부러는 아니었는데 별 관심은 갖지 않았다.

맞다. 나는 문득 그를 기억해낼 만한 그림 하나를 떠올렸다. 숙소의 바에서였다. 일박 이일의 여정이었으므로 선운사 입구의 호텔에서 네 명씩 잤는데 다행히 아이 하나를 데리고 온 부부의 모녀가 우리와 자게 되어 불편함을 느끼지 않아도 되었다. 우리는 애들을 재워놓고 의기투합해서 아래층으로 내려갔다. 남편을 불러서 시간을 보내시라고 했더니 여자들끼리 한번 시골 밤을 지내보자고 아이

엄마가 말했다.

 순전히 가을들꽃이라는 신선한 이미지에 끌려 그리고 사람을 잡아끄는 짧은 몇 마디의 어귀에 끌려 몇 시간을 달려내려 왔었다. 전혀 모르는 사람들과 섞이는 건 정말 오랜만이었는데 어린 조카애가 서먹하고 어설픈 분위기를 없애주었다.

 난 원래 단체여행은 딱 질색이어서 학교에서 방학이 시작되기 전에 가곤 하는 친목여행도 언제나 불참하던 사람이었다. 여동생이 세 살 난 둘째아이 때문에 늘 힘들어하던 때였으므로 시간이 나는 대로 큰 조카애는 내 차지였다. 그러지 않아도 늙은 노처녀인 나는 조카애를 좋아했었지만.

 작고 다소 조잡스러운 스탠드바는 커피와 술을 간단한 패스트푸드와 함께 팔았다. 스탠드에 두 명의 남녀가 앉아 있고 두어 테이블에서 사람들이 술을 마시고 있었다. 나는 그녀에게 스탠드에 앉자고 고갯짓을 했다. 앉자마자 다가온 바텐더에게 진토닉을 주문하면서 무심결에 한 자리 건너 옆자리에 앉은 여자의 작은 목소리를 들었다.

 "내일 아침 난 갈 거야. 동심 운운하며 가을 산사를 들먹이던 당신에게 넘어가다니. 바보가 된 기분이야. 어제 돌아온 친구를 놔두고 와버렸으니 말이야. 당신은 또 어때? 얼마나 우스워? 이런 우스꽝스런 신문사 여행모임이라니.

그 바쁜 와중에 그런 기사는 언제 본 거야? 가을 들꽃이 보고 싶으면 친구 몇하고 오는 게 훨씬 낫지."

낮은 목소리였지만 단호했다. 야멸차게 느껴지는 찬 목소리는 숨 쉴 틈도 없이 계속 이어졌다. 나는 손으로 옆 여인과 건배를 하면서 한 자리 떨어져 앉은 냉기 도는 여자의 목소리에 귀를 기울이지 않을 수 없었다.

"우리 일행이에요."

옆 여인이 속삭였다.

"그래요?"

나는 눈을 번쩍 떴다.

"우리보다 젊은 것 같기도 한데 아이는 안 데리고 왔나 봐요."

나는 고개를 끄덕이며 진토닉을 마셨다. 옆의 여인이 바텐더에게 선운사 상사화에 대하여 묻기 시작했다. 그러나 내 귀는 왼쪽으로 열려있었다.

"모처럼의 휴일이야. 싸우지 말자."

남자의 말이었다. 목소리만으로는 서른다섯 이상의 세월은 느껴지지 않았다.

"싸우는 거 아니야. 통고하는 거야. 내일 아침 가겠다고. 나는 지금 들어갈 거야. 찾지 마."

되게 쌀쌀 맞네. 목소리에서 풍기는 냉랭함, 그리고 바로 일어서는 소리가 들렸다. 나는 컵을 입에 댄 채 등을 돌리고 나가는 여인의 뒷모습을 슬쩍 바라보았다. 몸에 착 달라붙은 소매 없는 검은 드레스에 볼륨이 있는 파마머리를 붉은 스카프로 묶은 키가 작고 앙증맞은 여자. 손에 잠자리 날개 같은 겉옷을 움켜쥐고 가는 여자. 나는 내 후줄근한 남방과 진바지를 내려다보았다. 언제 저런 옷을 준비해 왔을까.

남자는 위스키 잔을 들고 멀거니 바라보고 있었다. 나는 그의 마음속을 짐작하고도 남았다. 속이 두엄자리 같겠구나. 스물네 살 때 나를 휴지 버리듯 버리고 도망가 버린 어떤 남자가 생각났다. 나는 그때 죽으려고 스무 알의 약을 삼켰다. 그 후로 내게 남자란 아무 가치가 없었다.

남자는 내내 아니 우리가 밖에 나가 별이나 볼까요? 하고 일어설 때까지 그 자세 그대로 앉아있었다. 이튿날 아침 그 남자는 혼자 일행 속으로 들어왔다.

"아, 기억이 났어요. 그때…."

"그렇습니까? 반갑습니다. 전 이병진이에요. 내과의죠. 무슨 일로 오셨습니까? 여기는. 뭐 일이 있으시겠지만요."

"친구가 교통사고로 허리를 좀 다쳤어요. 병문안 온 거죠."

이병진은 비로소 내 옆에 앉았다.

"조카아이는 잘 있습니까? 유미라고 했던가? 많이 컸겠군요."

"어머, 어떻게 그 애 이름을 아세요?"

"그 애와 얘기를 나눴거든요. 아주 명랑하고 귀여웠는데. 이모라고 하더군요. 결혼을 안 하셨다고, 이모가 빨리 결혼했으면 좋겠다고 했어요."

"그 정도였어요? 얘도 참. 혼내줘야겠네."

"그럼 제가 혼나겠군요. 벌써 잊어버렸을 겁니다. 애들이란 금세 잊어버리니까. 애가 워낙 귀엽고 말을 잘해서 제가 기억하거든요."

그러고는 한참 말이 없었다. 그는 들어갈 생각을 하지 않았다. 나는 노을을 보면서 일어서야겠다고 생각했지만 그대로 앉아있었다.

"언제 또 병원에 오실 겁니까?"

"글쎄, 내일 또는 모레 아니면 며칠 후…."

그는 가운의 명찰을 가리켰다.

"제 이름 보셨죠? 내일 혹은 모레 오시거든 그냥 가지 마십시오. 병원에 아는 사람 있으면 이롭다는 거 아시죠?"

그는 돌아서서 갔다. 나는 하얀 가운의 뒷모습을 물끄러미 바라보며 일어섰다. 그의 부인과는 사이가 어떨까. 그도 내 조카만한 아이가 있을까. 나는 눈을 거두고 벤치 앞으로 걸어 나갔다.

"저…."

언제 되돌아왔을까. 또 그였다. 나는 눈을 크게 뜨고 그를 바라보았다. 의사 이병진.

"어디에 있습니까? 이름은요?"

나는 어리벙벙했다. "뭐가요? 무슨?"

"아, 서점 말입니다. 책을 살 일이 있으면 이왕이면 그곳에 가서 사려구요."

나는 하하하 웃어버렸다. 참 천진난만하네. 나는 가방에서 명함을 꺼내주었다.

"그래요. 책 사러 오세요. 커피도 있거든요."

병진은 명함을 살짝 들어보이곤 돌아서서 갔다. 나는 그런 이병진의 뒷모습을 멍하니 바라보다가 주차장으로 걸음을 옮겼다.

3

풀들이 아무렇게나 삐죽삐죽 올라온 빈터를 지나 밭둑처럼 좁은 길을 걸어간다. 얕고 하얀 콘크리트담장 옆을 백양나무들이 둥글게 서있는, 노르스름하고 구불구불한 그 길은 교당의 대문에서 끝이 난다. 나는 버릇처럼 대문 아래로 넓게 내려간 길을 내려다본다. 텅 비어있는 들. 노릇노릇한 들에 가을볕이 찬란했다. 나는 한숨을 쉬고 열린 대문 안으로 들어갔다.

탁구대는 여전히 벽에 기대어 있다. 나는 벽에 서 있는 탁구대를 어루만졌다.

"어떻게 오셨습니까?"

맑은 목소리였다. 나는 뒤돌아본다. 흰 바지에 흰 남방을 입은 남자가 서있다.

"교무님은 출장 중이신데요. 교무님 만나러 오셨습니까?"

나는 갑자기 나타난 젊은 청년의 눈부신 흰옷에 매료되었다. 가을빛 때문일까. 백색의 긴 셔츠와 흰 면바지가 비단옷처럼 반짝인다고 생각했다. 나는 눈을 찡그렸다. 보통의 흰옷이 내 나쁜 시력 때문에 더 눈부시게 보이는지도 모른다.

"어떻게…?"

그때서야 나는 정신이 든다.

"아, 탁구를 좀 치고 싶어서요. 어제도 왔는데 통 아무도 안 계시더군요."

"탁구요? 하하."

남자가 얼굴을 찡그리며 웃어버렸다. 그 웃음이 너무나 시원해서 나는 괜히 부끄러웠다. 이곳을 찾은 이방인이 종교적인 이유에서가 아니라 단지 탁구를 치고 싶어한다는 것이 우스운 것일까. 동네 아주머니도 아닌 듯 싶고 그렇다고 먼데서 막 도착한 손님은 아닌 것 같고 해서?

이모의 알록달록한 몸빼바지와 헐렁한 베이지색 티셔츠를 입고 머리를 대충 스카프로 묶은 촌스런 내 모습을 고개를 숙이고 바라보았다. 흰 아디다스 운동화만이 그럴 듯하다. 나는 청년을 향해 싱긋 웃었다. 탁구를 같이 칠 수 있냐는 말을 뱉듯이.

"사실은 저도 탁구를 치고 싶었거든요. 이곳에 청년이 한 명도 없다고 해서 이미 포기했습니다만."

"잘됐군요. 그런데 교무님은 혼자 계시나요? 어제도 비어있는 것 같던데?"

"예. 시골교당엔 대부분 혼자 계시죠. 저도 손님입니다. 교무님의 친척이기도 하고 저 역시 교역자이기도 하구요."

"아 그러세요. 그럼 휴가 얻으신 거군요."

"그런 셈입니다. 일주일쯤 쉬려고 왔습니다. 그럼 탁구 치시겠어요?"

청년은 탁구대를 잡으라는 시늉을 한다. 탁구대는 법당 옆 마당에 내려졌다. 마당은 잘잘한 돌맹이가 정갈하게 깔려있다.

말없이 탁구를 삼십분쯤 쳤다. 청년도 나도 오직 공을 치고받는 데만 열중한다. 그는 짙은 눈썹에 부드러운 눈빛과 뭔가 사람을 편안하게 하는 분위기를 지녔다. 교역자라고 했는데 그래서 그런가.

"잘 하시네요."

청년이 이마를 손바닥으로 닦으며 말한다. 나는 고개를 끄덕였다.

"이리 오세요. 차 한잔 대접하겠습니다."

바람이 분다. 어제 눈에 들어왔던 나무들이 수채화처럼 흔들린다. 아름답다. 조용하고 텅 빈 듯한, 그러면서 꽉 차 있는 듯한 무엇. 나는 마당에 있는 수돗가에서 손을 씻고 그가 올라선 살림채의 마루에 앉는다. 그가 다기를 꺼내와 두 개의 잔을 내어놓고 가부좌를 하고 앉아 찻잎을 그릇에 담아 물을 붓는다.

"여기 사십니까?"

나는 고개를 젓는다. 그는 젊고 건강한, 뭔가 팽팽한 기운을 퍼뜨리고 있다. 어찌보면 내 또래는 되어 보이기도 하고 어찌 보면 처음 보았을 때 느낌처럼 청년으로 보인다. 나는 어릴 거라고 단정해버렸다.

"저도 휴가차 왔습니다. 이모 집에요."

"네. 저처럼 손님이시군요. 여긴 어떻게 알고 오셨습니까?"

"옛날에 몇 번 왔었어요. 어릴 때. 저 법당이 툇마루가 딸린 옛 건물일 때요."

가슴에 훅 무엇이 뿌려진다. 청년의 흰옷이 계속 무언가를 연상시키고 있었다는 것을 그제서야 깨닫는다.

자세히 보니 그는 청년은 아니다. 세월의 흔적이 이마와 얼굴 전체에 퍼져있다. 역시 내 시력 때문에 착각을 한 것이다. 그가 이제 나보다 많을 나이일 거라고 단정해 버렸다. 끊임없는 수행과 좌선 그리고 종교적 생활이 그를 젊게 보이게 하는 것이다.

나는 흰옷이 주는 슬픔을 억제하려고 애쓴다. 그렇다. 슬픔, 그것이 아까부터 나를 사로잡고 있었다. 버리고 싶어 숨으러 온 내게 그것은 시도 때도 없이 푸른 물을 들인다.

"어디에 계시는지요?"

종교용어를 잘 몰라서 어리벙벙하게 묻는다. 그래도 그는 잘 알아듣고 있다.

"저는 총부에 있습니다. 문화부에서 일합니다. 황인준 교무라고 합니다."

그가 느닷없이 자기소개를 하고 목례를 해서 깜짝 놀랐다.

"저는 서울 옆 신도시에서 조그만 서점을 하는 서혜진이에요. 탁구도 치고 차 대접도 받고 정말 고맙습니다."

"별 말씀을. 서점을 운영하시는군요. 자녀는 어떻게?"

왜 그것이 궁금한지 모든 사람이 하는 질문을 황교무도 빼지 않고 하고 있다. 왜 그는 책에 대해서 묻지 않고 자녀들은 몇이나 두었느냐고 묻는 것일까. 나는 그가 문화적인 얘기를 하기를 바랬다. 하지만 그는 자녀는 몇이나 두었느냐고 묻는다. 다시 슬픔이 밀고 들어온다. 나는 함정에 빠지지 않기 위해 애쓰는 곤경에 빠진 소년 같다.
"없어요."
약간 썰렁한 대답일 수도 있다고 느끼면서도 단음절로 그렇게 대답한다. 차 맛이 쓰다.
"그럼?"
말하지 않고 싶다. 나는 서른여섯의 독신녀이고 스물네 살 때 나를 버리고 간 남자 때문에 죽으려다 살아났으며 그 후로는 결혼할 생각 같은 건 하지 않았다고… 그러나 몇 달 전 당신과 같이 흰옷을 입은 남자에게 걸려 다시 마술에 갇혀버렸다고… 그리고 그는 마술 상자에 갇힌 채 연기처럼 사라져 버렸다고… 그리고 나는 다시 혼자 내팽개쳐져버렸다고.
황은 끈질기게 내 눈을 응시한다. 깊고 종교적인 성찰의 눈. 그는 결국 대답을 끄집어낸다.
"미혼입니다."
"아, 그렇군요. 저도 미혼입니다."
황이 웃고 있다.
"교무님들은 당연한 거 아닌가요? 결혼 안 하는 거."
"아닙니다. 남자교무들은 대부분 결혼을 합니다. 인간에게 참기 힘든 몇 가지 이유 때문이기도 하죠."
"선생님은 어떠신가요?"

"저는 수행과 저술활동을 통해 그 몇 가지들을 분산시킬 수 있습니다. 저는 매우 많은 활동을 하고 있고 그 모든 것은 정신적인 힘을 구비하게 하며 수행심을 키워줍니다. 저는 가득 차 있다고 느낍니다. 육신은 가볍기 그지없고 정신의 아래 있다고 생각합니다. 혹 자만이라고 생각되십니까?"

나는 고개를 젓는다. 거침없는 그의 말이 좋다. 나는 은연중 내 폐부 가득 독소처럼 번져있는 고통을 내뿜고 있다. 휴우, 혹은 음 혹은 아~. 내 소리를 황이 들었다.

"무슨 걱정거리가 있으신 거 같습니다. 얼굴이 어둡습니다. 탁구 칠 땐 괜찮으시던데요."

"…"

"몸이 편찮으신지?"

"네. 좀 그래요. 어디가 아픈 것 같아요. 하지만 어딘지는 모르겠어요. 그냥 아프네요."

나는 차를 석 잔이나 마셨다.

"아무튼 아프시군요. 제가 좌선할 때 좀 오시겠어요?"

"몇 시에 하는데요?"

"새벽 다섯 시에 합니다. 오실 수 있겠어요?"

나는 고개를 저었다. 새벽 다섯 시면 깊이, 아주 깊이 잠들어 있을 시간이다. 늦게 자는 데다 아침잠이 많아서 늘 일찍 일어나지 못한다.

"전 새벽엔 기를 못 펴는 걸요. 한밤중엔 오히려 잘 견디는데."

"습관이죠. 하지만 선은 새벽에 해야 합니다. 가장 맑고 청정한 때죠. 모든 것이. 한번 시도해 보십시오. 언제나 새벽 다섯 시면 법당에 불이 켜져 있을 겁니다. 대문은 늘 열려 있구요."

나는 생각에 잠겼다. 일어날 수 있을까. 언젠가 교직에 있을 때 비상교육이 있던 때도 난 가지 못했다. 점수가 깎인대도 할 수 없는 일이었다.

"아무래도 힘들겠어요. 알람시계도 없구요."

"편하게 생각하세요. 마음이 움직여야 되는 일이니까."

나는 일어서야겠다고 생각한다. 이분의 시간을 너무 뺏었어. 쉬러 오신 분이라는데. 그에겐 적막과 이 조용한 자연의 소리들이 필요한 거겠지. 그의 말대로 수행의 정진에.

나는 가을에게 나를 던지러 왔다. 나를 송두리째 던져버리고 소멸되어 버리고픈, 그것 또한 욕망에 다름 아닌 갈망을 갖고 비척비척 왔다. 나는 마루에서 내려 아디다스 운동화에 발을 꿴다.

"제가 선생님 시간을 너무 많이 뺏었어요. 정말 죄송합니다."

"별 말씀을요. 저도 무료했습니다. 쉬는 일도 참 힘든 일이구나 생각하던 참이죠. 또 탁구 치러 오십시오. 가능하면 새벽에도 오시구요."

 나는 고개를 흔들며 웃었다. 백양나무의 그림자가 길게 담벼락에 누웠다. 다시 저녁이 오고 있는 것이다. 황교무가 설교 따위를 한 것도 아닌데 뭔가 의미 있는 얘기를 들었다는 느낌이 머릿속을 채웠다. 탁구만 친 것이 아니라 그의 기가 내게로 전이되었는지도 모른다.

 나는 이모 집에 돌아와 가마솥에 물을 길어다 붓고 불을 땠다. 가마솥은 이미 쓰지 않은 지 오래지만 이모는 작은방의 컴컴한 예전의 부엌에 걸어놓고 버리지 않았다. 내가 오면서 계속 불을 피웠으므로 아궁이 속의 마른 솔가지들은 탁탁 소리를 내며 잘 탄다.

 이모는 보이지 않는다. 이상하다. 이모와 윗집 윗집의 옆집 또 더 윗집의 할머니들은 모여서 무얼 하는지. 이모는 늘 출타중이다. 낡고 오래된 동네의 아홉 가구들에는 각각 한 사람의 늙은 여자들이 집을 지키고 있다. 기와로 지붕을 이은 집들은 그 늙은 여주인처럼 휘고 꾸부정하고 퇴색한 빛을 띠고 있다.

 남자는 없다. 맨 위쪽에 있는 제일 큰 집의 아주머니댁의 아저씨 한 분만이 유일한 남자다. 나는 상상을 한다. 낡고 구부정한 방안에 들어앉아 있는 늙은 아주머니들을. 집 한 채에 한 명의 늙은 여자.

 그리고 모두 개 한 마리씩을 키우고 있다. 개들은 동네를 닮았는지 짖지 않는다. 이모네 개도 마찬가지였다. 짖을 만한 일이 없는 것일까. 개들은 동네와 그 동네에 사는 늙은 아주머니들과 마찬가지로 조용하기만 하다. 마치 성대를 거세당한 것처럼.

해가 뉘엿뉘엿할 때까지 나는 조금씩 솔가지를 집어넣었다. 머릿속에는 딴 생각이 들어차 있었고 손은 거의 무의식적으로 움직인다.

"혜진아, 불 때냐?"

이모의 기척이 들린다.

"예. 불 때요."

매캐한 연기를 마시며 대답한다. 나는 뜨겁게 데워진 물로 컴컴한 우물가에서 찬 공기에 몸을 떨며 목욕을 하고 쓰러져 자고 싶다.

"감기 들라. 부엌에 통 놓고 해라."

이모가 걱정을 한다. 큰방의 부엌은 콘크리트가 되어 있고 수도꼭지도 달려 있다. 나는 싸늘한 가을저녁의, 마당에 있는 수돗가에서 뜨거운 물을 내리쏟고 싶었다. 달이 뜬다면 더욱 좋을 것이다. 나는 활활 타는 불 앞에서 몸을 떤다.

4

"안녕하세요?"

나는 멍하니 키가 크고 비누냄새를 풍기며 코 주변에 중년의 낌새를 느끼게 하는 두어 개의 주름살이 있지만, 아직 젊고 잘 생긴 남자라는 느낌이 강하게 느껴지는 사람을 바라보았다. 아-. 나는 대번에 그를 알아보았다. 하지만 망설이지 않을 수가 없었다.

어떻게 대해야 할 것인가. 책을 사러 온 손님으로? 나를 찾아온 남자로? 그는 바로 내 앞에 서 있었다. 서점 안으로 들어와서 책을 들썩이며 그저 책 보는 시늉을 했더라면 나는 망설이지 않았을 것이다. 그런데 그는 똑바로 와서 내 앞에 우뚝 멈춰 섰다.

동생 영규가 카운터에서 힐끔 돌아보았다. 나는 그때 커피메이커가 놓인 테이블의 의자에 앉아 있었다. 항상 느닷없이 나타나는 사람이라는 생각이 들었다.

"저 모르시…."

그가 못 참겠다는 듯 입을 열었다. 나는 그의 말을 자르듯이 얼른 대답했다.

"아니에요. 죄송합니다. 너무 뜻밖이라서. 앉으시겠어요?"

주위엔 손님이 없었다. 방금 전에 나간 남자손님이 오늘 마지막 손님이었다. 시계가 아홉시를 넘기고 있었다.

"너무 늦게 왔나보군요. 그래도 문 닫을 시간은 아니죠?"

그는 활기찬 목소리로 말했다. 의사들은 오후부터 지쳐 보이기 마련인데 그에겐 그런 낌새가 없었다. 나는 미소를 지었다.

"커피 하시겠어요? 이제 곧 닫아야 할 거예요."

"그럼 기다리죠. 같이 나갈 수 있죠?"

나는 모호한 미소를 지었다. 커피를 대접해야 할지 커피메이커의 플러그를 뽑아야할지도 판단하기가 힘들었다.

"아, 오늘 커피를 너무 마셨기 때문에 나중에 얻어 마시겠습니다. 책이나 한 권 볼게요."

그가 두 손을 들어 보이며 일어나 시집들이 진열된 곳으로 걸어갔다. 나는 그의 등을 바라보며 다시 모호한 기분으로 웃었다. 영규가, 그가 그랬던 것처럼 두 손을 올리고 눈을 크게 떴다. 누구냐는 뜻으로 보였다. 나는 영규에게 다가가 귀에 대고 말했다.

"재작년에 들꽃기행에서 만났던 사람이야."

영규가 고개를 끄덕였다. 잠시 바빴다. 영규와 나는 초저녁 아르바이트생이 정리하고 간 뒤에 다시 흐트러진 서가를 재빨리 정비해놓고 카운터를 점검하는 것으로 일을 끝냈다.

그는 손에 시집 한 권을 들고 있었다.

"이거 한 권 주세요. 제가 마지막 손님이군요."

영규가 힐끔 나를 바라보았다. 나는 고개를 끄덕였다. 그가 책값을 계산했고 우리는 모두 셔터 문을 내리고 밖으로 나갔다. 영규가 인사를 하고 먼저 주차장으로 갔다. 나는 잠시 그와 함께 셔터문 밖 도로변에 서있었다.

"저녁은 드셨습니까?"

나는 고개를 끄덕였다.

"그럼 술을 한잔 하시겠어요? 괜찮은 데가 있는데."

"그러죠. 뭐."

나는 서점 건물 지하에 있는 차 생각을 잠시 했지만 그대로 따라나섰다. 나는 이년 전 선운사 입구 호텔의 바에 혼자 앉아있던 남자를 떠올렸다. 지금 이렇게 같이 가도 괜찮은 것인지 알 수 없었다. 하지만 나는 무엇엔가 끌려가듯 그 남자의 옆을 걸었다.

"이렇게 먼 동네까지 오실 줄은 정말 몰랐는데요. 어떻게 시간이 나셨어요."

그의 병원은 시내에 있었고 내 가게는 신도시에 있었다.

"사실은 집이 이쪽입니다. 집이 좀 멀죠? 명함을 보고 웃음이 나오더군요. 우리 동네네 하구요."

"그랬군요. 그럼 차는 어디 두셨어요?"

"오늘은 강의만 하는 날이라 일찍 퇴근했죠. 집에 두고 자전거를 타고 왔습니다. 저기 '미루나무숲'이란 카페가 보이죠? 제 친구녀석이 하는 곳인데 자전거는 그곳에 두었습니다. 지금 그리 갈 건데 괜찮으시죠?"

아, 미루나무숲이란 이름이 좋아서 퇴근길에 영규랑 한번 간 적이 있었다. 혜영이네가 왔을 때도 한번 갔던가? 사방 벽에 미루나무가 있었다. 그래서 그런지 숲의 냄새가 가득한 것 같기도 했고. 나는 느리게 고개를 끄덕였다. 지금이라도 발길을 돌려서 가버릴 수 있다. 잘 모르는 사람과 있어 본 적이 없었다. 하지만 그는 나를 끌어당긴다. 나는 그에게 끌려가듯이 가고 있다.

"자전거를 타고 왔다는 말이 신선하군요. 저도 자전거 하이킹 같은 거 참 하고 싶었는데."

"이 도시에서는 자전거 타기가 좋거든요. 자전거 도로가 다 되어있고 또 길도 넓고. 자전거 잘 타세요?"

"고등학교 때 학교에서 타보곤 못 타봤죠."

미루나무숲이 바로 위에서 초록으로 반짝거렸다. 나는 가슴이 뛰었다. 자전거를 타는 멋진 남자와 카페에 들어간다는 생각을 했다.

"들어갈까요?"

마치 숲에 들어간 듯했다. 나무 밑에 몇 남녀가 앉아서 속삭이고 혼자 술잔을 들이키고 있는 중년의 남자가 보였다. 나는 스탠드에 앉아 술집 주인과 인사를 나누었다. 그의 친구라는 주인은 두어 번 와봤지만 처음 보는 얼굴이었다. 단정한 바텐더가 그 옆에서 컵을 닦고 있는데 그 얼굴이 낯익은 얼굴이었다.

"불쑥 가서 미안합니다. 하지만 오랜만에 집에 일찍 들어왔고 적절한 시간이겠다 싶어서 갔는데…."

"괜찮아요. 끝나는 시간이었거든요. 그리고 결국 저 혼자…."

아차 싶었다. 혼자 지낸다는 이야기를 할 필요는 없었는데 자신도 모르게 불쑥 튀어나오고 말았다. 나는 입을 다물어버렸다.

"저도 혼잔데요. 뭘. 괜찮습니다. 다 큰 어른들이 혼자 사는 게 당연하죠."

슬쩍 본 옆얼굴에 그늘이 끼었다. 그 이병진의 다른 모습을 처음 보는 것 같았다.

"혼자라니요. 부인은요?"

나는 그 앙증맞은 조그만 여자를 생각했다. 이 키 크고 사근사근한 남자와는 안 맞아 보이던, 인형 같고 매몰찬 한 마디를 뱉고 사라지던 여자.

"미국으로 떠났습니다. 벌써 일 년이 다 되었습니다. 그때 들꽃을 보러갔을 때 이미 떠난 거나 마찬가지였지만."

"안됐군요. 아이는 없으세요?"

"없습니다. 우린 늦게 결혼했죠. 제가 늦깎이어서 말이죠. 그녀도 공부를 하고 오느라 늦었고. 그녀는 애 갖는 걸 싫어했어요. 그 문제로 많이 싸웠죠. 결국 떠나버리더군 요."

"그랬군요."

한동안 말이 없었다. 그가 불행했겠구나. 지금 그것들이 그의 얼굴에 깔려있다.

"저…."

"저기…."

동시에 말을 꺼내려다가 웃었다.

"말씀하세요."

"아녜요. 먼저 하세요."

"아닙니다. 먼저 해보세요."

"별 거 아니에요. 어떻게 저를 알아보셨는가 해서. 선운사에선 얘기를 해본 적도 없는데요."

"아, 그거요. 전 원래 기억력이 좋은데다 그날 조카애와 얘기를 많이 했잖아요. 새벽에 아내가 가버리고는 퍽 우울했는데 그 애가 기분을 살려줬거든요. 그래서 혜진씨를 기억하고 있는 겁니다."

그가 혜진씨라고 했다. 가슴이 뛰기 시작했다.

"그랬군요. 고맙습니다. 저를 기억해주셔서. 이제 말씀해 보세요."

"아, 왜 학교를 그만두셨는지 궁금해서요."

내겐 고질병이 있다. 스물네 살 때 시작되어 서른을 넘기면서도, 지금까지도 벗어버리지 못하는 그것 때문에 그만두었다는 말에 설득력이 있을까. 남자기피증 때문에 직장을 그만두었다는 얘기를 그가 믿을까. 나는 말을 지어내려고 술을 들이키며 시간을 벌 생각을 한다. 그는 참을성 있게 기다리고 있다.

더 이상 참을 수 없었던지 그가 두 팔을 들어 보이며(이미 내게 익숙해진 것처럼 느껴지는 제스처로) 말했다.

"괜찮아요. 제가 괜히 쓸데없는 질문을 한 것 같군요. 다른 얘기하죠, 뭐."

그 순간 나는 정직하게 말해야겠다고 맘먹었다.

"교감선생님과 싸웠어요. 그리고 또 다른 이유는 나를 쫓아 다닌 남선생 때문이었죠. 끔찍했어요. 이미 이성교제를 안 하기로 작심한 지 오래된, 이미 굳어버린 노처녀에게 별 매력 없는 남자의 접근은 두드러기 같았죠. 온몸에 두드러기가 난 것처럼 견딜 수 없었어요. 그 남자를 죽이고 싶다는 생각까지 했죠. 결국 교감선생과 업무관계로 충돌하면서 교직에 대한 강한 회의가 부채질을 했어요. 그 당시 노처녀 선생으로 늙어가는 것이 바람직하지 않다는 생각도 들기 시작했구요."

"그랬군요. 특별히 남자를 싫어하십니까? 그 남선생이 괴물이었나요."

"괴물은 아니었지만 제겐 끔찍했어요. 말하기 거북하지

만 전자의 말에도 일치합니다. 전….”

나는 울고 싶었다. 그는 날 정신병자로 알 것이다.

"지금도 그렇습니까?"

"지금? 글쎄요. 닥터께는 그런 증세가 나타나지 않네요. 왠지. 아니면 그 사이에 제 병이 없어졌거나."

"다행입니다. 그걸 병이라고 할 수는 없어요. 말이 좀 이상하지만 저를 경계하지 않으셔도 되구요. 그래서 그만두셨군요."

"바로 그만둔 건 아니고 슬슬 자영업을 하겠다고 알아보고 다니다가 신도시가 들어서는 걸 보고 이쪽으로 시선을 집중했죠. 그리고 가게를 확보해놓고 그만두었습니다. 그만두기 전에 한 여행이 상사화였구요."

이제 어쩔 수 없다. 그가 달아나든 말든 나는 어찌할 도리가 없다. 나는 병진의 자전거를 타고 아파트로 돌아왔다. 동생과 나는 독신자용 원룸아파트의 육층에 복도를 사이에 두고 서로 앞집에 살고 있었다. 동생은 아직 돌아오지 않았다. 동생에겐 오래된 연인이 있었다.

나는 그로부터 달아나고픈 맘은 없었다. 그러나 확실히 내 맘을 알지 못했다. 나는 아직도 스물넷의 증세로부터 자유롭지 못하다는 걸 느껴야만 했다. 그러나 그가 자전거를 타고 좁은 아파트 단지를 빠져나가는 것을 몰래 내려다보며 나는 지나간 몇 시간 내내 그에게 끌려들어가 있었다는 것을 깨달았다.

 그가 홀연히 왔다. 내게로, 서른여섯의 황무지와 같은 땅에 부드럽고 신선하고 따뜻한 바람으로. 나는 잠을 이루지 못했다. 그가 왜 왔는가. 왜 내게로 왔는가. 정말 내게로 왔는가. 그냥 스쳐가 버릴 바람은 아닌가. 그렇다면….

5

 나는 뜨거운 물을 쫙쫙 부었다. 물은 떨어지면서 차게 식어버린다. 내 몸은 온탕과 냉탕을 거의 동시에 드나드는 것처럼 뜨거웠다가 금세 차가워졌다 한다. 마치 노천탕에서 뜨거운 물을 밖의 찬 공기로 견뎌낼 수 있는 것처럼 살에 꽂히는 냉기는 쾌감을 주었다. 나는 가마솥 가득 끓였던 물을 다 퍼다가 천천히 오래도록 내 몸에 퍼부었다.

 달은 뜨지 않는다. 동네를 걸어 올라오는 길에 서 있는 가로등의 노오란 빛이 마당까지 비쳐 와서 마치 달이 뜬 것처럼 보일 뿐이다. 가까이 가면 가로등의 불빛은 너무 훤하다. 도시에서는 다른 종류의 불빛들 때문에 약해보인 것인지, 딱 한 개 있는 가로등이 사방의 완전한 흑 때문에 튀기 때문인지 알 수가 없다. 아무튼 너무 훤해서 거부감을 주었다.

동네에 늙고 꼬부라진 할머니들뿐이라는 생각이 있어선지 누가 볼지도 모른다는 경계심이 생기지 않는다. 나는 큰 물통의 물을 다 내 몸에 부어버렸다. 눈을 감으니 저절로 달이 떠오른다는 환상에 빠진다. 달은 집 옆 소나무위로 둥실 떠올라서 내 주위를 맴돈다. 나는 옷을 주워든 다음 작은방으로 뛰어 들어간다.

그대로 밀쳐놓은 요 밑으로 기어들어가서 따뜻하게 데워진 방바닥에 몸을 말린 후 으스스 몸사래를 치면서 천천히 옷을 입는다.

"혜진아, 알밤 먹어라."

초저녁에 불을 때곤 굴비 두 마리 구워서 된장국에 밥을 말아먹고 이모는 밤을 삶았다.

"너 목욕하고 먹자."

나는 축 늘어져서 이모 옆에 앉아 알밤을 어금니로 깨 이빨로 파먹는다.

"잇몸 다칠라. 찻수저로 파먹어."

나는 고집스레 반으로 쪼갠 알밤 속을 이빨로 파먹는다. 이모는 졸지 않는다. 시계를 보니 아홉 시도 안 되어 있었다. 이모는 드라마를 보며 알밤을 까먹는다. 갑자기 따르릉 전화벨이 울려서 깜짝 놀랐다.

"여보세요? 누구냐? 혜영이? 잘 있다. 언니 바꿔주랴? 그래."

이모는 명쾌하다. 간단명료하게 전화를 받고 말없이 내게 넘겨준다. 초저녁 목욕으로 축 늘어진 나는 코에 약한 감기 기운이 스미드는 걸 느끼며 수화기를 건네받는다. 아무래도 아플 것만 같다.

"네."

혜영이다.

"언니 잘 있어? 유미가 자꾸 이모 보고 싶어 해. 언제 올라 올 건데? 딴 생각 말고 건강하게 잘 있다 와. 모두 걱정한단 말이야. 주말에 유미 데리고 내려갈까? 세 시간이면 가는데 뭘. 알았어. 안 갈게. 다음 주 수요일쯤 온다구? 내가 먼저 가서 치워놓을게."

"…"

"내일 큰 동네하고 우리 동네 노친네들이 온천 간다고 하는데 너 혼자 있어도 괜찮겠니? 안 가려고 했는데 어째 가고 싶구나. 그래서 아까 큰 동네 가서 간다고 하고 왔다. 상구네라고 있는데 그 집 큰아들이 버스를 대절해서 노인들을 모시고 간단다. 효자거든. 몇 년 전부터 매년 한번씩 하는 일이란다. 돈 조금만 내면 돼."

"자고 오세요?"

"아니 하루 낮이다. 뭐 잘 일이 있냐. 오면서 뭐 절이나 들른다던가? 도시락도 주고 돈 조금만 내면 되니까."

그래선지 방 윗목에 작은 여행가방 하나가 놓여있다.

"벌써 다 챙겼어요? 이모?"
"뭐 챙길 게 있냐. 수건이랑 비누도 다 주는데. 때밀이 수건하고 큰 수건 하난 넣었지. 속옷하고."
"추울지도 모르니까 따뜻하게 입고 가세요."
"혼자 있어도 되겠냐?"
"그럼요. 여기 계셔도 잘 나가시잖아요. 일찍 주무세요. 텔레비전 보지 마시고. 몇 시에 나가시는데?"
"아침 일곱 시에 간단다. 나 먼저 밥 한 술 뜨고 나갈 테니 넌 신경 쓰지 마라."

이모는 나 때문에 매년 가는 온천행을 포기하려 했던 모양이다. 어쩌다 가는 여행을 나 때문에 포기했다고 하면 사촌들이 가만히 있을까. 이모가 맘을 바꿔서 다행이다.

나는 덮개를 씌워놓은 자동차를 타고 갑자기 늦은 밤을 달리고 싶다. 몸이 으쓱으쓱 춥다. 갈바람처럼 서걱대는 느낌, 아무래도 초저녁 바깥목욕이 감기를 불러들인 게 확실하다.

"이모, 주무세요. 저도 일찍 잘게요"
"그래라."

안방 불이 꺼지는 걸 본 후 나는 아침에 일어나지 못할 것을 대비해서 봉투에 지폐 몇 장을 넣어 이모 가방 위에 얹어놓고 나왔다. 차르차르 가을벌레들이 운다. 시월이 깊어가는 밤이었다. 나는 몸에 한기를 느끼며 감나무 잎이 떨어져 밟히는 마당을 서성거린다.

별이 금세 쏟아질 듯 반짝거린다. 개가 끄응, 하고 돌아 눕는다. 대문은 닫혀있기는 하지만 잠겨있지는 않았다. 나는 대문을 잠그고 다시 마당을 서성거린다. 내가 혼자 밤을 보낼 수 있을까. 이렇게 텅 빈 듯한 집에서. 나는 찬 이슬이 내릴 때까지 마당에 서 있었다. 그리고 등줄기를 타고 내리는 뜨거운 열을 느끼며 방으로 돌아가 이불 속으로 기어 들어갔다.

나는 내가 앓는 소리에 깨어 일어난다. 한밤 내 끙끙 앓은 것 같다. 손목시계를 집어보니 정오가 다 되어 있었다. 몸이 천근으로 무겁다.

"이모."

문지방을 기어 나오며 이모를 부르다가 곧 온천에 간다는 말을 떠올렸다. 해가 마루에 노랗게 빛을 뿌린다. 개가 기다렸다는 듯 꼬리를 흔들며 나를 보고 있다. 나는 안방에 들어가 이모의 약상자를 연다. 아스피린이 있다. 약사 딸들이 상비약을 항상 채워놓는다고 이모가 자랑을 했었다.

나는 숭늉까지 소반 옆에 한 그릇 떠놓고 간 이모에게 고마움을 느끼며 아스피린 두 알을 삼키고 다시 누워버린다. 누워서 상보를 들쳐보니 내 아침상이 차려져 있다. 나는 억지로 일어나서 식어버린 미역국에 밥통의 밥을 퍼서 말아 몇 수저 뜨고는 다시 눕는다.

오늘 일어나면 가을 길을 달려 가까운 산사에나 가볼까 하고 생각했었다. 이제 부질없이 되어버렸다. 탁구를 치러 교당에조차 가기 힘들다.

하염없는 꿈을 꾸었다. 길고 절망스럽고, 새가 다 쪼아버려서 너덜너덜해진 가슴을 싸늘한 바람이 관통하는 것 같은 아픔과 쓰라림과 애달픔이 어딘가를 헤매는 나를 따라다녔다. 아니 땅속으로 꺼지는 것 같은 암울한 그것들이 나를 질질 끌고 다녔다.

나는 다리가 있으되 걷지 못하는 것처럼 신발도 없이 맨발로 끝없이, 신발이 어디 있었는데, 있었는데 하면서 푸석푸석 하얀 먼지 이는 흙길을 끌려 다녔다. 문득 나무들과 어떤 교실 같은 건물이 있어서 들어가 보니 신발장에 신발이 가득 있었지만 내 신발은 없었다. 나는 아무것이나 신고 뛰쳐나오다가 어떤 앙칼진 소녀에게 한 짝을 뺏기고 말았다. 나는 신발 한 짝을 신고 다시 어딘가로 황무지 같은 길을, 뿌연 먼지만 가득 찬 길을 걸어갔다.

기진해서 눈을 뜨니 오후 두 시였다. 나는 머리를 흔들며 일어나 앉는다. 예쁘장한 이모의 상보로 덮은 소반이 눈에 들어오자 무의식적으로 나는 상보를 벗겨낸다. 차디찬 미역국에 아침에 뜨다 만 찬 밥을 밥통 속에 도로 부어버리고 더운 밥을 말아 허겁지겁 먹는다.

머리는 무거웠지만 열은 내린 것 같았다. 등을 기어가는 것 같은 한기는 없다. 꿈은 이제 하나도 기억나지 않는다. 몸서리쳐지는 외로움과 왠지 모를 고통의 느낌만이 마치 살아있는 것처럼 다시 혈관을 흘러간다. 아, 이렇게 홀로 있는 것이 더 해로울지도 몰라. 차라리 낯선 사람들에 섞여서 먼 여행이나 갈 걸 그랬나봐.

끔찍이도 싫어하던 사람들 속에서의 여행이 도움이 될지도 몰랐는데 영규는 명상여행을 권했다. 아니면 경기도 어디에 있다는 홍 누군가가 연 춤 명상센터에 가든지 하라고 주소까지 알려주었다. 하지만 누군가 내 속을 들여다보는 것이 싫었다. 특히 그 홍이라는 여자는 도도하게 빤히 남의 속을 들여다보며 차갑게 웃을 것 같은 인상이었다. 그녀가 쓴 책을 보면서도 너무 뻣뻣하고 이기적인 여자라는 생각이 들어서 별로 호감이 가지 않았다.

아무도 간섭하지 않고 내 속을 기웃거리는 사람이 없는 곳을 찾아 이곳저곳 헤매다가 그럼 이모 집에나 가서 쉬었다 와, 하는 혜영의 말에 그냥 와버린 것이다. 혜영의 말은 옳았다. 이모조차도 마치 시골풍경 속의 하나처럼 느릿느릿 움직일 뿐 아무도 내 속을 기웃거리는 사람은 없다. 신경 거슬리는 동네 남자도 없고 시끄러운 아이들도 없다. 그런데 왜 속은 자꾸 더 암울해지는가.

나는 밥상을 재빠르게 치우고 마당에 나와 따스하면서도 뭔가 애잔한 가을 오후 햇살을 등에 얹고 오래오래 양

치질과 세수를 한다. 개가 끄으윽 하며 꼬리 터는 소리가 들린다. 나는 개 이름을 그저 한번 불러주었다. 누렁아. 심심할 거다. 왜 개를 묶어놓는지 모르겠다. 가을 햇살이 움직이는 모습을 쫓아 이리저리 한번씩 뛰어오를 뿐 대부분 누워 있는 동물. 개 줄을 풀어주고 싶은 충동이 인다.

할 일이 없다. 이모는 농사를 짓지 않으니 콩을 털 일도 없고 깨를 터는 일도 하지 않는다. 밭까지 모두 내주어서 다 삯으로 받는다. 이모는 왜 이곳을 떠나지 않는 걸까. 두 그루의 감나무에 똘감이 노랗게 익었다. 나는 감나무를 한번 흔들어보고 대문을 열고 나간다.

모두 온천에 가서 마을은 텅 비어 있다. 정적 그 자체다. 마을길을 따라 내려가서 아랫길로 천천히 교당을 향해 걷는다. 논들이 누렇게 정지되어 있다. 마치 네모난 팔레트에 노란 물감을 풀어 채워놓은 것처럼.

참새들 소리는 악기소리 같고 들판 너머 읍으로 가는 도로에서 나는 찻소리는 먼 현실 같다. 그래서 나는 현실을 비껴난 어느 장소에 와 있는 것 같은 착각에 빠진다. 너무나 평화스럽기 때문일 것이다. 사방에 깔린 정적이, 풍경이.

간간이 몸사래가 쳐진다. 아직 몸 전체에 감기 기운이 남아있다. 아스피린 두 알을 더 먹어야 할 것이다. 나는 교당을 향해 오르막길의 마지막을 오른다. 백양나무가 노란 햇살 속에 편안한 양반집 부인처럼 서있다. 어제 그 시간에서 멀지 않으니 황 선생의 운동시간에 늦지 않으리라.

탁구대는 어제 그대로 펴져 있다. 나는 마당을 지나 살림채 쪽으로 가 본다. 방에서 소리가 새어나온다. 황 선생은 전화를 하고 있는 중이다. 나는 다시 마당으로 나와 세 개의 계단을 올라 법당 문에 기대앉는다. 콘크리트 바닥이 차다. 나무들이 살살 흔들린다. 바람이라기보다 햇살에 흔들리듯 섬세하고 아련하게, 곧 사월 듯이.

내 눈에서 눈물이 주르륵 흘러 깜짝 놀랐다. 나는 법당 문을 가만히 밀어보았다. 열린다. 어려서 본 둥근 원이 유리창으로 들어온 햇살을 받아 투명한 빛을 내쏜다. 나는 나도 모르게 신발을 신은 채 바닥에 엎드렸다. 다시 눈물이 주르륵 쏟아진다. 법당은 무엇으로 꽉 차 있는 듯하다. 나는 그렇게 나를 던지듯이 엎드려 있었다.

"아, 여기 계셨군요. 인기척이 들렸는데 아무도 없기에…."

나는 벌떡 일어나 황 선생 몰래 옷자락으로 마룻바닥을 훔쳐낸다. 그리고 뒤늦게 그를 향해 고개를 꾸벅 숙인다.

"한번 들어와 보고 싶었어요."

"그럼 더 계시겠습니까? 전화 한 통화 더 하고 오겠습니다."

"그러세요."

황이 나가자마자 눈물이 뜨겁게 쏟아진다. 나는 소리를

죽이고 오열한다. 안 돼. 안 돼. 탁구 치는 것보다 마인드 컨트롤이나 선하는 법을 배워야 한다는 생각이 스친다. 눈물을 닦으며 그런 생각을 하자 오열이 잦아들었다. 어쩌면 저 둥근 원이 내 슬픔을 알아낸 것인지도.

나는 법당 문을 밀고 나온다. 황 선생이 갈옷 같은 저고리를 펄럭이며 다가온다.

"우셨군요."

그는 아까부터 알고 있다. 나는 숨기고 싶지 않다.

"네. 이곳이… 이곳이 좀 아파요."

나는 젖은 눈을 찡그리며 손가락으로 가슴을 가리킨다.

"그래서…."

황 선생은 기다린다. 바람이 분다. 나뭇잎들이 흔들린다. 아, 시월이구나.

"그래서 마음 다스리는 연습을 해야 한다는 생각을 했습니다. 도와주실 수 있으신지…."

나는 그렇게 말한다. 도와주실 수 있으신지, 라고.

"그럼요. 자 이리 다시 들어가시겠어요? 먼저 마음을 가라앉게 해봅시다. 그런 후 얘기를 나누죠."

황 선생은 커다란 법당 안으로 신발을 벗고 성큼성큼 들어간다. 나는 운동화를 벗고 가만가만 목조 마루를 딛고 따라 들어간다.

"저기 방석을 하나 갖다가 앞쪽으로 나와서 앉으세요.

가부좌를 취하시고 눈을 감고 제가 목탁을 치면 마음을 떠올려 보십시오. 그리고 텅 빈 본래의 청정한 마음자리를 찾아 천천히 호흡하듯 다가가 보세요."

그는 불단 위로 올라가 뒷모습을 보이며 앉는다. 마치 무정하고 먼 구름같이 떡 버티고 앉으며. 나는 그 무심한 뒷모습을 보면서 그가 하라는 대로 법당 앞부분의 중앙에 방석을 깔고 책상다리로 앉는다. 눈을 감는다.

6

나는 망설였다. 지영은 휠체어에 앉아 볕을 쬐고 있다. 지영은 일어날 수 있게 되어 매우 기뻐하고 있고 초가을 햇살은 아름다웠다.

"지숙인 어떠니?"

나는 지영이보다 지숙이 걱정을 하는 게 이상했지만 그렇게 물었다.

"괜찮아. 말도 많아졌어. 한 가지 약속을 받아냈지. 남자친구 만들기로."

"어머, 정말이니? 잘 됐다. 시집 못 갈까봐 걱정했잖아."

시집 이야기가 나와 웃음을 자아낸다. 노처녀는 바로 우리들이잖니. 지영이 눈을 흘기며 웃어댔고, 나도 따라 웃었다. '있잖아…' 나는 사흘 전에 이 병원에 왔을 때 꼭 병진을 만나고 싶었다. 그러나 나는 전화하지 못했고 지영에게 올 때와는 달리 매우 쓸쓸하게 서점으로 돌아갔었다. 나는 지영에게 말하고 싶었다.

"있잖아….''

뭐? 하고 지영이 눈을 반짝이며 묻는다. 지영의 커다랗고 신비스런 검은자위가 호기심으로 빛난다. 벌써 병원에 있은 지 삼 주가 지났기 때문에 매우 지루하다고 아까도 말했었다. 뭔가 신나는 이야기를 기대하고 있는 눈초리로 나를 보고 있었으므로 고개를 흔들고 만다.

"아냐. 아무것도."

"에이 빨리 고백해. 너 얼굴 붉어졌어. 숨기는 거 있지? 워낙 순진하잖아. 빨리."

나는 휠체어를 밀고 전에 내가 앉았던 벤치까지 내려갔다. 심각한가 보네. 지영이 약을 올려댄다. 나는 벤치에 앉아 잠시 숨을 가다듬었다.

"바로 여기야. 여기서 말이야."

"나는 또 숨을 골라야 했다. 아주 오랫동안 내겐 남자가 없었다. 그래서 남자이야길 한다는 게 매우 힘이 들었다. 지영의 깊숙한 눈이 나를 뚫어지게 바라보고 있다.

"여기서 한 남자를 만났는데…."

"남자라고 했니?"

"그래, 아저씨가 아니고 남자. 이 병원 의사야. 내과의니까 너 있는 곳엔 안 갈 거야."
"그런데?"
"멋진 남자야. 혼자 살고. 그런데 나한테 왔어. 내 가게에. 그래서 같이 술도 마셨고…."
"그러니까 이 병원 의사인 멋있는 한 남자하고 데이트를 했다는 거야? 이 벤치에서 처음 만났고?"
"엄밀히 말하면 두 번째인 셈이지. 우린 어떤 모임에서 그저 한 일행으로 끼어있었는데 이 벤치에서 딱 마주친 거야. 아니 그가 날 알아보고 쫓아온 거지만. 그때서야 인사를 나눴는데 그가 내 서점에 찾아왔어. 그 다음은 아까 말했어. 아, 술 마신 그날 자전거를 태워줬어."
"자전거? 어디서?"
"응. 그건 우리 동네야. 정말 우연이지. 그가 우리 동네에 살고 동네에선 자전거를 탄대."
"야, 멋지다. 자전거 타는 남자라. 그런데?"
"그 다음은 없어. 아직. 그게 지난 주야. 난 이곳에 오면 전화를 해야겠다고 생각했는데 두 번이나 왔지만 못했어."
"전화하고 싶니?"
"응. 하고 싶어. 보고 싶고."
"이런 큰일났네. 핑크빛 병원균이 벌써 너를 꽉 잡아버렸구나."

잠시 후 나는 홀로 그 벤치에 앉아 있었다. 휴대폰을 꺼내놓고 열 개의 숫자를 들여다보고 한숨을 쉬고 다시 숫자를 들여다보는 것을 반복했다. 그렇게 이십여 분 앉아 있다가 나는 차에 올랐다. 싱거운 여자야. 아니, 그는 몹시 바쁠 거야. 바쁘지 않은 시간에 천천히 전화하지 뭐.

차를 타고 달리는 동안 내내 가슴이 저 아래로 가라앉는 느낌이었다. 속이 쓰린 것 같기도 하고 아픈 것 같기도 하고 푹 고꾸라지게 힘이 없는 것 같기도 했다. 나는 한숨을 푹푹 쉬면서 서점으로 돌아갔다. 해가 지고 있었다. 해가 지는 하늘 위로 신도시의 새들이 날아갔다. 서점에 들어서자 영규가 번쩍 손을 들며 다가와 속삭였다.

"누나, 전화 왔었어. 바로 그분 닥터 이병진. 휴대폰 번호 알려줄까 하다가 저녁에 들르겠대서 말았어. 근데 얼굴이 왜 그래? 지영이 누나 좋지 않은 거야?"

아냐. 나는 고개를 내저었다. 그리곤 큰소리로 웃어댔다. 아아, 그래, 전화가 왔었구나.

"누나, 갑자기 왜 웃어? 너무 기쁜 거 아냐? 금세 얼굴이 바뀌네. 참."

나는 손을 흔들고 사무실로 들어갔다. 어둑해진 창가에 잠시 얼굴을 기대고 서있었다. 갑자기 문을 열고 들어서던 영규가 깜짝 놀라서 눈을 크게 떴다.

"누나, 정말 왜 그래? 불도 안 켜고. 무슨 일 있어?"
"무슨 일은. 노크 좀 하지. 잠시 생각 좀 했어."

나는 책상 위의 것들을 정리하기 시작했다. 책과 반품목록 또는 편지 따위, 컴퓨터에 집어넣을 목록 등등. 저녁 여덟시가 넘자 나는 홀에도 나가지 못하고 일어서서 안절부절못했다. 눈물이 났다. '그가 온다.'

마침내 나는 누군가 문을 똑똑 두드릴 때까지 책상 위에 얼굴을 묻고 엎드려 있었다.

"누나, 그분 오셨어. 들어오시라고 해?"

나는 얼굴을 들었다. 눈 주위를 만지고 머리를 다듬었다.

"아냐. 나 나가도 되겠니? 현수 갔어?"

"현수 있어. 아, 퇴근해도 되겠다. 그럼 누나는 지금 나가. 기다렸구나. 그치?"

영규가 가까이 와 내 어깨를 툭 친다. 나는 다시 눈물이 난다.

"아, 누나 정말 심하네."

영규는 내 어깨를 쓰다듬어주고 나갔다. 나는 잠시 정신을 가다듬고 천천히 재킷을 걸치고 가방을 들고 용감하게 문을 밀었다. 병진을 보는 순간 얼굴이 달아올랐다.

"잘 지냈어요?"

나는 고개를 끄덕이고 영규를 바라보았다. 영규가 크게 고개를 주억거린다.

"저 지금 퇴근해요. 가세요."

"그래요? 잘 됐어요. 혜진씨."

그의 입에서 혜진이란 말이 나오자 나는 처음도 아닌데 깜짝 놀란다. 아, 혜진씨, 라고 그가 말했다.

"배고프죠? 난 무척 배가 고픈데. 사실은 여기까지 오는 동안 참느라고 혼났어요. 아까 통화했으면 시내로 나오라고 하려 했는데 어디 갔었어요?"

'그래, 그때 내가 전화했으면 됐을 텐데…'

"식사하고 오시지 그랬어요. 정말 배고프시겠다. 사실은요. 오늘 병진씨 병원에 갔었어요."

"그럼 왜 안 들렀어요? 바빴어요?"

"아니요. 사실은…"

"에이 나쁘네. 바로 옆에 두고 그냥 가다니. 서운해요. 그럴 수 있어요? 난 오늘 만날 생각만 했는데."

나는 다시 얼굴이 붉어졌다. 휴대폰을 열면 열 개의 숫자가 보인다. 그는 그중 몇 개의 숫자 속에 있다. 여보세요? 나는 말을 꺼내지 못한다. 늘상 쓰는 여보세요, 란 말을 그에게 하지 못한다.

"보고 싶었어요."

미루나무숲에서 병진이 불쑥 말한다. 나는 깜짝 놀라서 눈물을 흘릴 뻔했다. '저도요. 무척.'

나는 속으로만 그렇게 말했다.

"저 보고 싶지 않았어요?"

그가 다시 말했다. 너무 진지한 얼굴이었기 때문에 말문이 막혔다. 사실은 저도 그랬어요, 라고 하려 했는데 대신 웃음이 밀려나왔다. 기쁨 때문에 차오르는 웃음은 눈물 같았다. 나는 한 방울 흘러나온 눈물 때문에 고개를 숙였다.

"왜 그러세요? 장난 아닌데. 저 정말 보고 싶었어요. 혜진씨."

나는 숙인 고개를 끄덕였다.

"장난 아닌 거 알아요. 저도 보고 싶었어요."

병진은 뭔가 얘기하기 시작했다.

"제 어머니는 오랫동안 앓다 돌아가셨죠. 큰형이 저를 가르쳤는데 고등학교를 졸업하고 형님을 따라다니며 이 년 동안 일을 했어요. 건축 일이었죠. 그땐 대학에 갈 생각이 없었어요. 근데 아버지가 이제 대학 갈 준비를 하라고 하시더군요. 제 손 보실래요? 그때 굵어진 거예요. 전처는 이 손을 싫어했죠. 마치 노동자 손 같다고. 그녀는 가난한 것을 싫어했어요. 병적으로."

나는 내미는 병진의 손바닥을 만져보았다. 딱딱하다. 토목 일을 많이 한 노동자 손 같다. 하지만 따뜻한 손이었다.

"손이 정말 따뜻해요."

"난 의사가 되기로 결심했죠. 어쩌면 어머니가 앓으실 때부터 그런 생각이 자랐을 거예요. 일 년 공부하고 친구들보다 삼 년 늦게 대학에 갔죠. 의예과 시절 본과 학생인 전 처를 만났는데 매우 똑똑한 선배 여학생이었죠. 그녀의 도움을 많이 받았고, 실제로 그녀 없이는 의사 될 가망이 없는 것처럼 느껴지기도 했어요."

"…"

"그것이 문제였죠. 내가 너무 그녀를 의지했다는 거. 그녀는 유학을 떠났고, 혼자 남겨졌을 때 나는 무기력했어요. 몇 년 후 아직도 전문의를 따지 못한 내가 유학을 마치고 돌아와 개업한 그녀와 결혼을 했죠. 그녀에겐 내가 무엇이었을까. 종종 생각해 보곤 했어요. 외국에 나갔을 때 절친했던 남자친구들, 내 선배들, 모두 그녀 주위에 몰려 있곤 했는데 왜 그녀가 나를 택했을까. 결국 이 지경이 된 것은 무엇 때문일까. 아무튼 뭔가 맞지 않는 게 있었어요. 부자연스럽다고 할까. 결국 나는 그녀를 한번도 사랑하지 않았다는 것을 깨달았고요."

병진은 잠시 숨을 쉰다.

"우리 술 마셔요."

나는 속삭이듯 말했다.

"그러실래요?"

나는 술이 마시고 싶었다. 이런 남자를 버린 여자가 멍청하게 보였다. 그녀는 멍청한 여자다, 라고 나는 속으로 중얼거리며 맥주를 마셨다.

"혜진씨 얘기해 봐요."

"저요? 저는 사실 별 할 얘기가 없어요. 예전에 해드린 얘기 말고는요. 그때 이후론 남자를 쳐다보거나 옆에 있거나 하지 않았어요. 일부러 피하지는 않았지만 의식하지 않으려고 노력했다는 말이에요. 남자는 제게 의미가 없어진 물건과 같았어요."

"에이, 안돼요. 혜진씨."

나는 미안해져서 말을 덧붙인다.

"지금은 아니에요. 지금 저는 어떤 멋진 남자분과 앉아서 술을 마시고 있죠. 그래요. 이건 새로운 시간이에요. 제게 매우 소중한."

병진이 고개를 끄덕였다.

"제게도 역시 그렇습니다. 혜진씨 생각을 많이 했어요. 뭔가에 끌려오게 됐구요."

"자전거는요?"

"아, 오늘 급해서 집에 못 들렀지요. 지금 가서 자전거 타실래요? 그냥 아파트 한 바퀴 도는 거."

"많이 늦었어요. 택시 타고 갈게요."

"아니에요. 그러지 말고 우리 집 갑시다. 좋은 커피 있어요."

나는 망설인다. 병진의 집에 가보고 싶었다. 그러나 남자의 집에 가본 적이 없다는 생각이 불안감을 몰고 온다.

서른여섯의 나이에 무엇을 하기란 참 어렵구나.

"그러지 말고 가요."

덥석 병진의 팔이 내 어깨를 안는다. 택시가 왔다. 나는 병진의 팔에 안겨 택시에 오른다.

"어때요, 괜찮죠? 그냥 차 한잔 하고 가요."

병진이 내 어깨를 다독이며 속삭인다.

"그러죠. 이상하게 두근거리던 가슴이 아파트 문 앞에 섰을 때는 편안해졌다. 내가 혼자이듯 그도 혼자라는 생각이 잠깐 스쳤기 때문일까. 그가 커피를 끓이는 동안 화장실에 가서 손을 씻었다. 병진은 네모난 카펫 위에 쟁반을 놓았고, 나는 그 옆에 앉아 소파에 등을 기대고 커피를 마셨다. 편안했다.

"어때요? 편하죠?"

"기분 좋아요. 그리고…."

"그리고?"

병진은 하루에 한번씩 전화를 했다. 영규는 미소를 띠고 나를 향해 매번 고개를 끄덕여 주었다. 우리 늙은 누나 연애한대, 하는 듯이.

가을이 후딱 지나갔다. 지영은 퇴원했고 나는 온통 병진과 함께 주말여행을 다니면서 시간을 보냈다. 가을이 무척 짧았다.

"이제 나 자신 있어요. 당신을 사랑해요."

여자보다 한 살 어린 남자가 말했다. 마치 소년처럼 당신을 사랑해요, 라고. 나는 차마 사랑이란 말을 하지 못했다.

"혜진씬 아직 소녀 같아. 말해 봐요. 난 병진이를 사랑한다고."

난 고개를 젓곤 했다. "늙었나 봐요. 부끄러운 게 아니라."

나는 병진과 며칠 밤을 같이 보낸 산사에서조차 끝내 그 말을 하지 못했다.

그렇게 가을이 지나갔다. 겨울은? 겨울 또한 그랬다. 무척 따뜻하고 행복했다.

7

마음을 집중하려고 애쓸수록 머릿속에 온갖 기억이 깔리고 물러갈 기세가 없다. 나, 나는 무엇인가. 나는 없다. 오직 텅 빈 공(空)만이 자리한다. 그대는 허공이 되라, 고 한다. 나는 가부좌를 하고 앉아있다. 소리도 시간도 없다.

탱-.

그가 경종을 친다. 나는 깜짝 놀란다. 아, 또 사념에 빠졌구나. 나는 나를 꼬집는다. 제발. 황 선생의 말대로 마음이 움직여지지 않는 게 밉다. 내가 밉다.

"미운 마음도 없애세요. 오직 마음속엔 텅 빈 진공 상태만이 존재합니다. 자신을 없애보세요. 빈 그릇이 되십시오. 그러면 어느새 편안해진 것을 느끼실 겁니다."

진공묘유.

그가 맑은 소리로 염불을 외기 시작한다. 목탁소리에 섞인 젊은 음색이 청정하게 귀를 뚫는다. 나는 그가 준 책자를 펼쳐놓고 반야심경을 따라 외운다. 그처럼 큰 소리로 하지 못하고 내 귀에만 들리게.

관자재보살 행심반야바라밀다시 조견오온개공 도일체고액 사리자 색불이공 공불이색 색즉시공 공즉시색 수상행식 역부여시 사리자 시제법공상 불생불멸 불구부정 부증불감 시고공중무색 무수상행식 무안이비설신의 무색성향미촉법 무안계 내지 무의식계 무무명 역무무명명진 내지 무노사 역무노사진 무고집멸도 무지역무득 이무소득고 보라살타의반야바라밀다고 심무과애 무과애고 무유공포 원리전도몽상 구경열반 삼세제불 의반야바라밀다고 득아뇩다라삼먁삼보리 고지반야바라밀다 시대신주 시대명주 시무상주 시무등등주 능제일체고 진실불허 고설반야바라밀다주 즉설주왈 아제아제 바라아제 바라승아제 모제사바하

금강경-.

여시아문 일시 불재사위국기수급고독원 여대비구중 천이백오십인구 이시세존 식시착의지발 입사위대성 걸식어기성중 차제걸이 환지본처 반식흘 수의발 세족이 부좌이좌 시 장노시보리 재대중중 즉종좌기 편단우견 우슬착지 합장공경 이백불언 회유세존여래 선호념제보살 선부촉제보살 세존선남자선여인 발아뇩다라삼먁삼보리심 응운하주 운하항복기심 불언 선재선재 수보리 여여소설 여래선호념제보살 선부촉제보살 여금제청당위여설 선남자선여인 발아뇩다라삼먁삼보리심 응여시주 여시항복기심 유연세존 원요욕문.

불고 수보리 제보살마하살 응여시항복기심 소유일체 중생지류 약란생 약태생 약습생 약화생 약유색 약무색 약유상 약무상 약비유상비무상 아개영입 무여열반 이별도지 여시멸도 무량무수무변중생 실무중생 득별도자 하이고 수보리 약보살 유아상 인상 중생상 수자상 즉비보살.

부차수보리 보살어법….

금강경의 중간쯤에서 그가 외는 염불을 나는 놓친다. 항상 그렇다. 나는 그저 웅얼거린다. 염불은 길다. 나는 눈을 감고 앞뒤로 몸을 흔들면서 경 속으로 빠졌다가 다시 겨울, 봄, 여름으로 빠졌다가 다시 눈물 속으로 빠진다.

그가 금강경을 마치고 마지막 목탁을 느리고 길게 그을 때면 나는 눈물 속에 있다. 고개를 들지 못한다.

"이렇게 하세요."

황 선생이 촛불을 끄고 다가와서 내 옆에 앉아 말한다.

"나무아미타불을 외우세요. 몇백 번이고 진정될 때까지. 우셔도 되구요. 그리고 나오시면 차 마십시다."

나는 고개를 끄덕인다. 그는 하얀 옷을 펄럭이며 나를 놓아둔 채 강당을 나간다. 그가 미는 문소리를 들으며 나는 바닥에 엎드려 나무아미타불을 외운다. 수도 없이 나무아미타불이라고 속삭인다. 눈물이 방석을 적시고 내 마음의 찢긴 살들이 비명을 내지르다가 문득 멈춘다.

"괜찮으세요?"

나는 고개를 끄덕인다. 이제 그 앞에서 아주 솔직할 수 있다. 갈갈이 찢긴 가슴이 꿰매진 것처럼 편안해지기도 한다.

"점점 나아질 겁니다. 차 드세요."

나는 황 선생에게 고마움을 느낀다.

"큰 인연입니다. 제가 할 수 있는 한 도와드리겠습니다. 마음의 병이 치유되기는 무척 어렵지만 노력하면 빨리 회복할 수 있어요. 그 후로는 시간이 해결해 줄 겁니다."

나는 그에게 얘기한다. 얘기해 달라고 채근하지도 않는데 내 가슴이 뱉어내라고 한다. 그래서 술술 나온다.

한철의 가을과 겨울 그리고 봄과 여름을 같이 보낸 남자에 대하여. 그가 어떻게 내게 왔으며, 어떻게 깊어졌고, 내게는 그것이 서른여섯 해를 보낸 것보다 더 소중한 시간이었으며, 일 년이 되는 가을의 시월쯤에 결혼도 할 생각이었다고.

그는 그때 서른다섯의 남자였지만 마치 소년과 같이 활기차고 순수했으며 잘 생긴 의사였다고. 늦게서야 전문의를 땄지만 아주 능력 있는 닥터였다고. 내게는 첫 남자였다고. 앞으로는 오지 않을 영원한 첫 남자이며 마지막 남자일 거라고.

그러나 그는 가을이 막 시작될 때 나를 떠났노라고. 지난여름 그는 미국에 가야 했고, 거기서 전 부인을 만났고, 공교롭게도 그때 사고를 당했다고. 그의 운명은 다시는 내게로 돌아오지 못하는 것이었다고. 나는 다시는 그의 소년 같은 미소를 볼 수 없는 운명에 걸리고 말았다고. 그는 마술처럼 왔다가 마술처럼 사라져 버렸다고.

"왜요?"

그가 놀란 눈으로 묻는다.

"무슨 사고가 났습니까?"

8

하얀 눈이 축복처럼 내리던 날이었다. 겨울 십이월에 두 번째 내린 눈은 풍성하고 아름다웠다. 혜영이와 조카 유미 그리고 이모의 노처녀 딸들이 왔다. 영규의 결혼식이었다.

"누나, 미안해. 아무래도 내가 먼저 가야겠어. 자꾸 늦추다 보니까 힘들어져."

내가 병진과 계속 만나고 있는 걸 알고 있는 영규가 어느 날 말했다. 영규에게는 오래된 애인이 있었다. 서점을 누나와 동업하고 있는 것을 탐탁지 않게 여기던 영규 여자의 부모가 지난여름부터 태도가 바뀌었다고 하더니, 겨울 들어 결혼날짜를 잡았고, 마침내 식을 올리게 된 것이다.

영규는 내가 곧 병진과 결혼하리라 생각하고 있었다. 하지만 나도 병진도 아직 결혼이야기는 꺼낼 수 없는 주제였다. 서로 깊이 사랑하고 있다는 것은 자명했지만 둘 다 현실적으로 서툰 때문이었을까. 아직 때가 오지 않았다는 느낌이 우릴 심사숙고하게 했고, 섣불리 결정할 수 없게 했다.

"나이 때문일 거야."

혜영이 "언니, 빨리 결혼해 버려라." 했을 때 나는 그렇게 말했다. 쉽게 결정할 일이 아니야, 라고.

"하긴그래. 힘겹게 언덕을 올라 얻은 사랑이니. 언니 알아서 해. 둘째를 키우다 보니 결혼생활이 너무 버겁다는 생각이 들어. 편할 날이 없고. 연애만 실컷 할 걸 그랬나 하는 생각도 든다니까."

혜영은 유미 동생 때문에 힘들어하고 있었다.

온다던 병진이 결혼식이 끝날 때까지 오지 않았다. 지영도 늦게 나타났다. 유미에게 병진 애길 했던 터라 은근히 기다리던 터였다. 그는 식이 끝나고 사진을 찍고 있을 때 왔다. 유미가 뽀르르 달려가 인사를 했고 그들은 매우 빨리 친해졌다. 유미는 벌써 이모부라고 부를 태세였다.

  나는 그들 모두를 안아주고 싶었다. 오랜만에 가족이 부모 안 계신 자리에 모였고, 그 속에 병진이 포함되어 있었다. 식이 끝나고 오후 내내 혜영의 집에서 병진과 지영을 포함해 식구들이 모여 놀았는데, 저녁까지 지어먹고 나서야 병진과 신도시로 돌아왔다.

"힘들었죠?"

"아니요. 즐거웠어요."

"이제 정말 혼자 남은 것 같아요. 늘 그 애가 옆에 있었는데."

"제가 있잖아요."

"그러네요. 그 애는 이사 갔구요."

"오늘 늦어서 미안했어요. 토요일은 좀 그럴 때가 있어요. 이해하죠?"

"벌써 용서했어요."

  나는 잠시 생각했다. 내게도 결혼이라는 기회가 올까 하고. 내가 너무 진지한 타입인지도 모른다. 왠지 병진도 미래에 대한 얘기는 하지 않았다. 하지만 그는 혜진씨를 사랑해요, 라고 말한다. 나 혜진이를 사랑하노라고.

그는 다시 결혼하고 싶은 생각이 없는지도 모른다. 또다시 실패하게 될까봐 우려하는 마음도 있을 것이다. 그렇다면 무슨 문제야? 사랑하면 됐지. 나는 고개를 내젓는다. 그를 만난 것만도 내겐 행운이야.

"오늘 우리 집에 가요."

나는 고개를 끄덕인다. 같은 집이 아니었어도 앞뒤로 나란히 살던 영규가 새 아파트를 얻어나간 뒤론 괜히 집에 들어가기가 쉽지 않았다. 병진의 집에 가는 것은 이제 자연스러웠다.

"친구들을 부를까 해요. 혜진씨가 좀 도와줄래요? 사실은 혜진씨 소개시키고 싶어 그래요. 의사 몇하고 절친한 친구 몇하고 파티를 열까 하는데."

"아, 난 파티 경험이 없는데."

"서양식 파티 같은 건 아니고 그저 모여서 저녁 한 끼 먹는 거죠. 뭐. 간단하게 회 먹고 술 마실 거니까 매운탕만 끓여주시면 돼요. 야채하고. 다른 건 필요 없어요. 괜찮죠?"

"그 정도라면 혜영이 불러서 만들면 되겠네요."

"그럼요. 친구 잘 아는 데서 생선회 배달시키고 후식으로 과일만 좀 사구요."

"언제?"

"다음 주 일요일 오후에 하려고 하는데 괜찮아요?"
"네. 아르바이트생 있으니까 오후까지 부탁하면 돼요. 영규도 토요일엔 나올 거고. 일요일엔 문을 닫을 수도 있고요."
"그럼 일요일 오전에 쇼핑을 합시다."
"그러죠."
 병진이 만든 커피와 와인을 마셨다. 따뜻하고 포근하고 눈이 그친 지 오래였지만 마치 눈이 싸락싸락 내리는 소리가 들리는 듯했다. 그것이 내 가슴속에서 나는 소리라는 걸 깨달았다. 그리고 얼마나 이 남자를 사랑하는지를.

 혜영은 주부답게 잔소리를 늘어놓았다.
"언니도 참, 생선회하고 매운탕으로 저녁을 먹는대도 그렇지. 밑반찬이 좀 필요하잖아."
"그럼 어떡할까?"
"반찬 몇 가지만 미리 가서 만들어야지. 유미도 가고 싶어 할 텐데."
"데리고 와. 아이는?"
"그이보고 좀 보라 할게. 할머니 집에 데리고 가라 하든지."
"그래. 그럼 점심때 유미 데리고 와."
"알았어."

병진과 쇼핑을 하는 것은 처음이었다. 킴스클럽에 가서 과일과 야채, 혜영이 부탁해놓은 반찬재료 등을 샀다. 유미에게 줄 아이스크림과 유미 동생에게 줄 과자도 샀다. 병진과 간단하게 점심을 먹고 돌아온 후 야채를 씻고 있는데 혜영이 유미를 데리고 왔다.

유미는 병진을 무척 좋아했고 병진에게도 가장 허물없는 친구가 유미였다. 그 둘은 거실청소를 했고, 나는 혜영이 시키는 대로 반찬재료를 다듬고 씻었다. 혜영은 잡채와 야채샐러드, 닭강정 등을 순식간에 만들어 놓았다. 생선회가 도착했고, 매운탕도 준비되었다. 유미는 접시를 나르고 병진은 수저를 놓았다.

다섯 시쯤 친구들이 모이기 시작했고, 의사친구들도 모두 모였다. 적당한 때 나는 앞치마를 벗고 혜영이와 함께 옷을 갈아입었다. 교직에 있을 때 집들이 잔치에 많이 가봤는데 마치 결혼해서 그 집들이를 하는 듯한 기분이었다. 병진은 내 남편 같았고, 그의 친구들은 나를 신부처럼 바라보았으니까.

나는 소개를 받고 다소곳이 앉아서 미소를 띠고 음식을 먹고 술잔을 받았다.

"모두 오래된 친구들이에요. 혜진씨와 빨리 결혼하라고 독촉을 하기도 해요. 내가 혼자 사는 게 자기들 탓인 것처럼 여기기도 하죠. 양쪽 따로따로 모임들이 있어요. 하지만 이쪽 팀에 저쪽 팀을 이끌고 가기도 하죠. 그래서 모두들 잘 알고 있어요."

병진이 내 옆에서 속삭였다. 그들은 저녁을 먹고 술을 더 마시거나 포커를 했다. 병진은 음악을 틀고 그들 사이를 왔다갔다 하느라 바빴다. 혜영은 설거지를 대충 끝내고 나는 유미와 함께 만든 음식을 이것저것 싸서 가방에 넣어주었다.

"언니, 진짜 안주인 같네. 그치 유미야?"
"그래. 이모. 그냥 여기 살아라."
나는 그저 소리 없이 웃었다. 병진이 따라 나오는 걸 보고 작은 소리로 유미가 말했다.
"이모부 안녕히 계세요."
아무도 그 말에 반박하지 않았지만 나는 얼굴을 붉혔다.
"그래. 잘 가. 오늘 수고했다. 또 놀러와."
병진은 태연스레 나를 돌아보며 말했다.

병진의 친구들과 만남으로써 그와 나의 결혼은 공공연한 사실이 되었다. 그는 이제 모임마다 나를 데리고 다니고 싶어 했고, 나는 별일이 없는 한 그의 파티에 참석했다. 모든 것이 순조로웠다. 왜 하필 일 년이 되는 날에 결혼식을 하자고 했을까. 누가 먼저 그런 말을 꺼낸 사실은 없었다. 그러나 둘 다 일 년이 되는 가을 어느 날쯤에 하자고 생각하고 있었다.

그렇게 가을이 지나고 봄이 왔고, 여름이 왔다. 여름의 끝 무렵이었다. 대대적으로 혜영이네와 영규네 그리고 병진과 나를 합친 식구들이 동해안으로 늦은 여름휴가를 다녀온 뒤 어느 날 병진이 말했다.

"미국에 갈 일이 생겼어요. 일종의 학술회의인데 우리 병원에서 세 명이 참석해요. 난 우리 지도교수님을 모시고 가고."

병진은 아직 박사공부 중이었다.

"얼마나 있게 되는데요?"

나는 그저 가볍게 물었다. 그와 가까워진 뒤 헤어지는 건 처음이구나 라고 생각했을 뿐이었다.

"회의는 일주일이지만 거의 사 주 정도 걸릴 거예요. 다른 병원 방문 계획도 있고. 그건 병원 차원 계획이지만."

나는 고개를 끄덕였다.

"한 달이면 긴 시간인데 괜찮겠어요? 같이 갈래요?"

"아뇨. 잘 다녀오세요."

나는 흔연스럽게 대답했다.

"미국에서 돌아오면 우리 곧바로 결혼합시다. 그동안 준비하는 시간으로 하면 한 달이 금세 지날 거예요. 준비할 것도 없지만. 혜진씬 그냥 우리 집으로 들어오면 되는데."

병진은 같이 가고 싶어 했다. 하지만 나는 망설였다기보다 혼자 결혼에 대해 생각해 볼 기회라고 생각했다. 혜영과 함께 필요한 걸 상의하고, 사고, 마음의 준비도 하고. 그가 없는 동안 그리움을 키우고, 그의 사랑을 가슴속에서 확인해보고. 그런 일들을 하고 싶었다. 그런 이야기를 하니 병진은 나를 쓰다듬으며 말했다.

"역시 혜진씬 사려가 깊어요. 그래요. 차분하게 준비하고 있어요. 근데 보고 싶어서 어떡하지? 무척 바쁘겠지만 보고 싶을 거예요. 내 전화 기다릴 거죠?"

병진이 미국으로 떠나기 삼사 일 전의 토요일 오후 나는 그의 집에서 가방을 싸는 걸 도왔다. 속옷 몇 가지와 티셔츠, 드레스셔츠 등을 준비해서 그가 준비한 것들과 함께 싸고 있었다. 침대 위에 짐들이 널려 있는 속에서 잠시 커피를 마시며 쉬는 중에 갑자기 병진이 말했다.

"우리 약혼식도 못했는데 서운하지 않아요?"
"약혼식은 무슨, 괜찮아요."
"오늘 반지하러 갈까? 약혼반지 같은 거."
"약혼반지?"
"커플링 같은 거."
"커플링은 좋아요."
"좋죠? 그럼 지금 나갑시다."
"짐 싸는 중인데?"

"갔다와서 싸지 뭐. 나가서 반지 사고 저녁먹고 옵시다."
"그래요. 그럼."

병진의 차를 타고 시내 백화점으로 갔다. 토요일 오후라 신도시의 백화점은 붐볐다. 반지 고르는 일은 어려울 게 없었다. 십팔금의 링에 반 캐럿 다이아몬드가 박힌 커플링을 골라 서로 끼워주는 것으로 묵시적 약혼이 우리 가슴속에 성립되었다. 아주 짧은 시간 안에 서로의 반지를 끼워주고 나오는 길이었는데 가슴은 몹시 뛰었다. 병진이 속삭였다.

"사랑해요. 이제, 우리 약혼한 거야."

나는 미소를 띠었다. '그래요, 이제 결혼식이 남았을 뿐이죠.'

저녁 먹을 장소를 찾다가 갑자기 병진이 말했다.

"잠깐 차 한잔 하고 가는 게 어때요?"

저녁먹기에 이른 시간은 아니었지만 늦은 것도 아니어서 나는 고개를 끄덕였다. 그윽한 자스민차를 마시면서 잠시 말없이 서로를 바라보았다. 뭔가 생각에 잠긴 듯한 병진의 모습이 묘한 느낌을 주었지만 아마도 두 번째 하는 결혼을 앞둔 사람이라서 그런지도 모른다는 생각을 했다.

그는 무슨 생각을 하는 걸까. 오늘은 사뭇 충동적인 사람처럼 보였다. 느닷없는 발상이 기쁘기도 했지만 조심스럽기도 했다.

"잠깐 나갔다 올게요."

병진이 자리에서 일어나며 말했다. 나는 고개를 끄덕였다. 회장실에 가는 것으로 생각하고 차 맛을 즐겼다. 헌데 상당히 시간이 지났는데도 병진이 돌아오지 않았다. 나는 방금 전에 산 커플링을 내려다보며 그를 기다렸다. 폰이 울렸다.

"나예요. 지금 그곳을 나와서 오른쪽 길로 걸으세요. 그러면 하나은행의 조각마당이 나올 거예요. 그곳에 앉을 곳이 있을 겁니다. 가로등도 있고, 어둡지 않으니 그곳에 앉아서 잠시 기다려요. 곧 갈게요. 알았죠?"

나는 어리벙벙한 채 찻집을 나와 오른쪽으로 걸었다. 어둠이 쫙 깔린 길에 가등이 켜지고 사람들이 스쳐지나갔다. 하나은행은 바로 옆 건물에 있었다. 은행의 입구에 있는 작은 공간이 조각 몇 개와 나무들로 훌륭하게 작은 공원 기분을 내주었다. 두어 명의 젊은이가 선 채로 얘기 중이었다.

나는 길 가까운 바위에 기대앉아 병진을 기다렸다. 그는 어디서 무얼 하는 걸까.

"혜진씨."

병진이 왔다. 나는 바위에서 일어났다.

"눈을 감아봐요."

나는 눈을 감았다. 어떤 향기가 코를 스쳤다.

"이제 눈을 떠봐요."

나는 눈을 떴다. "아~."

나는 낮게 탄성을 질렀다. 병진이 커다란 붉은 장미꽃다발을 내 가슴에 안겼다. 장미향은 자극적이었다. 나는 그 향보다 진한 기쁨에 사로잡혀버렸다.

"이건… 이런 기분은…"

"축하해요. 우리의 약혼. 이제 마음이 편안해요. 뭔가 빠진 것 같아 허전했는데 마음이 놓이네요. 장미 백송이로 마음을 다 할 순 없지만."

눈이 젖었다. 무어라 말할 수 없는 아름다운 밤이었다.

"이제 갑시다. 저녁 먹으러."

병진이 미국으로 떠났다.

병진이 출국하기 전 산 커플링을 쓰다듬으면서 나는 서점을 서성거렸다. 서점에서 퇴근하면 병진의 집으로 갔고, 텅 빈 아파트를 청소하고 오펜바흐의 '자크린느의 눈물'을 들었다.

나는 그가 개업의가 되도록 도울 것이다. 아직은 대학병원에 더 있고 싶어 했고, 언젠가 그는 외래진료보다 임상강의를 하는 게 좋다고 말했다. 그가 개인병원을 갖고 싶어 할 때 그때 도울 것이다.

"아직 더 많은 경력이 필요해요. 나 자신도 그렇구요. 맘도 편해요."

 도시가 텅 빈 것 같았다. 그는 어디에 있을까. 밤이면 전화가 왔다.

"혜진씨, 잘 있어요? 여긴 낮이에요. 잘 알겠지만. 혜진씨가 내 아파트에 와 있다니 꼭 내 곁에 있는 기분이에요. 고맙고."

 그는 한결같이 밝고 쾌활했다. 마치 청년처럼.

"시차적응도 잘 하고 있어요. 혜진씨가 외로워하지 않을까 걱정돼요. 우린 매우 바쁘고 개인적인 시간은 거의 없지만, 회의 끝나면 잠깐 시간이 날 거예요. 그때 혜진씨 선물 살 건데 뭘 살까…?"

 나는 "선물은 무슨…. 여행비도 안 드렸는데." 하고 웃었다. 행복감이 밴 잠깐씩의 대화가 미소를 띠게 했던 것이다.

 간 지 이 주쯤 되었을까. 그때 그의 음색이 좀 달랐다. 나는 어디 아픈가 물었다.

"아니야. 아프지 않아요. 오늘 호텔로 전 와이프가 왔었어요. 기억나죠? 친구들끼리 연락이 되니까 온 줄 알고 있었대요. 불쑥 온 거예요. 이따 친구들 몇하고 저녁하기로 했는데 같이 올 거예요. 혜진씨에게 말하는 이유는 숨기고 싶지 않아서예요. 어떤 감정도 없고 같이 오는 친구들하고 그저 식사하는 거라서 찬성했어요. 솔직히 말하면 사실은 그 자리에 끼고 싶지 않아요. 하지만 워낙 친한 친구들이라서 그리고 나를 만나러 비행기 타고 먼데서들 온다는데 거절할 수가 없었어요. 혜진씨 이해하죠? 이해해줘요. 사랑해요. 보고 싶고."

나는 괜찮다고, 친구들 만나는 것까지 제게 얘기하지 않아도 된다고 힘들여 말했지만 병진의 음색은 살아나지 않았다. 이상했다. 나는 아무렇지도 않은데. 혹 그의 가슴속에 전 부인에 대한 감정이 남아있는 것일까. 나는 거듭거듭 신경 쓰지 말라고, 즐겁게 보내라고 말했다.

전화를 끊고 나자 그리움이 물밀듯 밀려왔다. 그날 밤 나는 내 아파트로 돌아왔다. 잠을 설쳤고, 기분이 좋지 않았다. 그 기분은 며칠 동안 계속되었다. 병진 또한 며칠간 전화가 없었다. 전에 없던 일이었기 때문에 몹시 걱정이 되었다. 전 부인과의 만남이 있다던 다음이었으므로 내 우려심은 극을 달리고 있었다. 심상찮은 그의 음색과 전화부재에 대한.

그날이 그러니까 그곳에서의 주말이었다. 그들은 주말에 만남을 가졌을 것이고, 지금은 다음주 초였다. 그 후 그에게 무슨 일이 생겼을까. 나는 병진만 믿고 전화번호 하나 남겨 받지 않은 걸 후회했다. 병원으로 알아보면 될 것이다. 지금 전화기를 들어서 내과 의국으로 알아보면 금세 호텔전화번호를 알 수 있다. 그러나 나는 기다리고 싶었다. 오늘 전화가 올 것이다. 아니면 내일.

전화가 왔다. 그러나 병진의 음성이 아니었다.

"저는 닥터 리와 동행한 이진이라고 합니다. 기억나시죠? 집에서 한번 뵀었죠. 사실은 병진씨에게 사고가 있었습니다."

"언제요? 무슨 사고요?"

"주말에 미국에 있는 친구들이 모였는데 약간의 트러블이 있었습니다."

"혹시 그의 부인과?"

"구체적으로 그런 건 아닙니다만 친구들이 둘을 약간 비난했던 것 같습니다. 훌륭한 커플이 너무 쉽게 끝나버렸다구요. 병진이 발끈했고 닥터 양도 화를 냈지만 그것으로 논쟁은 끝났고 별일 없이 식사를 마쳤습니다. 그런데 다혈질인 닥터 양이 차를 타고 혼자 가려고 했을 때 병진이 바래다주겠다고 하더군요. 아마 위로를 하려고 했던 모양입니다. 닥터 양은 이혼 후 별로 좋은 상태가 아니었거든요. 그것을 병진은 식사하면서 느꼈던 모양입니다."

나는 그의 말을 제대로 다 듣지 못했다. 비척거리며 일어나 전화기를 내려놓고 거실 바닥에 엎드렸다.

'살아날 가망은요? 숨은 쉬나요? 눈도 못 뜨고 있나요?'

쉴 새 없이 속에서 질문을 했지만 난 그에게 묻지 못했다. 차마 아무런 말도, 죽음이라는 단어에 가까운 어떤 말도 내 입에 담아낼 수 없었다. 아침 출근하기 전에 온 전화였다. 나는 출근 같은 건 아예 잊고 죽은 듯이 찬 바닥에 엎드려 있었다. 몇 시간이 지나갔다. 나는 어떤 빛 속에 있었다. 소리는 들리지 않았고 희뿌연 광채가 내 눈을 부시게 했다. 나는 눈을 뜬 채 빛에 눈이 멀었다. 아무것도 눈에 보이지 않고 아무 소리도 들리지 않았다.

눈을 뜨고 정신을 차려보니 낯선 곳이었다.

"언니, 언니 살아났다. 정신 들어? 나 혜영이야. 보여?"

"여기가 어디니?"

"병원이야. 언니 정신 잃었어. 출근시간이 몇 시간이나 지났는데 연락이 없어 영규가 전화해보니 전화도 안 받고 핸드폰도 안 된다고 나보고 가보래서 가봤더니 글쎄, 언니가 정신을 잃고 쓰러져 있었어."

그래. 정신을 잃었었구나. 광채와 윙윙대던 귓소리, 그것이 그런 것이었구나. 난 잠시 죽었던 거로구나. 눈물이 자르르 흘렀다.

"어떻게 된 거야. 언니. 무슨 일인지 말해봐. 기운 없으면 나중에 말해도 되고."

나는 말할 수 없었다. 그가, 병진씨가 눈도 입도 닫고 숨만 내쉬고 있노라고 말할 수 없었다. 나는 눈물만 흘렸다. 몇 시간을 눈물만 흘렸다. 혜영이 식구들과 영규 그리고 지영이까지 빙 둘러서서 밥도 굶은 채 오후를 건너뛰었고,

저녁이 내릴 때쯤에야 나는 눈을 감고 글을 읽듯이 가만가만 얘기했다.

"병진씨가 사고가 났어. 큰 사고야. 그래서 말도 못하고 눈도 뜨지 못하고 숨만 쉬고 있대. 미국 병원에 있대."

모두 놀라서 내는 신음소리들이 내 가슴을 눌렀다. 유미는 엉엉 울었고, 혜영은 내 가슴을 쓰다듬었다.

"나 괜찮으니 집에 데려다 줘. 영규야. 여긴 불편해."

"오늘밤만 지내. 누나."

"아니다. 집에 가야 해. 무슨 연락이 올 수도 있고. 나 아무렇지도 않아. 이제 안 쓰러져."

"그럼 의사하고 상의해보고 올게."

담당의사가 왔다.

"서혜진씨, 좀 어떠세요? 괜찮으실 겁니다. 정신적으로 충격을 받아서 그런 거니까 안정을 취하면 됩니다. 당분간 안정제를 좀 복용하시고 괜찮으면 안 먹어도 됩니다. 이 링거액이 끝나면 퇴원하셔도 좋습니다."

나는 눈을 감고 의사의 당부를 들었다. 젊은 목소리였다. 레지던트 일 년차이거나 이 년차, 혹은 인턴일 수도 있다. 그는 병진의 후배일 것이고 몇 년은 더 경력을 쌓아야 할 것이며 환자를 타이르는 더 많은 말들을 배워야 할 것이다.

"언니, 영규가 퇴원 수속 하러 갔어."

나는 벌떡 일어나려고 했다.

"아직 주사액이 좀 남았어."

 가만히 눈을 떠보니 지영은 한쪽 머리를 싸매고 창가에 기대 뒷모습을 보이고 서 있었고, 유미는 침대 발치에 앉아 눈을 내리깔고 있었다. 혜영은 내 머리맡에 서 있었다. 나는 다시 눈을 감았다.

 집으로 돌아가는 차 속이었다.

"언니, 우리 집으로 가는 거 알지? 그래야 편히 조리할 수 있어."

"안 돼. 나 괜찮아. 빨리 차 돌려. 이제 절대로 안 쓰러진다니까. 연락 올 거야. 벌써 왔는지도 모르는데."

 나는 마음이 급했다. 그는 죽어가고 있다. 나는 이러고 있을 때가 아니라고 생각했다. 영규가 차를 돌렸다. 저녁 어스름이 깔리고 있었다.

"혜영아, 나 미국 가봐야 하는데 어떡하니."

"그 몸으로 안 돼. 그분 상태도 모르잖아. 다시 연락해보고 결정해."

 나는 사흘 내내 잠을 잤다. 미국 가야 된다고 헛소리를 하면서 정작 몸은 천근이었다. 그 동안 혜영이 미국의 병진 일행과 연락을 했지만 나는 진실을 알지 못했다.

"언니, 걱정 마. 아직 숨 쉬고 계신대. 그러다가 깨어날 수도 있잖아. 좀 회복되면 그분들이 모시고 나온대. 그보다 언니가 빨리 일어나야지."

혜영은 내게 그렇게 말했다. 아직 숨은 쉬고 있다고.

나는 사흘 후에 일어났다. 그러나 간신히 집안을 걸어다닐 정도였다. 밥은 모래알처럼 목에 걸렸고 신열이 났다. 이제는 일어날 수 있다고 생각하며 어느 날 아침 깨어나 달력을 보니 일주일이 거의 지나 있었다.

병진이 일주일 정도만 있으면 귀국할 날짜로 다가와 있었다. 하지만 나는 그때까지 진실을 알지 못했다. 병진은 아직 살아있고 어쩌면 일주일 후에 동료들과 함께 돌아올 수도(비록 잔뜩 호스를 꽂고 의료용 침대에 누워서일지라도) 있으리라는 기대를 버리지 않고 있었다.

아침을 모처럼 식탁에서 (혜영은 그동안 내 집에서 거의 숙식을 하다시피 했다) 먹고 거실 소파에 기대앉아 있을 때였다. 혜영이 울먹이며 다가왔다. 나는 눈을 크게 뜨고 혜영을 바라보았다. 너 왜 그래? 나는 그렇게 묻지도 못했다. 혜영은 내 앞에 무릎을 꿇고 앉아 고개를 숙였다. 나는 그러는 여동생을 무기력하게 바라보았다.

"너 무슨 일이야. 너 나한테 말할 거 있어? 무어야?"

속에서 부글부글 무엇이 끓어올라왔다. 마침내 혜영이 울며 말했다.

"언니 날 용서해줘. 난 말할 수 없었어. 언니가 너무 가

여워서. 언니가 죽을까봐 말하지 못했어. 지금 그 말을 하려니 숨이 막혀 말 못하겠어. 언니, 난 말 못해."

"너, 너…. 무슨 말 하려고 그래. 설마…. 제발 말하지 마. 그가 죽었다고 말하지 마."

"언니…."

9

그런데….

나는 고해성사를 하듯 눈을 내리깔고 가부좌를 하고 앉아서 두 손을 비비적거리며 말한다. 그런데 사고가 났다고. 그리고 그는 그때 병원에 있었다고. 이윽고 한 달이 지나가 버렸고 같이 갔던 사람들은 돌아왔지만 그는 돌아오지 못했다고. 나는 더 이상 그의 아파트에 들어갈 수 없었다고. 그는 연기처럼 사라져 버렸으며 더 이상 청년처럼 미소 짓지 않았다고.

나는 내 생의 모든 것을 한 순간에 잃은 것 같았으며, 내 생의 처음이자 마지막이었던 남자를 잃었고, 앞으로는 더 이상 살 수 없을 것 같은 절망에 빠져 죽으려 했었다고. 나는 위를 세척해 살아났고 그리고는 죽음마저 포기했노라고. 그리고 당신을 만났노라고.

새벽을 뚫고 간다.

황 선생에게 고해성사를 하듯 내 안의 말들을 내놓은 후 나는 새벽에 깨어난다. 푸른빛이 창창하고 찬 기운이 쾌쾌하게 내 몸의 세포를 열어제치는 듯한 새벽의 위세에 나는 놀라고 있다.

'이상하다. 이상하다. 새벽이 나를 맞다니.'

발끝에 채이는 이슬에 젖은 흙을 털고 강당 문을 연다. 그는 이미 단 위에 회색 법복을 차려입고 뒷모습을 보이며 앉아 있다.

향이 가득 새벽 기운을 안고 퍼져 있고 내가 들어오는 소리와 방석을 끌어다 앉는 소리를 보지 않고도 알고 있는 황 선생의 손이 경종을 친다.

탱-.

그가 소리 없이 묻는다.

마음을 비우셨습니까?

지금 마음이 어디에 있습니까?

인간이 가장 끊기 어려운 것이 애착, 탐착입니다.

지금 당신의 마음에 사슬처럼 얽혀 있는 그것을 버리십시오.

당신이 사랑했던 사람을 위하여, 당신을 위하여.

새벽이 보이십니까?

그것이 당신의 마음 안에 들어오게 하십시오.

새벽의 기운을 들이세요.

그러면 당신의 눈물이 맑은 샘물이 될 것입니다.

새벽을 맞으세요.

새벽을 맞으세요.

새벽을 맞으세요.

문예소설선 010
오월의 숲

초판 1쇄 발행 2025년 11월 28일

기　획 문예원 문예소설선 편집위원회
글쓴이 한지선
펴낸이 오경희

편집·디자인 오경희 · 조정화 · 오성현
　　　　　　신나래 · 박선주 · 정성희

관리 박정대

펴낸곳 문예원
창업 홍종화
출판등록 제1990-000045호
주소 서울시 마포구 토정로 25길 41(대흥동 337-25)
전화 02) 804-3320, 805-3320, 806-3320(代)
팩스 02) 802-3346
이메일 minsokwon@naver.com
홈페이지 www.minsokwon.com

ISBN 979-11-90587-62-4
SET 979-11-965602-4-9 04800

ⓒ 한지선, 2025
ⓒ 문예원, 2025, Printed in Seoul, Korea

저작권법에 의해 한국 내에서 보호를 받는 저작물이므로 무단전재와 복제를 금합니다.
이 책 내용의 전부 또는 일부를 이용하려면 반드시 저작권자와 민속원의 서면동의를 받아야 합니다.